BASTEI
LÜBBE

Lisette Allen

Nicoles Vergeltung

Erotischer Roman

Ins Deutsche übertragen von Sandra Green

BASTEI LÜBBE

BASTEI LÜBBE TASCHENBUCH
Band 14 708

1. Auflage: April 2002

Vollständige Taschenbuchausgabe

Bastei Lübbe Taschenbücher
ist ein Imprint der
Verlagsgruppe Lübbe

Deutsche Erstveröffentlichung
Titel der englischen Originalausgabe: Nicole's Revenge

Published by arrangement with Virgin Publishing Ltd.
Dieses Werk wurde vermittelt durch die
Literarische Agentur Thomas Schlück GmbH, 30837 Garbsen

Titelillustration:
Joyce Tenneson / Photonica
Umschlaggestaltung: Tanja Østlyngen
Satz: QuadroPrintService, Bensberg
Druck und Verarbeitung:
Brodard & Taupin, La Flèche, Frankreich
Printed in France

ISBN 3-404-14708-1

Es ist der September des Jahres 1792. Frankreich befindet sich in den Wirren einer blutigen Revolution. Der König ist ein Gefangener in seiner eigenen Hauptstadt. Das Land wird von der Nationalversammlung regiert, die den Schreien des blutrünstigen Pöbels nachgibt. Die Guillotine ist ständig im Einsatz, und die starken Armeen Preußens und Österreichs bedrohen die französischen Grenzen. Ausländische Botschafter sind von ihren Regierungen zurückgerufen worden, und diejenigen Aristokraten, die noch nicht geflohen sind, darben in den Kerkern oder sind untergetaucht, denn die Flucht ist unmöglich geworden, seit die Stadttore von Paris für die Feinde des Volkes geschlossen sind …

Erstes Kapitel

Als die Dämmerung über die Stadt fiel, hörte es endlich auf zu regnen, aber in den Straßen war es noch feucht und kalt. Der Laternenanzünder hatte seine Arbeit getan. In unregelmäßigen Abständen schwankten die Laternen an ihren Stricken über die Straßenmitte und warfen einen gespenstischen Schimmer auf die schäbigen Fassaden der hohen Mietshäuser, deren obere Stockwerke sich weit in die schmalen Gassen lehnten.

Die mit groben Pflastersteinen ausgelegten Wege von St. Marcel waren dreckiger denn je, weil niemand mehr für die Straßenreinigung bezahlt wurde. Nach jedem Regen lief ein schmutziger Bach durch die Gosse in der Straßenmitte und riss einen Teil des Unrats mit. Schaler Geruch nach Wein und Tabak lag in der Luft, während die Menschen seltsam gedämpft auf den Haustreppen saßen, sich flüsternd unterhielten und ängstliche Blicke nach rechts und links warfen.

Die Stille der Menschen hatte wohl auch etwas zu tun mit dem unheilvollen Geräusch in der Ferne. Es war lauter als ein Murmeln, eher wie das widerhallende Grollen eines fernen Donners. Es hörte sich garstig an und ließ das Blut gefrieren, denn die Menschen wussten: Der Pariser Pöbel war an diesem Abend wieder auf den Straßen.

Eine plötzliche Unruhe vor der Weinhandlung weiter unten ließ jeden den Kopf drehen. Bürger Gaspards Weinhandlung war immer schon ein beliebter Treffpunkt gewesen, aber an diesem Abend war er von derb gekleideten Männern umlagert. Sie trugen hölzerne *sabots* und rote Wollmützen, an denen dreifarbige Kokarden steckten. Das waren die *fédérés*, zwangsverpflichtete Soldaten aus den Provinzen. Einige saßen auf umgekippten Weinfässern, andere, meist einheimische Bürger, linsten über die Schultern der Soldaten und riefen und hetzten, die Weinpokale hoch in der Luft. Bald wurde sichtbar, worüber sie sich amüsierten.

Zwei von ihnen hielten eine Frau gefangen. Dem Aussehen nach war sie eine *aristo*, und alle lachten über ihr Elend. Sie hatten sie erwischt, wie sie im Schutz der Dunkelheit mit einem Laib trockenen Brotes nach Hause hatte schleichen wollen. Das Brot lag in der Gosse, und die Frau verfluchte lauthals ihre Peiniger. Sie war schlank und hatte lohfarbene Haare, und ihre braunen Augen funkelten, als sie sich nach Kräften zur Wehr setzte, obwohl sie längst bemerkt haben musste, dass es hoffnungslos war, sich zu befreien. Ihr Kleid mit den zerknautschten Seidenröcken und der feinen Spitze am Hals war zerrissen und verdreckt, ihre Haare waren geöffnet und fielen jetzt über die schmalen Schultern. Mit all der Verachtung, die sie aufbringen konnte, starrte sie ihre Gegner an.

Immer mehr Männer schlossen zu den Schaulustigen auf, weil sie eine geile Belustigung erwarteten. Einer von ihnen, gegen die Mauer gedrückt, nahm die verräucherte Pfeife aus dem Mund und grinste seinen Kumpan an.

»Unsere Nachbarschaftswehr war heute Abend auf der Hut, Bürger. Sieht so aus, als hätten wir eine richtige *aristo* gefangen, die sich in der Dunkelheit verdrücken wollte.«

Der Angesprochene gluckste und schob seine dreckige rote Kappe aus der Stirn. Gierig starrte er auf die junge Frau. »Keine echte *aristo*, Jean, aber die Hinterlassenschaft von einem. Die Kleine war Tänzerin an der Oper. Schau sie dir genau an, mein Freund. Das Gesicht, die Figur, die herrlich langen Beine. Kein Wunder, dass Comte de Polignac sie für sich behalten wollte.«

Er zwängte sich durch den Kreis der Gaffer und schob die Seidenröcke der jungen Frau hoch. Ein Bein war bis zur Hüfte zu sehen. Die Gaffer stöhnten geil, während die junge Frau um sich trat, bis ihr jemand den Arm auf den Rücken drehte. Vor Schmerz drückte sie die Augen fest zu.

»Der Comte ist im Gefängnis?«, fragte Jean, ohne den starren Blick von der entblößten Schönheit zu wenden.

»*Merde*, nein!« Der andere Mann spuckte aus. »Der miese Verräter hat sich nach Österreich absetzen können, jedenfalls erzählt man sich das. Aber wenigstens hat er uns sein kleines Hühnchen dagelassen. Ich habe sie einmal in seiner Kutsche gesehen. Sie heißt Nicole Chabrier. Pass mal auf, wie sie jetzt tanzen wird!«

Er trat wieder vor und packte mit seinen nikotingelben Fingern in die lohfarbenen Haare der gefangenen Frau. Trotz des Griffs, in dem sie gehalten wurde, ruckte Nicole herum. Die braunen Augen versprühten Zorn.

»Nimm deine Hand von mir, du mieser besoffener Tölpel! Warum ersäufst du dich nicht in deinem billigen Fusel – du bist doch sowieso zu nichts nütze!«

Jemand stieß einen schrillen Schrei aus. »*Aristo*! Tod allen Aristokraten!«

Nicole stockte der Atem. Niemand ahnte, wie verzweifelt sie gegen ihre Angst kämpfte.

»Du wagst es, mich eine *aristo* zu nennen?«, rief sie laut und heftig. »Obwohl meine Familie seit Jahrhunderten auf den Feldern der Normandie für die hohen Herren geschuftet hat? Ich schwöre, du *cochon,* dass jeder aus meiner Familie an einem Tag mehr gearbeitet hat als du in deinem ganzen Leben!«

»Aber in Paris hast du das feine Leben genossen, was?«, gackerte ein anderer Mann mit derben Gesichtszügen. Er zog seine Breeches höher und rieb ungeniert über den derben Hosenstoff. »Ich wette, es war leichter, Polignacs Bett zu wärmen, als sich auf den Feldern der Normandie abzurackern! Vermisst du den Comte schon, Hure?«

Die junge Frau hörte auf sich zu wehren, sie warf die wunderschönen Haare in den Nacken und sagte frostig: »Wenn Gerard de Polignac morgen zurückkäme, wäre es mir ein großes Vergnügen, ihn eigenhändig ins Gefängnis zu werfen.«

Plötzlich wurde es still. Fast ungläubig starrten die Umstehenden sie an, als wollten sie ihren Ohren nicht trauen. Einige Männer wichen unwillkürlich ein paar Schritte zurück, um ihr Platz zu machen. Und dann sah sie ihn.

In einem Schwall Dunkelheit, abseits des trüben Scheins der Straßenlaterne, stand ein Mann lässig gegen eine Hausmauer gelehnt, die Arme vor der Brust verschränkt. Er war groß, größer als diese erbärmlichen *sans-culottes,* die in diesem Elendsviertel wohnten, und er war beinahe auch ordentlich gekleidet, dunkler Mantel und hohe, schlammbespritzte Lederstiefel. Er trug keinen Hut, obwohl es geregnet hatte. Seine langen schwarzen Haare waren im Nacken zusammengebunden. Von seinem Gesicht konnte sie nur wenig sehen, weil es im Schatten lag, aber das, was sie sah, ließ sie erschauern.

Einer der Soldaten, der auf einem umgekippten Weinfass saß, brach das Schweigen. »Was sollen wir mit ihr anstellen, *mes amis*? Sollen wir sie zu den anderen *aristo*s und den lamentierenden Pfaffen ins Gefängnis werfen?« Er nahm einen kräftigen Schluck Wein aus seinem Becher. Der Wirt machte an diesem Abend ein Riesengeschäft – viele Männer waren betrunken.

Ein anderer rief: »Später! Zuerst, liebe Mitbürger, wollen wir unseren Spaß haben! Sie behauptet, ein Balletthäschen an der Oper zu sein – also soll sie für uns tanzen!«

Ein *fédéré* in einem kurzen roten Rock kicherte. »Wir hängen sie an den Laternenpfahl, da kann sie tanzen wie noch nie in ihrem Leben.«

Nicole schwang sich herum, damit sie den Mann ansehen konnte, der das gesagt hatte. Sie spuckte ihm ins Gesicht.

»*Morbleu*!« Der Kerl sprang vor und packte ihre Schultern. Irgendwie gelang es Nicole, sich aus dem Griff zu befreien. Sie zerkratzte sein Gesicht und kämpfte wie eine Wildkatze. Die Gaffer murmelten bewundernde Zustimmung. Nicole hatte etwas an sich, was Respekt erheischte. Sie war wild, schön und voller Temperament.

Vier Soldaten traten fast widerwillig vor, die muskulösen Arme ausgestreckt, um dem Kameraden zu Hilfe zu kommen.

Dann verharrten sie mitten in der Bewegung. Ein

Geräusch hallte durch die nächtliche Luft, es war immer näher gekommen, aber bisher hatten sie es überhört, weil sie sich auf ihre Gefangene konzentriert hatten – nur der Mann im Schatten reckte den Kopf. Der Trommelwirbel kam näher, rhythmisch und bedrohlich, und zu den Trommeln waren hunderte Fußpaare zu hören und hunderte Stimmen, die zotige Lieder sangen.

Plötzlich war die ganze Straße mit Menschen gefüllt, mehr Frauen als Männer, eine Flut von roten Mützen und zerrissenen Kleidern. Singend, tanzend und klatschend, zogen sie grölend durch das Viertel.

Der Pariser Mob. Sie schlossen die Männer rund um die Weinhandlung mit ein, und bald waren sie in der Masse aufgegangen.

Nicole versuchte verzweifelt, dem Pöbel zu entkommen, aber sie wusste nicht wie. Dann spürte sie kräftige Arme, die sie ins Dunkel zerrten, weg von den schunkelnden, tanzenden Weibern und den betrunkenen Männern in ihren hölzernen *sabots*. Sie blickte den Mann an, der sie ins Dunkel zerrte, und herrschte ihn an: »Lass mich los, verdammt …«

Aber der Mann war stark und breitschultrig, viel kräftiger als die halb verhungerten Bauern, in deren Gewalt sie bisher gewesen war. Sie schüttelte sich, als sie seine kühle, kultivierte Stimme hörte: »Willst du lieber bei ihnen sein, Nicole?«

Sie sackte gegen seine Brust. Ihr wurde übel. Er hielt sie an den Schultern fest, während sie zitternd auf die unheimliche Szene starrte, die sich vor ihren Augen abspielte.

Der Mob teilte sich, um Platz zu machen für junge, lustig angezogene Frauen, die mit Stroh ausgestopfte

Puppen trugen, die König und Königin darstellten. Die Frauen lachten schrill und stießen die Strohpuppen so gegeneinander, dass es eine Kopulation simulierte.

Eine auffallend schöne Frau rief: »Nein, nein, das ist nicht richtig! Wisst ihr denn nicht, dass unsere Marie-Antoinette die zarte Umarmung des eigenen Geschlechts vorzieht?« Grinsend zog sie eine junge Freundin zu sich heran. Sie küssten und umarmten sich, angetrieben von der Meute, bis ein Mann sich zwischen sie drängte.

»Ihr vergesst ihren schwedischen Geliebten! Von dem konnte sie nicht genug bekommen!« Er griff nach der ersten Frau und riss ihr das Kleid hinunter, dann nahm er abwechselnd die entblößten Brüste in den Mund und schmatzte laut. Die Frau wiegte sich in seinen Armen und seufzte lustvoll. Dann ließ der Mann seine Hose fallen und begann mit ihr mitten auf der Straße zu kopulieren.

Nicole sah entsetzt zu und schmiegte sich in die Arme ihres Beschützers. Trotz des Schocks fühlte sie eine unerklärliche Lust. Sie konnte ihren Blick nicht von der Szene lösen.

Jetzt plünderten sie die Weinhandlung. Gaspard, der bemitleidenswerte Besitzer, schrie halbherzige Proteste, ehe er Fersengeld zahlte und vor dem geifernden Mob floh. Männer rollten Wein- und Cognacfässer auf die Straße und schlugen sie auf, bis die Flüssigkeit wie Blut über die Pflastersteine lief. Die Trommelschläge dröhnten immer noch durch die Nacht, die Frauen tanzten ausgelassen, die Männer soffen weiter.

Ein Mädchen stieg auf ein Weinfass und führte dort einen erotischen Tanz auf. Ein Mann zog sie auf den

Boden und küsste sie gierig. Wer keinen Becher hatte, bückte sich und leckte den Wein aus der Gosse auf. Eine Frau lag auf allen Vieren und schlürfte den Wein, der aus einem Loch im Fass schoss. Sie wurde von einem Soldaten gepackt, der sich ihr von hinten näherte und in sie hineinstieß. Sie stöhnte lustvoll.

Nicole zitterte in den Armen des Fremden und konnte den Blick nicht von den dunklen, primitiven Ritualen wenden. Erregung und Furcht kämpften in ihr. Himmel, was hatte die Leute dazu gebracht, sich derart gehen zu lassen?

Sie gab sich die Antwort selbst: Es waren Menschen wie Gerard de Polignac, dachte sie verbittert, und alle anderen Aristokraten, die sie seit Generationen niedergetrampelt hatten, als wären sie der Abschaum der Erde.

Für diese Leute, dachte Nicole, war es die Feier einer neu gefundenen Freiheit. Freiheit. Einmal alles anstellen, was bisher verboten war. Seinen Gefühlen freien Lauf lassen. Das auskosten, wofür das Volk auf die Straße gegangen war.

Der Schlag der Trommeln erhöhte sich, ebenso wie Nicoles Puls. Ihre Lenden schmolzen, während sie die Ekstase des Paares auf der Straße verfolgte, nur einige Schritte von ihr entfernt. Ihre Nippel versteiften sich. Sie biss sich auf die Lippen, um gegen die hitzigen Gefühle anzukämpfen, die sie zu überwältigen drohten.

Der Mann stand jetzt hinter ihr. Seine Hände streichelten über ihre nackten Schultern. Sie lehnte sich gegen ihn und spürte die Kraft seines Körpers. Tief atmete sie seinen kühlen männlichen Geruch ein. Seine Hände glitten zu ihren schmalen Hüften, und von dort glitten sie so langsam höher, dass sie zunächst glaubte, sie bildete es sich nur ein, aber dann spürte sie den sanften Druck seiner Handflächen auf ihren hart gewordenen Nippeln. Sie schloss die Augen und gab sich der wilden Leidenschaft hin. Oh, wenn sie diesen Mann doch besitzen könnte. Jetzt und hier. Warum zerrte er sie nicht zur Hausmauer, um sie dort voller Leidenschaft zu nehmen?

Sie erschauerte, als sie seine langen, feingliedrigen Finger auf ihren Brüsten spürte. Ihr Atmen war kurz und schwer. Sie spürte die aufkommende Ekstase. Sie schloss wieder die Augen, um nicht länger auf die Straßenszene schauen zu müssen. Die scharfen Sensationen der Lust schossen von den geschwollenen Brüsten zu ihrem Schoß. Sie spürte seine Lippen auf ihrem Haar und fühlte seinen Atem auf der Wange.

Dann rief eine betrunkene Stimme: »He, wir haben Polignacs Hure vergessen! Wo ist sie, das Luder?«

Ein anderer rief: »Ja, schnappen wir uns Polignacs Häschen! Die noblen Bürger von Paris wollen sie nackt sehen! Wenn sie gut genug für ihn war, dann ist sie auch gut genug für uns, stimmt's, *mes amis*?«

Nicole spürte die Angst, die mit eisigen Klauen nach ihr griff. Verzweifelt blickte sie in das Gesicht des Unbekannten. Das erste Mal sah sie ihn bei Licht. Er sah ernst und grimmig aus, die verengten Augen fast schwarz. Er packte sie brutal an den Gelenken und knirschte: »Komm schnell. Hierher. Eine Kutsche wartet auf uns.«

Bevor sie nachdenken konnte, zog er sie vom vorwärts schreitenden Mob weg und in kleine, stinkende Gasse, bis sie die *Rue Mouffetarde* erreicht hatten, wo er sie in eine bereitstehende enge Kutsche schob. Es war unglaublich, aber hier, nur wenige Straßen weiter, schien alles ruhig zu sein.

Nicole, verärgert über sich selbst, weil sie ihr Zittern nicht kontrollieren konnte, wandte sich trotzig an ihren Retter. »Ein hübsches Abenteuer, Monsieur. Aber jetzt wäre ich dankbar, wenn Sie mich nach Hause bringen könnten.«

Gelassen nickte er dem schweigenden Kutscher zu, und der setzte das Gespann in Bewegung. Dann wandte der Retter sich wieder an Nicole. »Nach Hause? Du hast kein Zuhause mehr, Nicole Chabrier. Der Pöbel wird dich steinigen. Er mag es nicht, wenn eine potenzielle Beute flieht.«

Sie nahm seine Hände und drückte sie. »Dann verlasse ich Paris! Halten Sie die Kutsche an, ich steige aus.«

»Ich schätze mal, dass du keine Papiere hast. Also wirst du an den Wachen nicht vorbeikommen. Sie haben überall Barrikaden aufgestellt.«

Entsetzt fiel sie im Sitz zurück. Ihre Schultern sackten, sie wurde ganz klein. Sie wusste, dass ihr Retter Recht hatte.

Unbeeindruckt fragte er: »Welcher Teufel hat dich geritten, an einem solchen Abend unterwegs zu sein? Und dann auch noch in diesem Kleid?«

Wütend gab sie zurück: »Ich habe keine andere Kleidung, Monsieur. Ich bin aus dem Haus gegangen, weil ich seit Tagen nichts mehr gegessen habe. Was soll ich denn tun? Einfach hungern?«

Er hob die Schultern. »Das wäre so ungewöhnlich nicht im Paris dieser Tage.«

Es entstand ein frostiges Schweigen. Gequält sah sie in sein kaltes, leidenschaftsloses Gesicht. Es war ein hageres, aristokratisch geschnittenes Gesicht mit einem kräftigen Kinn und einer Art Hakennase. Die schwarzen Haare hatte er streng nach hinten gekämmt, wodurch seine hohe Stirn auffiel. Sein Mund war breit, mit schmalen Lippen. Grausam sinnlich, dachte sie und erinnerte sich, wie sehr sie ihn da draußen begehrt hatte, als er sie so zärtlich gekost hatte.

Er war nur ein paar Jahre älter als sie, noch keine dreißig Jahre alt, schätzte sie, und doch strahlte er schon eine Selbstsicherheit aus, die man nur durch Erfahrungen erlangen kann. Erfahrungen in Dingen, die sie sich nicht einmal vorstellen konnte.

»Offenbar mögen Sie mich nicht«, sagte Nicole. »Warum haben Sie sich die Mühe gemacht, mich vor dieser Horde zu retten?«

Er überlegte einen Moment und wischte einen imaginären Staubfussel von den dunklen, eng sitzenden Breeches. »Hast du das wirklich gemeint, was du dahinten gesagt hast? Dass du de Polignac dem Pöbel ausliefern würdest, wenn er sich traute, noch einmal zurückzukehren?«

»Oh, ja«, sagte Nicole verbittert. »Das kam mir aus dem Herzen. Ich würde ihn und jeden seiner aristokratischen Freunde mit dem größten Vergnügen ans Messer liefern.«

»Dann, Nicole Chabrier, kann ich dir vielleicht die Gelegenheit zur Vergeltung geben.« Er hob die Hand, um ihr das Wort abzuschneiden, deshalb kam nur ein lauter Seufzer aus ihrem Mund, während er fortfuhr: »Es kann eine Zeit dauern, und ich will auch nichts versprechen, aber es mag sein, dass du genau die Frau bist, die ich suche.«

Sie starrte ihn von der Seite an, wie gelähmt über die Arroganz des Fremden. Für wen hielt er sich? Seiner dunklen, aber eleganten Kleidung nach konnte er ein *bourgeois* aus der Provinz sein, vielleicht ein Advokat, der in die Nationalversammlung gewählt worden war. Er musste aus dem Süden kommen, denn seine Haut war von der Sonne gebräunt.

In ihrem Kopf überschlugen sich die widersprüchlichsten Gedanken. Seine selbstsichere, gelassene, überlegene Art schüchterte sie ein. Ja, er schüchterte sie ein, aber er erregte sie auch. Ihre Haut, die er berührt hatte, kribbelte jetzt noch, besonders ihre Brüste. Ihr Blick wurde trotzig, obwohl sie wusste, dass es vergeblicher Trotz sein würde. Er hatte Recht, sie konnte nicht nach Hause gehen, in ihre erbärmliche Unterkunft in St. Viktor. Sie war jetzt als Gerard de Polignacs *poule* gebrandmarkt. Der Pariser Pöbel würde sie aufspüren und sie in Stücke reißen.

Aber sie wollte ihn nicht ihre Furcht spüren lassen. Sie warf ihr langes lohfarbenes Haar zurück und sagte voller Verachtung: »Ich nehme an, Sie haben mich für Ihr eigenes Vergnügen aufgelesen, was? Nun, dann haben Sie sich in den Finger geschnitten, Monsieur. Glauben Sie mir, ich wiederhole nicht noch einmal den Fehler, den ich bei Gerard de Polignac gemacht habe, besonders nicht mit einem kleinen provinzlerischen Advokaten.«

Er lächelte. »Ich habe dich mitgenommen, weil ich deine Courage bewundert habe. Das war alles, Nicole. Du kannst mir glauben – ich habe es nicht nötig, eine Frau in mein Bett zu locken.«

Sie schluckte schwer. Sie glaubte ihm. Er würde sich der Frauen sogar erwehren müssen. Aber sie wollte seiner Eitelkeit nicht schmeicheln. »Sie haben eine hohe Meinung von sich selbst, Monsieur.«

»Vergib mir, Bürgerin Nicole.« Seine dunklen Augen leuchteten hinterlistig. »Aber ich war der Ansicht, dass eher du es warst, die ... nun, sagen wir, vor ein paar Minuten noch etwas mehr haben wollte ...«

Seine Stimme brach ab und ließ seine Andeutung offen. Es schien ihn Mühe zu kosten, nicht zu lachen; sie konnte das Schimmern seiner weißen Zähne sehen. Er hatte gewusst, wie es vorhin um sie bestellt gewesen war, dass sie sich aus freien Stücken an ihn gepresst und er sie an den Rand eines Orgasmus gebracht hatte.

Nicole lächelte ihm süß zu. »Seien Sie mal nicht so von sich eingenommen, mein lieber *bourgeois*.« Die Kutsche fuhr langsamer, als sie sich dem Fluss näherte, und Nicole sprang auf und wollte zur Tür, um sie aufzustoßen, bereit zum Sprung.

Sie hielt in der Bewegung inne. Das Blut wich ihr aus dem Gesicht, als sie einen schrecklichen, markerschütternden Schrei hörte, der ihr Blut gefrieren ließ. Langsam erstarb der Schrei. Vor ihnen stürmte eine Männerhorde mit flammenden Fackeln brüllend die Straße hinunter, ihnen entgegen. Ihre Hemden waren rot von Blut.

Der Mann riss sie blitzschnell ins Innere der Kutsche zurück und warf die Tür zu, während der Kutscher in die *Rue St. Jacques* einbog. »Sie ermorden die Gefangenen«, sagte ihr Retter. »Wende mir dein Gesicht zu und blicke nicht wieder hinaus. Wir können nichts unternehmen, aber wir werden bald in Sicherheit sein. Schau mir in die Augen und versuche, nicht auf das zu hören, was sie schreien.«

Ihr wurde schlecht, als der tobende Mob sie einkesselte. Sie versuchte verzweifelt, das zu tun, was er ihr geraten hatte, ihm in die Augen zu schauen und nicht auf das zu hören, was sie schrien, aber die Kutsche fuhr jetzt langsamer, und dann starrte ein derbes, brutales Gesicht durch die Scheibe, und sie stieß einen unterdrückten Schrei aus.

Jemand riss die Tür auf und schrie ein paar widerliche Bemerkungen. Ihr Retter nahm ihre Hand, drückte sie und wandte sich dann dem Eindringling zu.

Der Kerl, der die Tür aufgerissen hatte, schaute verdutzt und bekam den Mund nicht mehr zu. Zu Nicoles großem Erstaunen sagte er. »Oh, Bürger Jacques! Sie sind's! Entschuldigen Sie vielmals!« Er drückte die Tür fest zu, und Nicole hörte, wie er dem Mob befahl, die Kutsche durchzulassen.

Nicole konnte es immer noch nicht glauben. Wer war ihr Retter? Wieso kannte dieser schreckliche Kerl ihn? Woher kam die Macht, in einer solchen Nacht seelenruhig mit der Kutsche durch Paris zu fahren? Jetzt wusste sie wenigstens, dass er Jacques hieß, aber mehr wusste sie nicht über den Mann, der ihr Leben in seiner Hand hatte.

Trotz aller Fragen, die ihr im Kopf spukten, ließ sie sich tief in den Sitz fallen, während der Kutscher durch die dunklen, verlassenen Straßen von Paris nach St. Germain des Prés fuhr. Leere, mit Brettern vernagelte Kirchen standen wie grimmige Relikte einer vergangenen Zeit an fast jeder Straßenecke. Dies war das Viertel, das vom Hochadel der Stadt bewohnt worden war. Zu beiden Seiten der breiten Straße standen die Villen leer, düster und geplündert. Die vormaligen Besitzer waren schon lange geflohen, und wenn sie sich noch innerhalb der Stadtmauern aufhielten, waren sie klug genug, nicht in die gewaltigen Paläste zurückzukehren, jene verhassten Symbole ihrer dekadenten Macht.

Nicole war eingenickt, aber dann zuckte sie vom Sitz hoch, denn Jacques beugte sich über sie und hielt ein schwarzes Samtband in der Hand. Noch benommen starrte sie ihn an, während er ihr die Augen verbinden wollte. »Das ist eine meiner Regeln«, sagte er ruhig.

Nicole wehrte sich und wollte das Band von ihren Augen schieben. »Nein!«

»Doch!« Einen Moment lang hielt er ihre Hände gepackt, und Nicole war von seiner stählernen Kraft erschrocken. »Es muss sein, Nicole. Für deine Sicherheit – und für meine.«

»Nein«, murmelte sie dumpf. »Nein …«

»Muss ich dich auch noch fesseln?«

Die Drohung verstärkte ihre Angst noch, es war, als hielte er ihr ein Messer an die Kehle. Zitternd ließ sie geschehen, dass er die Augenbinde festzurrte. Völlige Dunkelheit umgab sie. Kurz darauf hielt die Kutsche an.

Mit beinahe zärtlichen Händen löste er das Samtband von ihren Augen. Nicole blinzelte und sah, dass die Kutsche vor einem kleinen Tor angehalten hatte, das in eine hohe Steinmauer eingelassen war. Jacques kletterte schon hinaus und schickte Kutscher und Kutsche mit einer Handbewegung fort.

Jacques beschrieb einen weiten Bogen mit dem rechten Arm, verbeugte sich tief, als wäre sie eine *grande dame*, aber sein Mund war leicht verzogen, als amüsierte er sich heimlich. Der Mond schien durch die tief hängenden Wolken, und Nicole hielt staunend die Luft an über das, was der schwache Mondschein enthüllte.

Die hohe Mauer umgab eine palastartige Residenz, sie musste das Stadthaus eines Marquis oder gar eines Herzogs gewesen sein. Die Gärten, die das Anwesen umgaben, strotzten vor Blumen, und die Luft war gefüllt mit den aromatischen Düften des späten Sommers. Voll erblühte Rosen und dichte Lavendelbüsche ergossen sich über die Randsteine der Kieselsteinwege.

Die Residenz selbst wirkte auf Nicole, als gehörte sie zu einer anderen Zeit, in eine lange verschwundene Epoche der Ruhe und des Friedens. Hohe Fenster mit weißen Läden blickten auf die wuchernden Gärten. Vor dem Haus befand sich ein breiter Hof, auf dem nun das Unkraut spross. Eine breite Steintreppe führte zum schweren Portal. Unter einer Kolonnade seitlich vom Haupthaus standen verschiedene Kutschen des früheren Besitzers; die einstmals prächtigen Farben blätterten ab. Es gab keine Pferde mehr, die sie ziehen konnten; alle Pferde im Privatbesitz waren schon vor Monaten von der Armee beschlagnahmt worden.

Nicole zuckte zusammen. Sie glaubte, ein Gesicht gesehen zu haben, das hübsche Gesicht eines jungen Mädchens mit krausen dunklen Haaren. Hatte sie nicht eben um die Ecke des Hauses geschaut? Nicole wollte auf das Mädchen zugehen, aber im nächsten Moment war das Gesicht verschwunden.

Jacques legte eine Hand auf Nicoles Arm. »Was ist? Was hast du gesehen?«

»Nichts.« Sie lachte verlegen. »Gar nichts. Oder es war ein Geist.«

Er führte sie die Treppe hinauf. Ja, vielleicht war es ein Geist gewesen. Die Tochter eines Adligen, der hier mal gelebt hatte. Traurigkeit überfiel Nicole, nicht nur wegen der jungen Frau, sondern auch wegen des wunderschönen Anwesens, das vernachlässigt wirkte und vielleicht verfallen würde.

Jacques nahm sie am Arm und führte sie die breite, mondbeschienene Treppe hinauf. Nicole, überwältigt von ihrer Umgebung, schüttelte seine Hand ab. »Ist das ein übler Scherz, Bürger Jacques?«, fragte sie flüsternd. »Sie bringen mich in die Residenz eines Hochadligen?«

Er schüttelte den Kopf. »Du brauchst dich nicht zu sorgen«, sagte er. »Heute Abend ist dieser Ort wahrscheinlich der sicherste in der ganzen Stadt. Oder willst du lieber draußen beim Mob sein, Nicole?«

Sie schwieg, was hätte sie auch sagen können? Jacques steckte einen schweren Schlüssel in das Portal. Die Flügel knirschten, als er sie aufschob. Totale Finsternis lag vor ihnen, und Nicole atmete den Geruch von Staub und Sägemehl ein.

Jacques holte ein Feuerzeug aus der Tasche und zündete einige halb abgebrannte Wachskerzen in einem silbernen Kandelaber an. Sie flammten auf und verbreiteten verblüffend helles Licht. Nicole stockte der Atem.

Sie befanden sich in einer wunderschönen hohen Halle, gesäumt mit blassen seidenen Wandbehängen und verzierten Spiegeln in goldenen Rahmen, Beweise einer Zeit des wahrhaftigen Überflusses. Rechts und links gingen Türen ab, und am Ende der

Halle führte eine elegant geschwungene Treppe zu den oberen Stockwerken. Trotz des Staubs und der Spinngewebe leuchteten Nicoles Augen. »Es ist wie im Traum.«

Jacques hatte sie amüsiert beobachtet. »Ich dachte, es würde dir gefallen«, sagte er leise. »Dieses Haus hat interessante Geheimnisse. Du musst wissen, dass die früheren Bewohner sehr auf ihr Vergnügen aus waren.«

Nicole sah ihn fragend an. »Sie meinen tanzen und so? Und essen?«

Er lächelte geheimnisvoll. »Nicht ganz. Aber vielleicht ergibt sich später eine Gelegenheit, näher darauf einzugehen. Wirst du mir verzeihen, Nicole, wenn ich dich in diesem Haus allein lasse? Nur für eine Stunde. Ich habe kurz etwas zu erledigen.«

»Was haben Sie zu erledigen?« Sie schüttelte sich bei dem Gedanken, in diesem riesigen Haus allein zu sein. Sie sah wieder den Pöbel in den Straßen vor sich und hörte die entsetzlichen Schreie der Gejagten.

»Ich muss mich mit einigen Leuten treffen, und dann muss ich mich um Vorräte kümmern, damit wir beide etwas zu essen haben.«

»Um diese Uhrzeit können Sie nichts mehr einkaufen.«

Er grinste. »Mein Magen hofft inständig, dass du Unrecht hast.« Er ging zur Tür.

»Sie lassen mich ganz allein hier zurück?« Hysterie schwang in ihrer Stimme mit. Sie konnte es selbst hören und ärgerte sich darüber. Sie wollte ihre Furcht unterdrücken und fragte leise: »Woher weiß ich, dass Sie zurückkommen?«

Seine dunklen Augen leuchteten. Eine Hand lag

schon auf dem Türknopf, als er fragte: »Du willst also, dass ich zurückkomme?«

»Ich wäre nicht weniger glücklich, wenn ich Sie nie wieder zu Gesicht bekäme!«, gab sie patzig zur Antwort. »Sie sind ein arroganter Emporkömmling aus der Provinz.«

Er sah sie abschätzend an. »Keine Bange, ich komme zurück. Aber wenn du dich fürchtest, dann nimm das.« Er griff in seine Tasche und zog eine glänzende, einschüchternd aussehende Pistole heraus. »Weißt du, wie man damit umgeht?«

Sie atmete tief durch und streckte unsicher eine Hand aus. Die Waffe fühlte sich kalt und schwer an. »Natürlich«, sagte sie.

»Gut. Ich bleibe nicht lange weg.«

Im nächsten Augenblick war er in der Dunkelheit verschwunden. Hinter ihm fiel die Tür schwer ins Schloss, und Nicole war, als wäre ihre Hoffnung auf ein glückliches Ende dieses schrecklichen Tages mit ihm gegangen. Sie lachte trocken auf. Hier stand sie nun in dieser verlassenen, großartigen Residenz, ganz allein, nur eine Pistole als Begleiter. In ihrer erbärmlichen Bude in *St. Viktor* würde sich die Vermieterin fragen, was aus ihr geworden war. Aber die alte Madame Rimaud würde der vermissten Mieterin wegen keine schlaflose Nacht verbringen. In diesen Tagen gingen in Paris zu viele Menschen verloren.

Bürger Jacques – wer war das eigentlich? Sie erschauerte, als sie sich daran erinnerte, wie er sie angeschaut hatte, halb abschätzend, halb amüsiert. Er hatte Einfluss und war gefährlich. Ein richtiger Mann. Keiner der gepuderten und angemalten Affen, die früher Versailles bevölkert hatten. Ihre Haut begann zu kribbeln, wenn sie an ihn dachte, an seinen stählernen Körper, an die von der Sonne gebräunte Haut, an den breiten, sinnlichen Mund. Sie wusste, ein Kuss von ihm musste fantastisch sein, und was das andere anging ... es prickelte in ihrem Schoß.

Närrin, schalt sie sich. Dumme Gans. Männer waren nie, wie sie schienen, und sie hielten nie ihre Versprechen. Denk doch bloß an Gerard.

Ihr mysteriöser Bürger Jacques hatte sie vor dem Pöbel gerettet. Jetzt musste sie sich seinen Plänen unterordnen und seine Macht ausnutzen, um Paris verlassen zu können. Was hatte er gesagt? Ich glaube, Nicole Chabrier, dass ich dir eine Gelegenheit zur Vergeltung bieten kann.

Um sich an Gerard und seinesgleichen rächen zu können, würde sie alles riskieren. Alles, was Bürger Jacques verlangte.

Sie schob die schwere Pistole in die tiefe Tasche ihres Rocks, nahm eine Kerze aus dem Kandelaber und begab sich auf Entdeckungsreise.

Von der Halle führte eine Tür in den großen Salon. Sie trat hinein und hielt die Luft an. Es war ein herrliches Zimmer; schwere Kronleuchter hingen von der hohen Decke, und die vielen Spiegel reflektierten den Luxus. Die gewölbten Fenster reichten von der Decke bis zum Boden; die Läden waren geschlossen.

Eine dicke Staubschicht lag auf den kostbaren Möbeln. Vor ein paar Jahren, dachte Nicole traurig, war dieser Salon von fröhlichem Lachen erfüllt gewesen, von zwanglosem Geplauder und von schönen, eleganten Menschen. Jetzt waren sie in England oder Österreich – oder sie starben gerade auf den Straßen oder in den Gefängnissen.

Sie erinnerte sich an die Männer, die in ihren blutbesudelten Hemden durch die Straßen von Paris rannten, und wieder spürte sie das Entsetzen, das nach ihr griff. Oh, mein Frankreich, dachte sie, was ist aus dir geworden?

Vor vier Jahren war Nicole, damals neunzehn Jahre alt, aus ihrem kleinen Dorf in der Normandie nach Paris gegangen, erfüllt von Ehrgeiz und Träumen. Ein Leben mit einem Bauerntölpel und ein lebenslanger Kampf ums Überleben waren nicht das, was sie ertragen wollte. Ihr Traum war es, Schauspielerin und Tänzerin zu werden und einen Aristokraten zu heiraten. Und jetzt war sie hier, ohne Heimat, ohne Freunde, und total abhängig von dem geheimnisvollen Mann namens Jacques.

Ziellos schlenderte sie durch das Haus und fand eine flache Treppe, die hinunter zu einer großen gefliesten Küche führte, und plötzlich wurde ihr be-wusst, wie hungrig sie war. Jacques hatte gesagt, er würde was Essbares mitbringen, hoffentlich fand er etwas. Seit gestern hatte sie nichts gegessen, und ihre letzte Mahlzeit war ein schaler Bohneneintopf gewesen.

In einer dunklen Nische lagen mehrere Flaschen Rotwein. Nicole zog eine Flasche heraus und sah den Staub wirbeln. Durstig war sie auch. Mit einem Messer hob sie den Korken, dann konnte sie sich an der Flüssigkeit laben. Während der Wein ihr Inneres wärmte, spürte sie, wie das Leben in sie zurückkam. Sie war Nicole Chabier, Balletttänzerin an der Oper, talentierte Schauspielerin an der *Comédie Francaise*. Summend tänzelte sie aus der Küche und schwebte die Treppe hinauf, die Flasche in der einen, die Kerze in der anderen Hand.

Sie stellte sich vor, eine *grande dame* zu sein. Sie hörte das Rascheln der Seide und atmete das schwere Parfum ein, während sie das Lachen der Gäste hörte, die ihr gespannt entgegenblickten.

Sie lächelte vor sich hin ob ihrer albernen Gedanken und wanderte weiter. Sie betrat jedes einzelne Zimmer, bis sie das Schlafzimmer gefunden hatte, das der Dame des Hauses gehört hatte. Mitten im Zimmer stand ein breites Bett mit einem reich verzierten Himmel. Die Seiten waren mit Seidentüchern verhangen. Die Schränke waren kunstvoll geschnitzt und gedrechselt. In einer Ecke stand ein Frisiertisch, auf dem noch die in Silber gefassten Pinsel standen, daneben verschiedene Flakons. Beinahe atemlos vor Erregung, wie ein Kind, das sich plötzlich in einem Märchen wiederfindet, stellte Nicole die Kerze auf die Kommode und nahm einen Schluck Wein aus der Flasche.

Es war fantastisch. Dieser Luxus, diese Annehmlichkeiten. Für den Augenblick gehörte das alles ihr – wenn auch nur für eine Nacht. Sie zog Schränke und Schubladen auf, nahm Kleider, Röcke, Blusen, Unterwäsche und Strümpfe heraus. Lauter schöne, kostbare Sachen, die zu einer richtigen Marquise gehörten.

Sie hob die delikaten Dinge nacheinander auf und rieb sie an ihrer Wange, begeistert von der Sanftheit der verschiedenen Gewebe. Sie tauchte tiefer in die Schublade und fand Lavendeltäschchen und gebündelte Briefe, dann stieß sie ganz hinten auf eine herrlich geschnitzte Schatulle aus Walnussholz, offenbar gut versteckt.

Nachdenklich nippte sie noch mal am Wein, ohne zu bemerken, wie er ihr zu Kopf stieg. Ihr Herz klopfte aufgeregt, als sie den Deckel der Schatulle hob. Sie war gefüttert und mit pinkfarbener Seide ausgelegt, und darauf lagen, sorgfältig nach Größe und Umfang sortiert, sechs glatte Stäbe aus glänzendem Elfenbein.

Nicoles Augen öffneten sich weit, dann lachte sie laut auf. Natürlich hatte sie solche Gegenstände schon mal gesehen; einige ihrer Freundinnen, auch Tänzerinnen an der Oper, hatten sie ihr gezeigt, als sie noch nicht lange in Paris gelebt hatte. Sie hatten sich über Nicoles ländliche Unschuld lustig gemacht und ihr die Nachbildungen eines Phallus in die Hand gedrückt, damit sie sich von der harten Sanftheit des Materials überzeugen konnte, und gleichzeitig hatten sie ihr ins Ohr geflüstert, wie sie damit den Sex mit einem Mann imitierten.

Aber die Vorstellung, dass die Dame einer vornehmen Residenz, vielleicht eine Herzogin, auch solche Dinge besaß und sich einen elfenbeinernen Penis zwischen die feinen Schenkel stieß … also, darauf wäre sie nie gekommen.

Stirnrunzelnd musste sie an den Satz denken, den Jacques kurz vor seinem Weggehen gesagt hatte: Sie waren sehr auf ihr Vergnügen aus, Nicole.

Sie gewahrte, dass ihre geheimen Stellen plötzlich feucht wurden, während sie mit den Fingerspitzen über den dicksten der Elfenbeinstäbe strich. Dann sah sie sich in einem der goldgerahmten hohen Spiegel und bemerkte ihre vom Wein geröteten Wangen, die vollen, bebenden Lippen und die hellbraunen Augen, die dunkel vor Lust glühten.

Sie warf die langen lohfarbenen Haare in den Nacken und dachte, dass sie einen wilden, hemmungslosen Eindruck machte – wie eine richtige *poule.*

Sie sah auch, dass ihr Kleid – das letzte Geschenk von Gerard – abgetragen und verdreckt aussah, abgegriffen von den verschwitzten Händen der widerlichen Kerle, die sie vor der Weinhandlung geschnappt hatten.

Ihre Augen schmolzen vor nicht ausgelebter Leidenschaft; sie öffnete ihr Mieder und ließ es, zusammen mit dem Unterhemd, auf den Boden rutschen. Dann betrachtete sie sich wieder im Spiegel.

Im sanften Kerzenschein sah ihre Haut makellos und golden aus. In den letzten Monaten hatte sie an Gewicht eingebüßt, denn in Paris waren die Nahrungsmittel knapp geworden, besonders für eine junge Frau, die ihren Gönner verloren hatte. Aber ihre Brüste mit den rosigen Spitzen reckten sich immer noch keck hoch, und dass ihr Gesicht hagerer geworden war, stand ihr gut und betonte die hoch angesetzten Wangenknochen.

Sie griff nach der Weinflasche und nahm wieder einen kräftigen Schluck – er war kräftiger, als für sie gut war. Aber der Wein wärmte sie und trieb ihre dunklen Gedanken an.

Langsam und genüsslich befingerte sie ihre nackten Brüste. Mit Daumen und Zeigefinger drückte sie die vorwitzigen rosigen Warzen, die sich steil aufrichteten. Wogen der Lust überschwemmten sie und erhitzten ihr Blut. Die Röte der Wangen intensivierte sich noch, ihre Lippen waren feucht und leicht geöffnet. Verdammter Gerard. Verdammt sei er, weil er sie zurückgelassen hatte.

Als sie den Comte de Polignac zuerst kennen gelernt hatte, war sie geblendet gewesen. Er war groß und sah gut aus, hatte ausgezeichnete Manieren, zog sich elegant an und unterschied sich in allen Dingen von den Bauernjungen, die sie mit stürmischem Ungeschick bedrängt hatten.

Nicole hatte ihren tölpelhaften Bemühungen widerstanden, denn sie wollte nicht das Schicksal der anderen Mädchen teilen, die schwanger wurden und heiraten mussten und dann Jahr um Jahr Kind auf Kind zur Welt brachten, ohne zu wissen, wie sie die wachsende Familie ernähren konnten. Nicole hatte kein Verständnis für die einheimischen Mädchen und auch nicht für die Burschen, die sich ihnen aufdrängten. Oft genug hatte sie gesehen, wie sie sich auf den Feldern oder in den Scheunen gepaart hatten.

Nein, für sie kam das nicht in Frage. Einmal hatte ihr ein Dorfjunge aufgelauert und ihr seinen langen, hässlichen Penis gezeigt, aber sie hatte ihn nur ausgelacht und ihm geraten, ein anderes Mädchen zu finden. Das Erlebnis hatte ihren Beschluss nur noch gefestigt, das Dorf zu verlassen.

Ein halbes Jahr war sie in Paris gewesen, als Gerard auf sie aufmerksam geworden war. Am ersten Abend hatte er sie nach der Aufführung zum Essen eingeladen. Vor Aufregung hatte sie kaum sprechen können, denn es war ihr bewusst gewesen, dass dies die Eintrittskarte ins richtige Leben sein konnte. In das Leben, das sie sich verdient hatte.

Während sie sich im Spiegel betrachtete, koste sie ihre nackten Brüste und genoss die warmen, sinnlichen Gefühle, die sie durchfluteten. Sie zog sich feine Seidenstrümpfe an und befestigte sie an hauchdünnen Bändern auf ihren schlanken Schenkeln. Ein weißes

Mieder stach ihr ins Auge, es war raffiniert geschnitten und drückte die Brüste zusammen. Die steifen Nippel stießen durch den Stoff. Sie war erregt, und das lag nicht nur am Wein, o nein, es lag an der ganzen Umgebung, an der bedrohlichen, geheimnisvollen Situation und an dem unglaublichen Luxus.

Und es lag an ihren Gedanken an den geheimnisumwitterten Retter, der bald wieder hier sein würde.

Sie streifte die Hände über die schlanken Hüften und sah im mannshohen Spiegel den entblößten Schoß zwischen Mieder und Strumpfansatz. Ihr Geschlecht pochte, und Nicole spürte ihre Säfte rinnen. Die krausen Härchen ihrer Scham wurden dunkel vor Feuchtigkeit.

Gerard hatte eine Schwäche gehabt für ihre krausen Schamhaare; er hatte vor ihr gekniet und ihren Duft eingeatmet, während er seine weißen, beringten Finger über ihren geschmeidigen Körper gleiten ließ. Sie erinnerte sich noch gut daran, wie begeistert er am ersten Abend von ihrem Körper gewesen war. Minutenlang hatte er sie voller Entzücken nur angestarrt. Nicole, die sich voller Verzweiflung nach ihm gesehnt hatte, hatte die Arme ausgestreckt; sie wollte ihn tief in sich spüren, aber er war schon zum Höhepunkt gekommen, während er neben ihr lag.

Nicole war enttäuscht gewesen, und ihr sehnsüchtiges Verlangen hatte sich in tiefen Schmerz verwandelt, aber sie sagte sich, dass sie glücklich war und ihn liebte. Jedenfalls hatte sie das damals geglaubt.

Gerard, Comte de Polignac, war ein egoistischer Liebhaber gewesen. Das war Nicole klar geworden, nachdem sie von ihren Freundinnen an der Oper genug über andere Männer gehört hatte. Ob auch sie die Lust erlebte, kümmerte Gerard herzlich wenig. Damals hatte ihr das nichts ausgemacht, weil sie immer noch vernarrt in sein gutes aristokratisches Aussehen war. Mehr zu verlangen, sagte sie sich, war unbillig; dann würde sie sich auf eine Stufe mit den geilen Landmädchen stellen, die es wie die Tiere trieben.

Wieder fühlte sich ihr Blick von den verblüffenden Elfenbeinpenissen angezogen. Ihre beste Freundin Anne-Marie, mit der sie sich eine Bude geteilt hatte, ehe Gerard ihr ein eigenes luxuriöses Apartment zugewiesen hatte, hatte Nicole lachend erzählt, wie einsame, liebeshungrige Frauen solche Gegenstände vor dem Einschlafen küssen und herzen und sich einbilden, einen Mann im Bett zu haben. Auf einer ausgelassenen, lärmenden Fete nach der Aufführung hatte eine Frau einmal demonstriert, wie diese Stäbe benutzt wurden; sie hatte die Röcke hochgezogen und den großen Schaft langsam eingeführt, während ihr Gesicht sich mit jedem Zentimeter ein bisschen mehr vor Lust verzerrte. Die anderen Gäste hatten gelacht und geklatscht, während Nicole errötend im Schatten geblieben war.

Benommen vor Verlangen griffen Nicoles zitternde Finger einen der weißen Stäbe. Er war sehr lang und dick; der bloße Anblick jagte ihr schon einen Schauer der Furcht über den Rücken, aber gleichzeitig wurde ihr Mund trocken, und vor Erregung bekam sie eine Gänsehaut. Die Spitze war rund und wunderbar glatt und verführerisch. Zögernd strich sie die Spitze über die geschwollenen Falten ihrer geheimen Stelle und fuhr langsam über die sämig feuchte Spalte. Sie zuckte und seufzte laut, denn es war ein gutes, oh, so ein gutes Gefühl. Sie biss sich auf die Unterlippe und ließ das Elfenbein tiefer hineingleiten. Sie spürte, wie ihre Muskeln es hart umschlossen, als wollten sie mehr haben.

Nicole richtete sich auf, atmete tief ein und betrachtete sich im Spiegel.

Sie konnte sehen, wie ihr Fleisch sich um den Elfenbeinschaft schmiegte. Die Lippen waren dunkel, glitschig und stark geschwollen. Mit der Fingerspitze berührte sie leicht die kleine Knospe am Eingang. Exquisite Gefühle ließen sie erschauern, und sie wusste, wenn sie noch einmal über den Kitzler streichelte, würde sie explodieren.

Aber noch nicht. Sie wollte dieses Gefühl auskosten, sie wollte ihr empfindsames Gewebe necken und reizen, wollte die derben sinnlichen Ereignisse des Tages noch einmal an sich vorbeiziehen lassen; das Kopulieren auf offener Straße, ihre eigene Lust in den Armen ihres Retters, der mit seinen kundigen Fingern ihre Nippel gereizt hatte, bis sie beinahe die herbeigesehnte Erlösung erlebt hatte.

Sie biss die Zähne fest aufeinander. Ihr Atem wurde vor Erregung immer kürzer und hechelnder, als sie den Elfenbeinpenis jetzt einführte, höher, noch ein Stückchen höher. Es war eine Wohltat! Ihre Lust wurde auch dadurch auf ein wundersames Plateau gehoben, dass sie sich dabei im Spiegel beobachten konnte.

Ihre Augen waren dunkel vor berstendem Verlangen. Mit der freien Hand zwickte sie ihre harten, steifen Nippel über dem engen weißen Mieder. Bei jedem Ausatmen entwich auch ein lüsternes Stöhnen.

Sie wusste, dass sie sich zu jeder Zeit zu einer Explosion der süßesten Gefühle bringen konnte, aber sie war entschlossen, diesen Moment so lange hinauszuzögern, wie sie diese köstliche Agonie ertragen würde.

Ihre inneren Muskeln verkrampften sich um den dicken Elfenbeinschaft, der immer schneller in sie hineinstieß, und dann schloss Nicole die Augen, und während sie von einem unglaublichen Orgasmus geschüttelt wurde, sah sie auf ihrer Netzhaut das Bild des schwarzhaarigen Bürgers Jacques, der sie so geschickt berührt hatte. Sie biss sich auf die Lippen und stellte sich vor, dass er es war, der ihr diese Lust verschaffte, dass es sein harter Penis war, der ihr Innerstes bis auf den Grund erforschte und mit berechnenden Stößen in sie hineinpumpte.

Nein! Dieses Entzücken sollte noch nicht aufhören. Der künstliche Phallus steckte fest in ihrer Vagina, und ihre Muskeln hatten sich noch nicht beruhigt. Sie warf ihre langen Haare zurück und betrachtete sich triumphierend im Spiegel. Sie schritt durchs Zimmer und hob die Weinflasche auf, um ihren Durst zu stillen. Sie ging ein wenig schaukelnd, und die nackten Hüften schwangen hin und her.

Sie stellte sich vor, wie ihre nackten Backen unter dem engen weißen Mieder aussehen mussten, prall und reif, offener wegen des dicken Schafts zwischen den Schenkeln.

Einem Impuls folgend, bückte sie sich nach der Pistole, die Jacques ihr dagelassen hatte. Sie wiegte sie in beiden Händen, und in diesem Moment fühlte sie sich stark und mächtig.

Zu spät hörte sie draußen die leisen Schritte. Sie

wirbelte herum, aber da lehnte er schon an der Tür, die er hinter sich geschlossen hatte. Er hatte die Arme vor der Brust gekreuzt und lachte.

Verdammt, er lachte sie aus! Er lachte so sehr, dass Nicole sein weißes Gebiss sehen konnte, ein glänzender Kontrast zu seinem dunklen, gefährlichen Gesicht.

»*Morbleu*«, stieß Jacques hervor, »meine kleine Nicole, wahrhaft ein Augenschmaus.«

Zweites Kapitel

Jacques trug nicht mehr den dunklen Mantel, sondern stand in einem weißen Seidenhemd mit geraffter Krawatte sowie in hautengen schwarzen Breeches und langen Lederstiefeln da, die seine muskulösen Beine umschlossen. Die dunklen Haare waren streng nach hinten gekämmt. Er sah absolut umwerfend aus, dachte Nicole. Und er lachte sie aus. Dafür würde sie ihn umbringen. Ohne zu zögern legte sie die Pistole auf ihn an. Der Wein, den sie konsumiert hatte, floss träge durch ihre Adern und machte sie tollkühn. Nein, es war besser, ihn zu erniedrigen, statt ihn zu töten. Er sollte um sein Leben betteln, dieser unmögliche Bürger Jacques.

In dem eng anliegenden Mieder und den Seidenstrümpfen stand sie trotzig da, den Phallus noch zwischen den Schenkeln, die Pistole auf seinen Brustkorb gerichtet. Zischend sagte sie: »So, Monsieur, Sie finden mich also zum Lachen?«

»Zum Lachen? Oh, nein«, sagte er und schüttelte den Kopf. »Um ehrlich zu sein, *chérie*, du bist das Schönste, was ich je in meinem Leben gesehen habe.«

Nicole grinste grimmig. Mit einem Mal wusste sie, wie sie sich für die ganzen Erniedrigungen, die sie von Männern über sich hatte ergehen lassen müssen, rächen konnte.

Langsam ging sie auf ihn zu. Ihre vollen Brüste bebten leicht über der Spitze des engen Mieders. Mit einem befriedigenden Seufzer bemerkte sie die

Schwellung in seiner Hose. Diesem Mann würde sie eine Lektion erteilen, die er nie vergessen würde!

»Ziehen Sie Ihre Kleider aus, Bürger Jacques«, sagte sie leise. Er zögerte, und Nicole hob die Pistole eine Idee höher. Seine Augen verengten sich zu schmalen Schlitzen, die jede ihrer Bewegungen genau verfolgten.

»Fangen Sie endlich an, verdammt!«

Mit einem flüchtigen Schulterzucken entknotete er seine weiße Krawatte, dann knöpfte er sein bauschiges Hemd auf und zog es langsam aus dem Hosenbund. Seine Lippen zuckten leicht, und er hob die Augen und sah Nicole fast entschuldigend an.

Nicole, die kaum mehr atmen konnte, wartete gespannt auf den nächsten Schritt, denn sie konnte sehen, wie seine Männlichkeit gegen den engen Hosenstoff drückte. Ihre inneren Muskeln umklammerten hilflos den harten Elfenbeinschaft. Oh, wie sie sich nach seinem Schaft sehnte! Aber zuerst würde sie ihn demütigen. Das war es, was sie wollte. Mehr als alles andere. Sie wollte diesen arroganten Mann erniedrigen. Er würde ihr aus der Hand fressen.

Eine Hand hielt die Pistole, die andere lag auf der Hüfte. Ihre Beine standen weit auseinander. Sie wusste, dass ihre nassen geheimen Falten sichtbar waren.

»Knien Sie sich, Bürger Jacques«, sagte sie schnurrend. »Aber knien Sie sich langsam.«

Er gehorchte, das Gesicht ausdruckslos. Das aufgeknöpfte Hemd fiel auseinander und gab den Blick auf seinen kräftigen muskulösen Oberkörper frei, der in einen flachen Bauch überging. Seine Haut war glatt und gebräunt, aber weiter unten begann eine dünne

Haarlinie, die zu seinem noch bedeckten Schoß führen würde. Nicole spürte, wie ihr Mund trocken wurde.

Er war ein schöner Mann. Kräftig, geschmeidig und stark. Nicht so schwer mit Muskeln bepackt wie die Bauern auf den Feldern der Normandie. An seinem Körper konnte man kein Gramm Fett entdecken. Aber was half ihm seine Kraft, wenn sie eine Waffe auf ihn gerichtet hatte?

Nicole leckte sich über die vollen Lippen und genoss die Macht, über die sie plötzlich verfügte. »Und jetzt«, sagte sie mit raunender Stimme, »lassen Sie es raus. Ich will sehen, was Sie zum Mann macht, Bürger.«

Er sah sie stirnrunzelnd an.

»Oder fürchten Sie sich davor?«, flüsterte sie. »Fürchten Sie sich vor mir? Haben Sie Angst, ich könnte über Ihre unzulängliche Männlichkeit lachen?«

Er presste die dünnen Lippen aufeinander und knöpfte langsam die Breeches auf.

Nicole stieß ein lautes Geräusch aus, und die Farbe schoss in ihre Wangen, als sein stattliches Glied ungeduldig aus dem Gefängnis ruckte und nach oben federte.

Unzulänglich, dachte Nicole, war nun wirklich kein treffendes Wort dafür.

Er hatte einen wunderschönen Penis. Dunkel und geschwollen, lang und dick und seidig weich. Sie konnte sich vorstellen, wie er sich anfühlte, wenn sie ihn in die Finger nahm. Oder zwischen die Lippen. Das vom Wein aufgeheizte Blut prickelte in ihren Adern, und ihre inneren Muskeln schlossen sich fester um den Elfenbeinschaft. Wenn sie nicht aufpasste, dachte sie, würde sie nur von seinem Anblick einen Orgasmus bekommen. Aber das wäre viel zu schnell gewesen, denn er sollte ja leiden.

Sie beobachtete ihn begierig und sah zu, wie er die Breeches abstreifte. Dabei berührte er eher zufällig den dicken Stamm seines Penis, der hungrig zuckte.

Nicole musste lachen. »Sie wollen sich wohl mit Ihren eifrigen Fingern selbst befriedigen? Oh, nein, Monsieur! Hände auf den Rücken!«

Sie stützte sich mit den Pobacken auf dem hohen Bettrand ab, die Schenkel immer noch gespreizt. Die Augen des Mannes schienen beinahe hilflos auf die saftigen Falten des Dreiecks gerichtet zu sein und auf den Elfenbeinschaft, der so verführerisch zwischen den nassen Lippen verschwand. Nicole hörte ihn seufzen und lächelte in sich hinein. Sie hielt die Pistole auf seine Brust gerichtet, während sie mit der anderen Hand den künstlichen Penis griff und langsam hin und her bewegte.

Der Mann starrte sie an, die Hände auf dem Rücken, das dunkle Gesicht völlig leidenschaftslos.

Aber Nicole sah, während sie vor Lust zitterte, dass sein gewaltiger Phallus gierig pochte. Die schweren Hoden zogen sich in den dunkel behaarten Beutel zurück und verrieten sein Verlangen. Nicole rang nach Luft, sie spürte die verkrampfenden Muskeln um den Schaft und drückte ihn härter, schneller und tiefer in sich hinein. Sie war fast da … fast …

»*Chérie*«, sagte Jacques leise, »ich wünschte, du würdest damit aufhören. Wirklich.«

Hechelnd vor Lust fuhr sie fort, den Schaft zu bewegen. »Warum sollte ich?«, fragte sie mit bebender Stimme.

»Weil«, sagte Jacques zögernd, »weil ich mich davor fürchte, was mit der Pistole geschieht, wenn du deinen Höhepunkt erreichst, meine liebe Nicole. Und weil du fast eine ganze Flasche Wein intus hast. Und schließlich auch, weil ich glaube, dass du mit mir eine Menge mehr Spaß haben würdest.«

Nicole lachte gehässig, ihre Hand immer noch am Elfenbeinschaft. »Arroganter Narr! Alle Männer glauben, sie seien unersetzlich.« Was sie dann noch sagen wollte, erstarb auf ihren Lippen.

Geschmeidig wie eine Raubkatze hatte sich Jacques erhoben und durchquerte das Zimmer. Sein Hemd bauschte auf, das erigierte Glied wies ihm den Weg.

Nicole öffnete den Mund, packte die Pistole mit beiden Händen und hielt sie wieder auf seine Brust. »Bleiben Sie stehen! Ich schieße! Das ist mein Ernst!«

»Du wirst nicht schießen«, sagte er gelassen und ging weiter auf sie zu, der zitternden nackten Gestalt entgegen. »Soll ich dir sagen, warum? Diese Pistole, meine kleine Wildkatze, ist nicht geladen.«

Er schlug ihre Arme nach unten, und die Pistole fiel polternd auf den Boden. Gleichzeitig nahm Jacques die verdutzte Nicole in die Arme, hob sie auf und warf sie schwungvoll aufs Bett. Er bückte sich über sie und zog den Elfenbeinschaft langsam aus ihr heraus.

Ob unbeabsichtigt oder nicht – seine Hand strich über den fiebrigen Venusberg und über die pochende Klitoris. Fast wäre es ihr gekommen, als er den Schaft aus ihrer zuckenden, schmerzenden Spalte zog. Verzweifelt versuchte sie, die Kontrolle zu behalten. Sie wollte sich aufrichten, aber da kniete er schon über ihr und zwang sie aufs Bett zurück.

Sie widersetzte sich ihm weiter, aber sie hatte nur

noch seine massive Erektion im Kopf. »Verdammt«, rief sie, »warum haben Sie mir eine Pistole zur Verteidigung gegeben, wenn sie nicht geladen war?«

Seine Antwort bestand darin, sich weit über sie zu beugen und einen Nippel in den Mund zu nehmen. Nicole warf den Kopf in den Nacken und stöhnte lustvoll auf.

»Hast du dich mit der Pistole nicht sicherer gefühlt, als du allein im Haus warst?«, fragte er.

Sie stöhnte erneut, als seine Finger über ihre steifen Nippel strichen. »Ja, ja«, ächzte sie, »aber hören Sie jetzt damit auf, Monsieur.«

»Also«, sagte er gelassen und bewegte die Finger zwischen ihren zuckenden Lippen auf und ab, »dann hat die Pistole doch ihren Zweck erfüllt. Und dies, *chérie*, wird dir besser gefallen als dieses Spielzeug aus Elfenbein. Siehst du, hier hast du das Original.«

Er nahm den Penis in die Hand und führte den seidigen Kopf zwischen die zuckenden Lippen.

Nicole schmiegte sich an ihn und rieb ihre steifen Nippel gegen seine Brust. Jacques küsste sie auf den Mund, und im gleichen Moment glitt er in sie hinein.

Er war großartig. Hart wie ein Knochen und doch wunderbar sanft. Nicole warf die Arme um seine Schultern und klammerte sich keuchend an ihn, während Wellen der Lust durch ihren Körper liefen.

Er hob den dunklen Kopf und starrte auf ihre vollen Brüste. »Und wie schneide ich im Vergleich mit deinem Comte de Polignac ab?«

Nicoles Gesicht verzerrte sich gehässig. »Wie können Sie es wagen, sich mit ihm zu vergleichen?«, fuhr sie ihn an. »Er war Angehöriger der Hocharistokratie und kein spießiger Advokat aus der Provinz.«

»Ach? Die Adligen treiben es anders? Hat er das denn nicht getan?«

Er kreiste mit dem Daumen über ihre Klitoris. Nicole erschauerte und griff fest um seinen harten Schaft.

»Oder dies? Und dies?« Seine andere Hand glitt zwischen ihre Backen und koste die winzige, pulsierende Öffnung, bis sie laut zu stöhnen anfing.

»Oh, ja, ja!«, ächzte sie.

Er lachte in ihr Ohr, dann biss er sanft in ihre Nippel und stieß tief in sie hinein, und dann dauerte es nicht lange, bis Nicole den bewegendsten Orgasmus ihres Lebens erfuhr.

Die wilde Lust schüttelte ihren Körper durch. Jacques küsste ihre Tränen weg, und erst danach trieb er weiter in sie hinein, dem eigenen Höhepunkt entgegen.

Nicole lag in seinen Armen, verängstigt und erstaunt über das, was sie für diesen geheimnisvollen Mann empfand. Die Kerze auf der Frisierkommode flackerte, als wollte sie ausgehen, aber dann erholte sie sich und warf wieder ihren unsicheren Schein auf die beiden Körper. Nicole mochte es nicht glauben. Ausgerechnet hier, in dieser Umgebung, ausgerechnet mit diesem dämonischen Geliebten, dessen vollen Namen sie nicht einmal wusste.

Er lächelte und sagte: »Jetzt möchte ich gern deine Gedanken lesen können.«

Sie wurde aus ihrer melancholischen Stimmung gerissen und wandte sich instinktiv von ihm ab. »Das kann ich Ihnen sagen. Ich denke darüber nach, warum Sie mich mit einer Pistole allein zurückgelassen haben, von der Sie wussten, dass sie nicht geladen war.«

»Ja, stimmt.«

»Und doch«, fuhr Nicole fort, »zu Anfang, als ich Ihnen befohlen habe, sich auf den Boden zu knien und … und …«

»… und mich auszuziehen?«, fragte er.

»Ja, ja. Da hätten Sie mir doch schon sagen können, dass die Pistole nicht geladen war.«

»Ja, richtig.« Seine dunklen Augen tanzten. »Aber mir hat die Vorführung gefallen. Und dir hat sie auch gefallen. Außerdem wollte ich dich testen, Nicole.«

Sie rutschte noch ein bisschen weiter von ihm weg. »Mich testen?«, fragte sie verwundert.

»Ah, meine Nicole. Du bist eine Schönheit.« Er streckte einen Arm aus und streichelte mit einer schlanken, braunen Hand über ihre Brüste oberhalb des engen Mieders.

Sie erschauerte, als das Nachglühen der Erlösung von neuen Lustgefühlen belebt wurde. Ihr Körper war noch heiß, und sie spürte jede seiner Berührungen besonders intensiv. Sie stöhnte laut.

»Hast du auch bei Gerard so laut gestöhnt?«, fragte Jacques. »Hat er dich auch jedes Mal zu einem so schönen Höhepunkt gebracht?«

»Natürlich!«, log sie. »Gerard war ein wunderbarer Liebhaber.«

»Das hast du mir schon mal gesagt. Und doch hasst du ihn jetzt. Du würdest ihn sogar dem Tribunal ausliefern, wenn du könntest, nicht wahr?«

»Ja! Weil er mich allein in Paris zurückgelassen hat!« Ihre Stimme zitterte. Verdammt, die Sanftheit dieses Mannes irritierte sie und brachte sie aus dem Konzept. Sie sah ihn aus den Augenwinkeln an. Er lag so gelassen da, so selbstsicher. »Was haben Sie damit gemeint, dass Sie mich testen wollten?«, fragte sie misstrauisch.

Er stützte sich auf einen Ellenbogen und sah ihr ins Gesicht. Seine dunklen Augen blickten ernst und entschlossen.

»Ich habe mit dir über Vergeltung gesprochen«, sagte er. »Was sagst du zu einer Gelegenheit, Nicole, genau jene Menschen zu demütigen, die unser Land an den Rand des Ruins gebracht haben, nämlich die Aristokraten?«

Sie starrte ihn an und brach dann in Lachen aus. »Sind Sie verrückt?«

»Weit davon entfernt«, antwortete er gelassen. »Ich möchte nur wissen, ob du dabei mitmachen willst, Nicole, denn nach allem, was ich von dir gesehen habe, bist du sehr geeignet, meine Komplizin zu sein.«

Seine Hand streichelte leicht über ihre Brust, ein Finger spielte träge mit dem Nippel. Nicole hatte Mühe zu atmen. Sie löste sich von ihm und zischte: »Ihre Komplizin? Oh, nein, Jacques! Streichen Sie mich aus Ihren Überlegungen. Ich werde dieses Mausoleum so schnell es geht verlassen.«

Er legte sich auf den Rücken, die Hände hinter seinem Kopf verschränkt. Sein Hemd öffnete sich zu beiden Seiten, und es kostete sie Überwindung, nicht auf seinen schönen nackten Oberkörper zu schauen und auf die Schwellung, die seine Genitalien unter den Breeches verursachten. Mit den langen schwarzen Haaren, die sein fein geschnittenes Gesicht einrahmten, sah er wie ein dunkler Engel aus.

»Du gehst also?«, fragte er unschuldig.

»Ja. Aber nicht sofort«, fügte sie rasch hinzu und

sah durchs Fenster in die stockfinstere Nacht. Sie musste an die schrecklichen Szenen in den Pariser Straßen denken.

»Wie schade, *ma chérie*, denn wie ich schon sagte, es wäre deine Gelegenheit für Vergeltung gewesen. Und auch eine Gelegenheit für viele neue Lusterfahrungen, denn die ehemaligen Bewohner dieses Anwesens haben eine Menge von solchen Dingen verstanden.«

Die Art und Weise, wie er das sagte, hinterließ Trockenheit in Nicoles Mund. Ihre Blicke blieben jetzt doch auf seiner hageren Gestalt hängen.

Er gähnte und richtete sich auf. »Aber es ist deine Entscheidung«, fuhr er ruhig fort. »Bevor du gehst, musst du etwas essen. Ich muss auch Feuer machen, denn es ist kühl hier, nicht wahr? In der Zwischenzeit kannst du dir ein paar Kleider aussuchen, meine Liebe, denn sonst …« – sein Mund zuckte, als er ihren verführerischen Körper betrachtete – »… wirst du nicht weit kommen.«

Eine Stunde später legte Nicole sich mit einem wohligen Seufzer in die Kissen zurück, herrlich gesättigt. Sie hatte sich in ein wunderschönes seidenes Nachtgewand gehüllt, das sie in einer Garderobe aus Mahagoni gefunden hatte, und als Jacques ihr ein Tablett mit knackig frischem Brot, cremigem Käse und sogar einigen kleinen Äpfeln gebracht hatte, war sie darüber hergefallen, und er hatte sich zurückgesetzt und sie amüsiert beobachtet.

Während sie kräftig in den Apfel biss und kaute, fragte sie: »Essen Sie gar nichts?«

Er schüttelte den Kopf und legte ein paar Holzscheite aufs Feuer. »Ich habe gegessen, als ich draußen war. Du kannst das alles für dich haben.«

Nicole nagte den Apfel bis aufs Kerngehäuse ab, setzte sich im Schneidersitz aufs Bett und beäugte ihn argwöhnisch. »Wie, um alles in der Welt, ist es Ihnen gelungen, dieses Essen aufzutreiben, wenn gewöhnliche Sterbliche stundenlang anstehen müssen, um ein trockenes Roggenbrot kaufen zu können? Wer sind Sie, Monsieur?«

Er drehte sich wieder zu ihr um. »Das habe ich doch schon gesagt. Ich bin Jacques.«

»Aber wie gelangt der Schlüssel zu dieser Residenz in Ihre Hände? Der Mann, der die Kutsche angehalten hat, kannte Sie! Er schien sogar Angst vor Ihnen zu haben. Sie sind kein Bauer. Wer sind Sie? Irgendein Gesandter aus dem Süden?«

Bildete sie es sich nur ein, oder zögerte er, bevor er antwortete. »Stimmt, ich komme aus der Provence.«

»Aha«, sagte Nicole höhnisch, »also sind Sie nach Paris gekommen, um mal an der Macht zu riechen, um Ihre spießigen Fantasien auszuleben, was?«

Er setzte sich vor den Kamin in einen zierlich aussehenden Stuhl mit vergoldetem Rahmen und streckte seinen langen Beine aus. »Lebst du nicht auch deine Fantasien aus, Nicole? Ebenso wie die Leute, die wir heute Abend auf den Straßen gesehen haben?«

Nicole sah sofort wieder das Bild der ausgelassen tanzenden Frauen vor der Weinhandlung vor sich, auch das auf der Straße kopulierende Paar. Sie streckte die Hand nach dem Glas Rotwein aus, das er ihr eingeschenkt hatte. »Ich nehme mir mein Vergnügen, wo ich es finde«, sagte sie trotzig. »Mehr hat man doch nicht im Leben.«

»Gut.« Er lächelte listig, stand auf und schenkte Wein nach. »Ich hatte gedacht, dass du es so siehst.«

Nicole erwiderte verächtlich: »Mich wundert, dass zu Ihrer Adelsfantasie nicht ein paar Diener gehören, die zum Beispiel den Wein einschenken könnten.«

Er sah sie lächelnd an. »Nun, du wirst später noch feststellen, dass tatsächlich ein paar Diener da sind.«

Sie langte nach dem frisch gefüllten Glas, und dabei sah sie es.

Um Feuer zu machen, hatte er die Ärmel seines cremefarbenen Hemdes hochgerollt. Die sehnigen Unterarme waren mit feinen, kurzen dunklen Härchen bedeckt. Auf der Innenseite des Handgelenks war eine Nummer in die Haut gebrannt.

Nicole spürte, wie das Blut aus ihrem Gesicht wich. Erschrocken platzte es aus ihr heraus: »Sie sind ein Gefangener! Ein Sträfling!«

Er stellte die Flasche Wein bedächtig ab und sah sie aus verengten Augen an. Nach einiger Zeit nickte er. »Ja, man hat mich als solchen behandelt.«

Aber Nicole war schon vom Bett gerutscht und wich vor ihm zurück, ihre Augen vor Schreck geweitet. »Sie … Sie haben es mir nicht gesagt.«

»Du hast mich nicht gefragt, Nicole.«

»Sie können es also nicht abstreiten?«

Sein Gesicht verhärtete sich, es wurde kantig und kalt, als er ihren Abscheu sah. »Wie soll ich es abstreiten können, wenn dieses Brandmal mich mein Leben lang begleiten wird? Ja, ich gebe es zu. Ich habe zwei Jahre in Toulon im Kerker gesessen.«

Nicole wollte nichts mehr hören. Mit einem Aufschrei des Entsetzens rannte sie zur Tür und stürzte die dunkle Galerie entlang. Sie hörte ihn rufen.

»Nicole! Komm zurück, verdammt!«

Blindlings rannte sie weiter. Ihr Herz klopfte wie wild. Eine schmale Treppe führte weiter nach oben. Sie stolperte in der Dunkelheit und fiel hin. Sie raffte sich auf. Im oberen Stockwerk roch es muffig und verstaubt, und riesige Spinngewebe blieben an ihren Wangen haften.

Sie hetzte über einen Flur und fand die Türen verschlossen vor. Sie glaubte, seine ruhigen Schritte hören zu können. Keuchend vor Angst warf sie sich eine weitere schmale Treppe hoch. Ihre Knie gaben nach, sie konnte sich kaum noch auf den Beinen halten. Diese letzte Treppe führte zu einem einzigen Zimmer und zu sonst gar nichts. Voller Entsetzen erkannte sie, dass sie in der Falle saß. Sie drehte sich um und meinte, den schwachen Schein seiner Kerze ausmachen zu können. Sie stürzte in das Zimmer und knallte die Tür hinter sich zu. Sie richtete sich auf und rang nach Luft.

Draußen war nichts zu hören. Vielleicht hatte sie ihn abgeschüttelt.

Sie war krank vor Angst und konnte keinen klaren Gedanken fassen. Es war dunkel im Raum, und weil die Fensterläden dicht geschlossen waren, stahl sich nicht einmal ein Fetzen des Mondlichts durch eine Ritze. Sie schien sich in einem Raum zu befinden, der selten oder gar nicht benutzt worden war. Nicole nahm einen eigenartigen Geruch von Moder und Leder wahr. Es war kalt, und sie schüttelte sich in ihrem dünnen Nachtgewand. Sie trat einen unsicheren Schritt vor. Wo konnte sie sich verstecken?.

Die Wände waren rau, und offenbar gab es kein Mobiliar. Dann stieß sie mit der Hand gegen ein Regal, das an der Wand befestigt war. Neugierig tastete sie einige Gegenstände auf dem Regal mit den Fingern ab. Es mussten Peitschen sein. Ein Regal voller Peitschen! Lange aufgerollte Schnüre und kräftige Griffe aus hartem Leder. Aber wieso? Wenn dieser Raum im Erdgeschoss gewesen wäre, hätte man ihn für Vorräte nutzen können. Aber hier oben? Ihre Finger glitten zitternd über die einzelnen Peitschen.

Was war der Zweck dieses Furcht einflößenden Raums?

Sie stolperte weiter und stieß in einer Ecke gegen ein kleines Holzbett. Über der Matratze lag eine mit Rosshaar gefüllte Decke. Nadine atmete den muffigen Geruch ein, der sie benommen machte. Dann hörte sie bedächtige Schritte auf der Treppe.

Jacques.

Er wusste, wo sie war.

Er war ein Sträfling. Vielleicht sogar ein Mörder.

Sie wirbelte herum und unterdrückte einen Angstschrei. In ihrer Verzweiflung griff sie nach einer Peitsche, dann schlich sie zum Bett und versteckte sich hinter den dünnen Vorhängen. Sie hörte, wie die Tür sehr vorsichtig geöffnet wurde und erstickte ihren Schrei mit der eigenen kleinen Faust. Vielleicht wusste er ja gar nicht, dass sie hier Zuflucht gesucht hatte. Vielleicht würde er sich umdrehen und gehen.

Es entstand eine längere Stille, während der flackernde Schein der Kerze die dunklen Schatten der Bettvorhänge durchdrang. Sie hörte seine Schritte, dann blieb er stehen. Sie traute sich nicht zu atmen, als er näher kam, immer näher, bis er vorm Bett stand. Nicole barg ihr Gesicht in beide Hände.

Als sie seine Hand auf ihrer Schulter spürte, fuhr

sie herum. Ihre Hand klammerte sich fester um den Peitschenknauf, und dann schlug Nicole mit aller Macht zu – ins Gesicht, hoffte sie.

Sie hörte ein Zischen, als er die Luft scharf einsog. Die Peitschenriemen hatten seine Wange erwischt. Er gluckste leise. »Das hättest du nicht tun sollen, meine kleine Nicole. Aber zum Glück habe ich so etwas erwartet und mich entsprechend geschützt.«

Sie fiel zurück gegen das Bett und starrte auf seine beeindruckende Gestalt. Sie war bleich vor Angst. Im schwachen Schein der Kerze sah sie, dass er eine Maske trug, eine schwarze Maske aus weichem Leder mit Schlitzen für die Augen und einem Loch für den Mund. Sie schauderte und sah, dass es noch weitere Regale in diesem Raum gab; Regale, gefüllt mit weiteren Peitschen, Masken, Ledergurten und mit Geräten, deren Namen und Verwendungszweck sie nicht kannte. Wahrhaft eine Schreckenskammer!

Mit einem wilden Aufschrei sprang sie auf die Füße und zur Tür. Aber mit einem boshaften Lachen schnappte er Nicole und schob sie zurück auf das kleine, harte Bett, und als sie sich wehrte und um sich trat, warf er sich über sie. Sein Gewicht quetschte die Luft aus ihrem Leib. Die Augen blitzten Furcht erregend hinter den Schlitzen seiner Maske. Nicole sträubte sich nach Kräften, aber dann spürte sie, wie er sich ihre Handgelenke vornahm. Einen Moment später sprang er auf und griff nach ihren Fußgelenken. Zu spät erkannte sie, dass er sie mit Lederriemen an die Bettpfosten gefesselt hatte.

Sie zerrte an den Gurten und wollte mit den Füßen nach ihm treten, aber dadurch erreichte sie nur, dass ihr seidenes Gewand auseinander klaffte und den

Blick auf ihre nackte Haut und das weiße Mieder freigab.

Jacques trat einen Schritt zurück und betrachtete sein Werk. »Ganz ruhig, meine kleine Wildkatze«, murmelte er. »Willkommen im Lustzimmer der früheren Bewohner. Ich hätte es dir später sowieso zeigen wollen, aber dein Instinkt hat dich schon hierhin geführt.«

»Lust?«, kreischte Nicole und starrte in das maskierte Gesicht. »Sie sind ein perverser Teufel!«

»Ich kann dir nur raten zu warten, bevor du dir eine Meinung bildest.«

»Mir bleibt wohl nichts anderes übrig!«

»Genau«, sagte er freundlich. »Und das Warten, *ma chérie*, gehört zum Spaß dazu, wie du bald erfahren wirst.«

Wie er so vor ihr stand, geschmeidig und muskulös, in seinem offenen Hemd und den engen Breeches, das Gesicht hinter der Ledermaske nicht zu erkennen, spürte sie ein unerklärliches Verlangen nach ihm. Auch während sie sich hilflos gegen ihre Fesseln wehrte, brannte es in ihrem Bauch, und sie wusste, dass ihr Geschlecht sich mit süßen Säften füllte.

Die Art, wie sie zur Hilflosigkeit verdammt war, trug sogar noch zu ihrer schamlosen Erregung bei. Ihre Brüste waren oberhalb des Mieders entblößt, und die Beine waren durch die Fußfesseln weit gespreizt, wodurch er ihre geschwollenen, glitschigen Lippen sehen konnte.

Ein Sträfling …

Jacques hatte die Peitsche aufgehoben, mit der sie ihn geschlagen hatte. Er trat näher auf Nicole zu, und unwillkürlich zuckte sie zusammen. Er ließ die Spitze der Peitschenschnüre über ihre Brüste gleiten. Nicole schloss die Augen, während die wilde Erregung durch ihren Körper pulsierte. Ihre Nippel versteiften sich und schienen mehr zu verlangen. Jacques nahm die Warzen zwischen Daumen und Zeigefinger und drückte sie spielerisch, mal sanft, mal hart. Nicole wand sich unter dem süßen Schmerz auf dem Bett hin und her.

Er drehte die Peitsche in seiner Hand und ließ den harten, aber geschmeidigen Knauf über ihren Bauch gleiten, dann hinunter in die geschwollene Spalte und über die gereizte Klitoris. Nicole schloss wieder die Augen und schrie auf. Ja, sie sehnte sich nach ihm. Sie wollte die dunkle, verbotene Lust, die ihr schweigsamer Folterer mit seinen geschickten Berührungen versprach.

Während er sie weiter mit dem Peitschenknauf reizte, ruckte ihr Kopf von einer Seite zur anderen. Seine Stimme wurde durch die Maske gedämpft, als er fragte: »Was willst du, Nicole, *chérie*? Was willst du wirklich?«

Der Lederknauf spreizte ihre plumpen, nassen Labien. Nicole biss sich auf die Lippen, bis es schmerzte. »Du bist eine Bestie«, zischte sie.

»Soll ich denn gehen?«

Sie riss die Augen weit auf. »Sie würden mich nicht so hier zurücklassen?«

»Vielleicht doch.«

Er stieß mit dem Lederschaft sanft gegen ihre Klitoris, dann ließ er ihn handbreit darüber schweben. Nicole seufzte vor Enttäuschung. »Damit du Dankbarkeit lernst.«

»Dankbarkeit?«, kreischte sie. »Ich soll einem

Sträfling gegenüber dankbar sein? Weil Sie mich in diesem schrecklichen Haus als Gefangene halten?«

»Vor kurzem hatte ich den Eindruck, dass es dir gefällt. Vielleicht ist es besser, wenn ich dich eine Zeit lang verlasse, damit du in Ruhe über alles nachdenken kannst.« Er hob die Schultern und ging zur Tür.

Nicole geriet in Panik. »Nein!«

Er drehte sich zu ihr um. »Dann bitte mich auch nett darum, *chérie*.«

»Ja, bitte – verdammt, Jacques!«

Er ging langsam zu ihr zurück und setzte sich neben sie aufs Bett. Er fuhr mit einer Hand über ihre harten Nippel. Nicole hätte vor lauter Frust am liebsten laut geweint.

»Was genau soll ich denn tun?«, fragte er.

Die Ledermaske, die ihr nun so nahe war, wirkte fast hypnotisch auf sie; sie fühlte sich von ihr zugleich angezogen und abgestoßen. Sie schüttelte sich vor unerfüllter Gier. Voller Scham fuhr sie sich über die Lippen und flüsterte: »Ich will, dass du mich berührst. Da unten.«

»Wie? Mit meinen Fingern, Nicole?«

»Ja«, murmelte sie. »Und … und …«

»Und?«

»Mit deiner Zunge …«

»Etwa so?« Langsam stieß die Zunge durch die Mundöffnung der Maske, feucht, glänzend und verführerisch. Nicole schloss voller Scham die Augen. »Ja.«

Mit einem tiefen Glucksen kniete Jacques sich zwischen ihre Schenkel und beugte den Kopf.

Seine Zunge war lang und unglaublich kräftig. Nicole spürte den kalten Kuss der Ledermaske auf ihrer warmen, pulsierenden Vulva, während die Zunge die geschwollenen Labien berührte. Nicole war außer sich vor Wollust. Nie zuvor war sie so erregt gewesen.

Er bewegte sich zu ihren Brüsten und umspielte die steifen Spitzen.

Nicole schrie auf. Von den Brüsten schossen heiße Pfeile zu ihrem schmelzenden Schoß. Sie starrte in sein Gesicht, gebannt von den dunklen Augen. Er muss der Teufel höchstselbst sein, dachte sie und erinnerte sich, wie sein zuckender Penis sie vor kurzem noch befriedigt hatte, und voller Sehnsucht bäumte sich ihr Schoß auf, ihr Becken rotierte, und benommen murmelte sie seinen Namen.

»Geduld, meine Nicolette.«

Sein Kopf bewegte sich wieder nach unten, und er leckte langsam über ihr empfindliches Gewebe. Sie warf sich im Bett herum, zerrte an den Fesseln, die Arme und Beine hielten, und schrie nach der Erfüllung ihrer Lust. Jacques packte ihre Hüften, dann stieß er mit der langen Zunge tief in sie hinein, während seine lederbekleidete Nase ständig über ihren Venusberg rieb und ab und zu ihren Kitzler streifte. Seine Zunge drückte und drehte sich, wie eine kleine Schlange wand sie sich in ihrem bebenden Geschlecht.

Mit einem ungezügelten Aufschrei bäumte Nicole sich unter ihm auf, stieß ihm das Becken entgegen und rieb die Klitoris gegen das weiche Leder. Der Schrei ging in ein hechelndes Wimmern über, als sie einen durchrüttelnden Orgasmus erlebte, der sie am ganzen Körper zittern ließ.

Schlaff fiel sie aufs Bett zurück. Sie war erschöpft

und ausgelaugt, aber nie zuvor hatte sie ein solches köstliches, sinnliches Entzücken empfunden.

Er stand über ihr, die Hände auf den Hüften, die Augen dunkle Schlitze hinter seiner Maske. »Jetzt weißt du, *ma chérie*«, sagte er mit schnurrender Stimme, »warum die früheren Bewohner dieses Zimmer als ihren Lustraum benutzt haben. Wie listig von dir, ihn so gezielt anzusteuern.«

Nicole konnte noch nicht sprechen, ihr Atem musste sich erst normalisieren. In sich fühlte sie eine tiefe Scham über das, was sie ihm gestattet hatte, und doch zitterte ihr Körper noch von der heißen Erregung und der Erinnerung an die Wonnen, die er ihr verschafft hatte. Jacques' Maske war feucht von ihren Säften. Er nahm sie langsam ab und lächelte Nicole an.

»Wirst du mich jetzt von meinen Fesseln befreien, du brutaler Mensch?«

Er legte den Kopf auf eine Seite und sah sie spöttisch an. »Vielleicht, vielleicht auch nicht. Ich bin mir nicht sicher, ob du schon gelernt hast, mir zu vertrauen.«

»Ich soll dir vertrauen?« Ihre Stimme klang wie Eis. Ihr Blick fiel auf das kleine Brandmal am inneren Handgelenk. »Warum, um alles auf der Welt, soll ich einem geflohenen Sträfling vertrauen?«

»Weil«, sagte er ruhig, »ich nicht das getan habe, was sie mir vorgeworfen haben.« Er befreite sie von den Fesseln, und sie setzte sich aufs Bett und zog das Nachtgewand eng um ihren Leib.

»Wie kann ich dir glauben?«

Er hob die Schultern, stand auf und legte die Peitsche zurück aufs Regal. Er drehte sich zu ihr um. »Damals hat mir auch niemand geglaubt, obwohl ich hartnäckig meine Unschuld beteuert habe. Ich habe auch immer wieder versucht zu fliehen – das hier habe ich davon behalten.«

Er streifte sein weißes Hemd von den Schultern. Nicoles Herz pochte wie verrückt, denn im Kerzenschein sah er so geschmeidig und sehnig aus wie eine Wildkatze. Er wandte ihr den Rücken zu, und ihr stockte der Atem.

Die symmetrische Schönheit seiner Schultern wurde durch Striemen unterbrochen, tiefe Rillen, die sich ins Fleisch gegraben hatten, zweifellos von Peitschenhieben verursacht. Die Narben waren längst verheilt, sie würden ihn auf ewig an seinen Fluchtversuch erinnern.

Nicole spürte einen Kloß im Hals, sie schluckte schwer. »Warst du auf den Galeeren?«

»Nein.« Er zog das Hemd wieder an. »Mich haben sie in den Steinbruch geschickt.«

Das erklärte auch seinen muskulösen Körper, dachte Nicole. »Und weswegen bist du verurteilt worden, Jacques?«

»Sie haben mich der Vergewaltigung beschuldigt«, sagte er. »Ich wurde durch einen *lettre de cachet* verurteilt und ohne Gerichtsverhandlung eingekerkert. Damals waren solche Verfügungen des Königs noch gang und gäbe in unserem schönen Land.«

Nicole lehnte sich vor, ihr Gesicht bleich und besorgt. »Und hatte die Anklage Recht, Jacques? Hast du eine Frau vergewaltigt?«

Er sah sie lange an. »Als ich sie kennen lernte«, begann er, »war sie die Mätresse eines Hochadligen in der Nähe von Marseilles. Sie war ihres wohlhabenden Beschützers überdrüssig geworden und hatte mich als

Ersatz ausgesucht. Aber sie befand sich in einem Dilemma, denn sie genoss ihren Status, den Reichtum und den Einfluss als Mätresse des wohlhabenden Aristokraten.«

Er legte eine Pause ein, und Nicole schmerzte das Herz über die leidenschaftslose Art, wie er die Geschichte seines Schicksals erzählte.

»Aber sie war gewohnt, das zu bekommen, was sie sich in den Kopf gesetzt hatte. Sie war sehr schön, musst du wissen. Aber dann liefen die Dinge schief. Ihr reicher Beschützer hatte seine Spione überall, und einer hat ihm von uns erzählt. Sie verteidigte sich damit, ich hätte sie vergewaltigt und sie dann erpresst, so dass sie gezwungen gewesen wäre, die Affäre fortzusetzen.«

»Und alle haben ihr geglaubt?«

Seine Stirn zeigte tiefe Furchen. »Natürlich. Hättest du ihr nicht auch geglaubt, Nicole? Ihr Wort gegen meins? Sie war sehr klug. Klug und schön, und ihre Tränen brachten jeden Stein zum Erweichen, als sie mich beschuldigte. Hättest du mir geglaubt?«

Sie musterte ihn von oben bis unten und war erstaunt über das, was sie fühlte. Ja. Sie hätte ihm geglaubt. Dieser Mann hatte es nicht nötig, eine Frau mit Gewalt zu nehmen. Allein der Klang seiner Stimme brachte sie zum Schmelzen.

»Ich glaube, du warst unschuldig«, sagte sie leise.

Seine Augen leuchteten, und er stieß einige kurze Laute der Überraschung aus. »Nun, meine liebe Nicole, vielleicht haben wir mehr gemeinsam, als wir gedacht haben. Wir beide sind vereint in unserem Verlangen nach Vergeltung. Vergeltung an den Aristokraten, die uns so übel mitgespielt haben.«

Er schritt durchs Zimmer und betastete mehrere Peitschen, ehe er eine besonders große mit mehreren Schnüren vom Regal nahm. Er streichelte mit seinen langen Fingern über den harten Lederschaft, als wäre es sein erigierter Penis. Nicole spürte einen Schauer über ihren Rücken laufen.

»Du redest immer von Vergeltung«, sagte sie leise. »Welche Pläne hast du denn?«

Er sah sie lächelnd an. »Kein Blutvergießen, kein Töten. Davon haben wir längst genug in diesem Land. Aber denk doch mal nach, Nicole. Wie kann man jemanden am leichtesten demütigen? Natürlich durch die Sexualität. Unsere Opfer sollen ihre innersten Wünsche äußern, ihre ganz persönlichen Vorlieben, und dann nutzen wir unser Wissen aus … Du siehst entsetzt, aus, *chérie*. Morgen wirst du mehr erfahren.«

»Wenn ich morgen noch hier bin«, gab sie patzig zurück. »Ich habe doch gesagt, dass ich gehen will. Sobald es hell ist! Warum soll ich in deinen verrückten Plänen mitspielen?«

»Weil sie dich faszinieren«, gab er ruhig zurück. »Du willst mehr darüber erfahren. Und weil du ahnst, dass du deinen Gefallen daran finden wirst.«

Nicole ballte ihre zierlichen Hände zu Fäusten. »Hat dir schon jemand gesagt, dass du deine eigene Wichtigkeit verdammt überschätzt, Bürger Jacques? Du bist nichts anderes als ein Sträfling aus der Provinz.«

Er reckte belustigt seinen Daumen hoch und strich wieder über den Peitschenknauf, Lachen in den Augen. »Willst du mich bestrafen, Nicolette?«

»Ja!«, zischte sie, »aber ich nehme an, du würdest deinen Spaß daran haben.«

Margarete Bielert

Kralenriede 16

38108 Braunschweig

Beate Tkacz
Hans-Porner-Str. 32
38126 Braunschweig

»Du hast Recht, *ma chérie.*« Er grinste sie an. »Nun, es ist schon spät. Ich nehme an, du willst die ganze Nacht in diesem – wie hast du es genannt? – Mausoleum verbringen.«

»Nur weil es zu spät ist, jetzt aus dem Haus zu gehen.«

Er nickte und ging zur Tür, auf dem Weg dahin nahm er die Kerze mit. Nicole fragte unsicher: »Wohin gehst du?«

»In mein Zimmer. Ich muss mich noch um einige Dinge kümmern, aber ich werde nicht weit weg sein. Enttäuscht?«

»Natürlich nicht.«

Aber sie war sogar böse enttäuscht. Die Lust, die er ihr verschafft hatte, musste ihn heftig erregt haben. Und trotzdem ging er und ließ sie allein zurück. Rasch glitt sie vom Bett und stolperte ihm hinterher. Vor ihrem Zimmer hielt er an, ehe er sich wieder zum Gehen wandte.

Nicole konnte sich nicht länger bezähmen. Sie traute sich nicht, ihm in die Augen zu sehen, als sie mit leiser Stimme sagte: »Jacques, bist du sicher, dass du an diesem Abend nichts anderes von mir willst?«

Er warf seinen Kopf in den Nacken und lachte. »Das ist ein lieber Gedanke, meine Süße, aber danke, nein. Weißt du, die zwei Jahre im Kerker haben mir Selbstdisziplin beigebracht. Einen guten Wein hebt man sich besser auf, verstehst du? Und du musst versuchen, deine Leidenschaft für mich nicht so offen zu zeigen, *chérie.*«

Sie holte aus, um ihm eine Ohrfeige zu geben, aber er fing ihre Hand ab und hielt beide Gelenke mit einer Hand fest. »Schlaf gut, meine Wildkatze. Und lass die

Finger von der kleinen Truhe mit den Schätzen aus Elfenbein, ja? Süße Träume.«

Sie warf ihm eine Reihe undamenhafter Flüche hinterher. Dieser Mann war absolut verrückt. Allein sein Gerede, die Aristokraten zu demütigen …

Nicole ging hinüber ans Fenster ihres Zimmers und öffnete die Gitterläden. Sie sah die roten Feuer, die immer noch am dunklen Pariser Himmel glommen. Die Zwillingstürme von *Notre Dame* ragten hoch. Nicole schüttelte sich, als sie an den Pöbel dachte und an die Schreie seiner Opfer.

Dann fuhr sie herum. Ihr wurde plötzlich bewusst, dass jemand die Essensreste weggeräumt hatte, und die Bettdecke war glatt gezogen. Jacques? Nein, er konnte das nicht gewesen sein. Er war ihr sofort gefolgt, als sie aus dem Zimmer und ins obere Stockwerk gestürmt war. Wer also hatte ihr Zimmer aufgeräumt? Sie hatte geglaubt, das Haus wäre unbewohnt, aber auch darin schien sie sich geirrt zu haben.

Sie zog sich aus und warf ein weißes, frisches Nachthemd über, das sie auf ihrem Kopfkissen fand. Sie legte sich auf das breite, hohe Bett und schlüpfte zwischen die linnenen Laken. Sie schlang die Arme um ihren Leib und konnte nicht schlafen. Sie musste an Jacques denken.

Als der Schlaf schließlich kam, brachte er dunkle und schemenhafte Träume mit. Sie sah die Soldaten in ihren roten Jacken wieder, sie spürte ihre dreckigen Hände auf den Brüsten und roch ihren schlechten Atem.

Nicole hörte sich schreien, während sie sich im Schlaf von einer Seite auf die andere wälzte. Sie rief Jacques um Hilfe, aber er war nicht da. In der Menge erkannte sie nur ein vertrautes Gesicht, das von Gerard de Polignac. Aus dem Schutz der Schatten sah er zu, was ihre Peiniger mit ihr anstellten, genau wie Jacques es getan hatte. Der einzige Unterschied war, dass Gerard lachte und offenbar die obszöne Situation mitten im Pariser Pöbel genoss. So hatte er auch am letzten Abend gelacht, bevor er Paris verlassen und sie ihn angefleht hatte, sie mit nach Österreich zu nehmen. Sie hatte vor ihm auf den Knien gelegen und gebettelt, nicht allein gelassen zu werden.

Noch während Nicole im Traum ihn um Hilfe anschrie, während die brutalen Kerle ihr die Kleider vom Leib rissen und ihre nackten Brüste betatschten, zog Gerard ein willfähriges Mädchen in die dunkle Gasse, drückte sie auf die Knie und schob ihr den blassen, steifen Penis in den Mund.

Mit einem verzweifelten Aufschrei wachte Nicole auf. Sie spürte, dass sie schweißgebadet war. Es war noch dunkel. Sie zitterte am ganzen Körper. Im Haus war es still, aber sie fürchtete das drückende Schweigen im großen Haus.

Dann fiel ihr ein, dass Jacques irgendwo in der Nähe sein musste, und dieser Gedanke beruhigte sie. Du bist verrückt und siehst Gespenster, schalt sie sich. Du bist nicht weniger verrückt als er, wenn du einem gebrandmarkten Ex-Sträfling trauen willst.

Trotzdem – der Gedanke an Jacques beschwichtigte ihre Ängste, und endlich fiel sie in einen tiefen Schlaf.

Drittes Kapitel

Als Nicole am Morgen aufwachte, strömte das Sonnenlicht durch das Gitterwerk der Läden. Schläfrig kletterte sie aus dem hohen Bett, gähnte und streckte sich. Das baumwollene Nachthemd kratzte ihre sanfte Haut; sie zog es aus und tauschte es gegen das Seidengewand, das sie gestern Abend getragen hatte.

Sie trat ans Fenster, öffnete die Läden und zog die Fenster weit auf. Die frischen Düfte aus dem wuchernden Garten waren nach dem gestrigen Regen besonders intensiv, und bald war das ganze Zimmer davon erfüllt. Nicole atmete tief ein. Bei Tageslicht war die Residenz noch viel beeindruckender. Es stimmte also alles, es war kein alberner Traum gewesen. Letzte Nacht, dieses Haus und Bürger Jacques. Vor allem dieser Mann Jacques.

Sie schüttelte sich, als sie an ihre unkontrollierte Lüsternheit in seinen Armen dachte, an die unglaubliche Leidenschaft, die er in ihr geweckt hatte.

Dann hörte sie plötzlich einen gellenden Frauenschrei. Ihr Blut schien in den Adern zu gefrieren, und sofort kehrten Erinnerungen an die Todesschreie in den Straßen von Paris zurück. Ihr Herz raste. Sie lehnte sich weit aus dem Fenster und sah ein dunkelhaariges Mädchen über einen Kiesweg laufen, auf das Haus zu, gefolgt von einem schweren, derb gekleideten Mann. Nicole hielt die Luft an, aber im nächsten Moment entspannte sie sich, denn sie bemerkte, dass das Mädchen geschnappt werden wollte. Fast an der Hauswand blieb die junge Frau stehen und lehnte sich über einen großen Steinkübel mit üppig blühenden scharlachroten Geranien. Sie keuchte und lachte und drehte sich nach ihrem Verfolger um, die Hände auf die breiten Hüften gestemmt.

Nicole erkannte, dass sie das Gespenstermädchen war, das sie gestern Abend bei ihrer Ankunft zwischen den Kutschen gesehen hatte. Nein, ein Gespenst war sie nicht, sie hatte auch nicht die vornehme Blässe der Adligen. Sie war eine schöne junge Frau mit rosigen Wangen und zerzausten schwarzen Haaren. Sie trug ein Baumwollkleid und eine Dienstmädchenschürze.

Wieder stockte Nicole der Atem. Der derbe Mann hatte das Mädchen in seine Arme genommen und küsste sie heftig und ungestüm. Zuerst wollte das Mädchen ihn wegschieben und kicherte dabei, und dann sah Nicole zu, wie sie ihr Mieder aufschnürte und die Brüste mit ihren Händen herausholte und dem Mann präsentierte.

Mit einem erwartungsfrohen Lachen beugte der Mann sich über sie und begann an den dunklen Nippeln zu lutschen, während Nicole wie gebannt zuschaute und bemerkte, wie ihr die Röte in die Wangen stieg. Er war ein ungeschlachter Mann mit einem ungepflegten Bart. Er trug eine Hose und hölzerne *sabots* und sah wie jemand aus der Dienerschaft aus.

Das Blut pochte in Nicoles Adern, als der Mann an den steifen Warzen der festen Frauenbrust saugte, während er sie zusammendrückte, um sie mit einer Hand fassen zu können. Das Mädchen hatte den Kopf in den Nacken geworfen; die Augen glänzten vor Ekstase. Nicole spürte ihre eigene Erregung, die Hitze zwischen den Schenkeln, und musste sich am

Fensterrahmen festhalten. Sie stellte sich vor, dass der Mann so lüstern an ihren Brüsten saugte.

Sie musste auf ihre Unterlippe beißen, um nicht aufzuschreien, denn der Mann war neben dem Steinkübel auf die Knie gegangen und machte sich an seiner Hose zu schaffen. Kurz darauf zog er einen enormen, mit dicken Adern versehenen Penis heraus, der ungeduldig auf und ab schwang.

Die schwarzhaarige junge Frau quietschte entzückt und kniete sich ebenfalls. Sie beugte sich hinunter, presste ihre Brüste zusammen und rieb die harten Nippel gegen den Kopf des dicken Männerglieds.

Der Mann stöhnte unter dieser Behandlung. Er griff in das zerzauste Haar und zog das Gesicht an seinen Schoß heran. Sie nahm den gewaltigen Phalluskopf in den Mund, während der Mann ihre Nippel rieb.

Nicole fuhr mit einer Hand über die geschwollenen Brüste unter dem dünnen Seidengewand. Die Finger der anderen Hand strichen über den gespannten Bauch und in die weichen, glühenden Falten ihres Schoßes. Sanft berührte sie die pochende Klitoris. Mit einem nur mühsam unterdrückten Stöhnen stieß sie tiefer in die Spalte hinein und sehnte sich mit jeder Faser ihres Körpers nach diesem gewaltigen Organ, das die junge Frau da unten so begierig küsste.

Zu spät hörte sie, wie die Zimmertür hinter ihr geöffnet wurde. Sie wirbelte herum und sah Jacques, wie er sich an den Türrahmen gelehnt hatte, die Mundwinkel zu einem Grinsen verzogen.

Nicole schlang ihr Gewand enger über ihre Brüste und zischte wütend: »Hat man dir nicht beigebracht anzuklopfen, bevor man das Zimmer einer Dame betritt?«

»Ich sehe keine Dame.« Er lächelte und ging auf sie zu. Nicole sah, dass er schon rasiert und angezogen war, makellos gekleidet wie immer. Er trug einen beigefarbenen langen Rock, dazu dunkelbraune Breeches und hellbraune Halbstiefel. Ungerührt sagte er: »Ich sehe eine ganz entzückende kleine Pariser Hure, die darauf wartet, dass sich jemand ihrer annimmt. Was hat dich so erregt, meine kleine Nicole? Du findest immer wieder eine hübsche Abwechslung in diesem Haus, nicht wahr?«

Sie schlüpfte vom offenen Fenster weg, denn sie schämte sich ihres Voyeurismus. Aber Jacques packte sie am Handgelenk und zog sie zum Fenster zurück. Er lehnte sich hinaus. Ein wissendes Grinsen legte sich über sein Gesicht, während er einen Arm um Nicoles schlanke Taille legte und sie näher an sich zog.

»Ah, ich verstehe«, sagte er. »Du hast dem robusten Bauernpärchen zugeschaut. Das ist ein Augenschmaus, was? Wenn sie sich paaren, dann ohne Umstände. Erfrischend ehrlich.«

Nicole, heiß, klebrig und beschämt, sah wieder hinaus und konnte den Blick nicht von der sinnlichen Szene wenden, die sich da unten immer noch abspielte. Der Mann lag noch auf den Knien, die Hose um die kräftigen, behaarten Schenkel. Die junge Frau brachte von dem massiven Schaft so viel ihr möglich war im Mund unter und fuhr mit dem Kopf auf und ab, während sie den Stamm mit einer Hand rieb. Die andere Hand streichelte sanft über die prallen Hoden.

Das Gesicht des bärtigen Mannes verdunkelte sich, seine Bewegungen kamen ruckartig und kündigten seinen Höhepunkt an. Nicole sah atemlos zu, wie er den Kopf zurückwarf und einen grollenden Laut ausstieß, der gar nicht mehr enden wollte. Die junge Frau hob rasch den Kopf, während die Hand kräftiger als bisher rieb. Die geschwollene Eichel begann zu zucken und sprühte die milchige Flüssigkeit in kleinen Fontänen über die Brüste der jungen Frau.

Nicole schüttelte sich und schloss die Augen, bis sich ihr Atem wieder normalisiert hatte. Jacques schob eine Hand unter ihr Seidengewand. Bei der geringsten Berührung seiner kühlen Hand auf ihrer Hüfte glaubte sie, ohnmächtig zu werden. Ohne weitere Vorwarnung schlüpften seine Finger in die heiße, glitschige Spalte. Sein Zeigefinger drang zwischen die Labien und rieb über den pochenden Kitzler.

»Zeit für deine erste Lektion, Nicole. Es geht um Selbstbeherrschung.«

Bevor sie etwas sagen konnte, zog er die Hand aus ihrer zuckenden Vulva zurück, lehnte sich aus dem Fenster und rief: »He, Marianne! Und du, Armand! Kommt sofort hoch! Ins Zimmer meiner Dame. Sofort, hört ihr?«

Er wandte sich an die entsetzte Nicole. »Das sind Freunde von mir«, erklärte er. »Armand ist fantastisch bestückt, nicht wahr?«

Nicole errötete, aber sie sagte nichts. Jacques grinste.

»Das habe ich mir gedacht. Er ist genau richtig für die erste Lektion. Denn, wie ich gestern Abend schon sagte, musst du noch viel über Selbstbeherrschung lernen.«

Nicole rannte gehetzt zur Kommode und stöberte durch die Kleidungsstücke. »Du bist ein unerträglicher Bastard! Diese fremden Leute kommen jetzt hoch, und ich bin noch nicht angezogen!«

»Du siehst fantastisch aus, meine Liebe.«

»Du bist ein Unmensch!«, zischte sie. Worüber redete dieser Narr eigentlich? Was meinte er mit ›erster Lektion‹? ›Selbstbeherrschung‹? Er war verrückt. Aber die dunkle Süße der Erregung hatte sie bereits erfasst. Ihre Nippel reckten sich kühn gegen die Seide des Gewands. Sie war gespannt auf das, was in den nächsten Minuten geschehen würde.

Gemeinsam betraten sie ihr Zimmer. Sie verbeugten sich zuerst vor Jacques und dann vor ihr. Armands Augen leuchteten, als er ihre verführerische Figur sah, aber dann senkte er rasch den Blick.

Jacques sagte: »Nicole ist die neue Herrin der Residenz, versteht ihr, Marianne und Armand? Ihr habt ihr aufs Wort zu gehorchen.«

Marianne, drall und hübsch in ihrem wieder zugeschnürten Mieder, befeuchtete ihre Lippen. Ihre blauen Augen tanzten eifrig. Nicole fiel auf, dass Marianne den Blick nicht von Jacques wenden konnte, seit sie das Zimmer betreten hatte. Die robuste junge Frau war offenbar fasziniert von ihm.

»Ja, Monsieur Jacques«, sagte Marianne leise. »Was immer Sie sagen, Monsieur Jacques.«

»Es geht nicht um das, was ich sage«, berichtigte Jacques, »sondern um das, was Nicole sagt, Marianne.«

Die junge Frau nickte eifrig. Sie würde allem zustimmen, was Jacques sagte, selbst wenn er von ihr verlangte, sich aus dem Fenster zu stürzen, dachte Nicole säuerlich.

Jacques hatte sich einen Stuhl herangezogen, setzte sich rittlings darauf und lehnte die Arme über den Stuhlrücken. »Dann kannst du anfangen, Nicole.«

Sie starrte ihn hilflos an.

»Fang an«, sagte er. »Gib ihnen deine Befehle. Sie werden alles tun, was du von ihnen verlangst. Jetzt kannst du zeigen, ob du wirklich meine Komplizin sein kannst, *chérie*.«

»Ich habe es dir schon einmal gesagt, ich will nicht deine Komplizin sein.«

»Ah.« Er runzelte die Stirn. »Das habe ich vergessen. Du willst gehen, nicht wahr? Egal, diesmal hast du noch eine Gelegenheit, dich über mich lustig zu machen. Bestrafe sie, meine Nicolette. Sie haben dich beleidigt, nicht wahr? Ich meine, als sie sich unter deinem Fenster verlustierten. Nun, belege sie mit einer Strafe. Sie sollen bereuen, was sie getan haben. Erteile ihnen deine Strafe.« Seine dunklen Augen glänzten. »Je verruchter deine Befehle, desto besser wird es ihnen gefallen.«

Nicole schluckte einige Male. Das war so absurd, so unwirklich. Aber war das nicht etwas, wonach sie sich gesehnt hatte? Macht ausüben wie ein Mann. Befriedigung, wann und wie sie sie haben wollte. In ihrem Bauch begann es zu rumoren. Die beiden Menschen warteten auf ihren Befehl.

Nicole atmete tief durch. Also gut, sie würde sich über ihn lustig machen.

Sie richtete sich auf, und man sah, wie ein Ruck durch ihren Körper ging, als sie durchs Zimmer schritt. Das dünne Gewand raschelte um ihre langen Schenkel, und die lohfarbenen Haare fielen locker auf ihre Schultern. Sie bemerkte mit heimlichem Vergnügen, dass Armand seine Blicke nicht von ihr wenden konnte. Sie wusste, dass es ihm erst vor ein paar Minuten gekommen war, deshalb würde sie seine neue Erregung erst aufbauen müssen.

Sie drehte sich um und bemerkte, wie Jacques sie von seinem Stuhl aus beobachtete, ein unschuldiges Lächeln um den Mund.

»Ich nehme an, dass du dich auch meinen Befehlen unterordnen wirst?«

Seine Augen blitzten. Er beugte den Kopf. »Aber natürlich, Bürgerin.«

»Nun gut. Ich werde diesen brutalen Mann Armand dafür bestrafen, dass er sich so schamlos verhalten hat. Ich brauche die geeigneten Instrumente dazu. Würdest du sie aus dem Turnzimmer holen, mein lieber Jacques? Ich bin sicher, die Wahl der Instrumente kann ich dir überlassen.«

Er verbeugte sich wieder. »Aber natürlich.« Er erhob sich und verließ das Zimmer.

Nicole wandte sich wieder Armand zu, der sie mit hungrigen Blicken verfolgte. Allmählich fand sie großen Gefallen an dieser Vorstellung. Das war ja besser als auf der Bühne der *Comédie Francaise*!

»Auf die Knie, Armand!«, sagte sie kühl und imitierte Jacques' leidenschaftslose Stimme. »Knie dich vor mich und Marianne.« Sie stellte sich neben das hübsche Dienstmädchen, die das Geschehen mit feurigen Augen verfolgte.

»Bereite dich auf deine Strafe vor, Armand. Du hast sie verdient, weil du Marianne im Garten verfolgt hast, weil du ihr dein obszönes Glied gezeigt und sie gezwungen hast, ihre schönen Lippen damit zu quälen, obwohl du weißt, dass es viel zu groß für ihren Mund ist, nicht wahr?«

»Ja«, stöhnte er. »Ich habe die Strafe wirklich verdient, Madame.«

»Und dann«, fuhr Nicole ungerührt fort, »musst du

auch noch bestraft werden, weil du ihre vollen Brüste mit deiner schrecklichen Flüssigkeit besudelt hast.«

»Es tut mir Leid.« Seine Stimme klang weinerlich. »Ja, es tut mir wirklich Leid.«

»Zeige uns, wie sehr du bereust, Armand.«

Der Mann ließ sich stöhnend vor Marianne und Nicole auf die Knie nieder, und in diesem Augenblick trat Jacques zurück ins Zimmer. Er hatte eine Peitsche und einige Lederriemen mitgebracht. Wortlos reichte er Nicole die Peitsche, und Nicole, den Kopf hoch erhoben, gab sie weiter an Marianne, deren Augen fiebrig glänzten.

»Du kannst mit ihm tun, was du willst, Marianne. Du kannst ihn bestrafen.«

Marianne befeuchtete sich die Lippen. »Zu Diensten, Madame. Ich kann alles mit ihm anstellen?«

Nicole atmete tief ein. »Alles.«

Marianne wandte sich Armand zu und nahm die große Peitsche in ihre kleinen, feisten Hände. Sie plusterte sich auf. »Auf deine Knie, du Hund! Zeige uns deine schamlose Nacktheit!«

Armand knöpfte rasch seine Hose auf und zog sie über die muskulösen Hüften. Obwohl es ihm erst vor zehn Minuten gekommen war, hatte sich sein mächtiges Organ schon wieder versteift – es versteifte sich immer noch. Marianne hob drohend die Peitsche. »Knie dich vor mich!«

Armand gehorchte kriecherisch. Sein Hintern mit den schwarzen Haaren in der Ritze streckte sich unter den Hemdschößen vor. Nicole bemerkte, dass Jacques mit dem Rücken an der geschlossenen Tür lehnte und interessiert zusah, ein heimliches Lächeln im Gesicht.

Marianne ließ die Peitschenschnur leicht über

Armands zusammengekniffene Backen gleiten. Er stöhnte laut. Dann hob Marianne die Peitsche und schlug zu. Armand schüttelte sich vor Erregung. Nicole sah, dass sein Glied noch ein Stück gewachsen war; es klopfte zuckend gegen seinen Bauch.

»Noch mal!«, sagte Nicole scharf. »Noch mal.«

Marianne ließ sich das nicht zweimal sagen. Nach dem nächsten Schlag streichelte sie mit der Peitschenschnur seinen Hintern, ehe sie wieder zuschlug, bis Armands Gesäß rosa leuchtete.

Nicole, deren Hals trocken vor Aufregung war, sah bei jedem Schlag das heftige Pulsieren des gewaltigen Glieds und das Hüpfen seiner Hoden.

Schließlich trat Marianne einen Schritt zurück. Ihre Wangen glühten. »Mehr?«, fragte sie Nicole.

Sie überlegte. »Ich weiß nicht, Marianne«, sagte sie stirnrunzelnd. »Gewiss hat er noch nicht seine verdiente Strafe erhalten. Was sollen wir tun?«

Jacques richtete sich auf und schaltete sich ein. »Nicole, muss ich dich daran erinnern, dass du das Sagen hast? Du bist die Herrin in diesem Zimmer. Du musst über Armands Strafe entscheiden, und nicht Marianne. Ich dachte, ich hätte das klar gesagt.«

Nicole warf ihm einen wütenden Blick zu. Wie konnte er es wagen, sie im Beisein anderer wie ein dummes Kind zu behandeln?

Sie stemmte die Hände in die Hüften und sah ihn trotzig an. »Gehe ich recht in der Annahme, Bürger Jacques, dass du noch unter meinem Befehl stehst?«

»Absolut.«

»Nun, dann befehle ich dir, dich aus unserer Sache herauszuhalten. In der Zwischenzeit holst du die Truhe mit den Schätzen aus Elfenbein.«

Sie wandte sich an die junge Frau. »Marianne, ich befehle dir, die Hände des verruchten Armand auf dem Rücken zusammenzubinden, damit er sich nicht selbst erleichtern kann, ganz egal, wie lang sein Ding ist.« Sie drehte sich wieder zu Jacques um. »Du nimmst den größten Elfenbeinstab und verwöhnst Marianne damit. Armand muss euch zuschauen.«

Armand schüttelte sich voller Verzweiflung, während Mariannes Gesicht vor Entzücken strahlte. »Aufs Bett?«, fragte sie. »Soll ich mich für Monsieur Jacques aufs Bett legen?«

»Aufs Bett«, bestätigte Nicole und hob die Peitsche auf, wobei ihr bewusst war, dass sich ihr Gewand teilte und ihre reifen Brüste und der feuchte Schoß entblößt wurden. Es erstaunte sie, wie sehr sie die Szene genoss. »Aufs Bett, du Schlampe. Lege dich auf den Rücken und ziehe die Knie an. Zieh den Rock bis zu den Hüften hoch, damit Jacques sehen kann, wie sehr du nach ihm lüstest.«

Armand stöhnte laut, und auch Nicole war fast unerträglich erregt, als sie die drallen weißen Schenkel der jungen Frau sah und die geschwollenen feuchten Lippen, die durch den schwarzen Busch lugten. Es kostete sie Mühe, den Blick von diesem Bild zu wenden und Jacques anzusehen.

»Ich nehme an«, sagte sie lächelnd, »dass du keine Instruktionen brauchst.«

Er griff nach dem glatten Elfenbeinstab und trat langsam ans Bett. Marianne stieß ein sehnsüchtiges Schluchzen aus, die Augen mit einem Schimmer verhangen, der ihre Gier verriet, als der große dunkle Mann mit seinem Lustwerkzeug in der kräftigen Hand auf sie zuging.

Nicole runzelte die Stirn. Plötzlich erkannte sie, dass sie einen Fehler begangen hatte. Sie hatte völlig vergessen, dass die junge Frau trunken vor Verlangen nach Jacques war.

Er drehte sich zu Nicole um. »Bist du sicher, dass du es so haben willst?«

Nicole wollte ihren Fehler nicht eingestehen. »Natürlich! Fang an«, blaffte sie.

Es wurde ein Fest für die Sinne. Die junge Marianne erlebte einen Höhepunkt nach dem anderen, wobei Jacques sie lange zappeln ließ, ehe er ihr den ersten Höhepunkt gewährte – und wie sie zappelte!

Für Armand wurde es eine echte Strafe, die er zum Schluss nur noch ertragen konnte, weil er die Augen geschlossen hatte. Aber Nicole wollte das nicht zulassen. Schließlich erbarmte sie sich seiner – so redete sie sich jedenfalls ein – und bot ihm ihren unerträglich zuckenden Schoß an. Während sie sich von Armand gepfählt fühlte, sah sie zornig zum Bett, wo Jacques und Marianne tuschelten, bis Marianne sich über den Schoß des Mannes beugte und mit zitternden Fingern die Breeches öffnete. Sie vereinnahmte den prächtigen Schaft des Bürgers Jacques und ließ nicht eher von ihm ab, bis er, erleichtert und befriedigt, schlaff geworden war.

Marianne kuschelte sich in die Armbeuge ihres Herrn, während Jacques wie abwesend über die pralle Brust der jungen Frau streichelte.

Nicole war, als würde sie von einem weißglühenden Pfeil durchbohrt. Eifersucht? Nein, das war unmöglich!

Sie stand vom Boden auf, klopfte dem erschöpften Armand anerkennend auf die Schulter und band ihr Gewand in der Taille. Sie blitzte Jacques an und sagte eisig: »Wenn du wieder einigermaßen bei Kraft und Verstand bist, kannst du mir vielleicht eine objektive Wertung geben, wie ich die erste Lektion absolviert habe. Obwohl es vielleicht ein wenig schwierig für dich sein könnte, denn ich bin wohl nicht die Einzige, die Selbstbeherrschung üben muss.«

Er flüsterte etwas in Mariannes Ohr, was Nicole erneut zur Weißglut trieb, dann schwang Jacques sich vom Bett. Während er sein Hemd zuknöpfte, sagte er: »*Ma chérie*, dank Armand hast du ein hohes Plateau der Lust erreicht.«

Nicole rang nach Worten, aber sie wollten nicht kommen.

Jacques bemerkte das und lachte.

»Du hast deine Sache sehr gut gemacht, Nicolette«, sagte er. »Ich muss mich jetzt um einige geschäftliche Dinge kümmern und werde ein paar Stunden außer Haus sein. Aber heute Abend werde ich wieder zurück sein, keine Angst. In der Zwischenzeit werden Marianne und Armand dich umsorgen. Sie werden auch deine Fragen beantworten, wenn du welche hast. Du kannst ihnen mit allem vertrauen.«

Er zog seinen beigefarbenen langen Rock an und verließ das Zimmer. Marianne schaute ihm verlangend hinterher, und Armand, der mit dem Anziehen noch nicht fertig war, nickte seinem Herrn zu. Nicole lief ihm nach und holte ihn auf dem Korridor ein.

Die Fäuste geballt und das Gesicht weiß vor Wut fuhr sie ihn an: »Ich hoffe, dass du mich deinen perversen Spielen nicht mehr unterwirfst.«

Er hob eine Augenbraue. »Unterwerfen? Aber liebe Nicole, du hattest das Kommando.«

Sie atmete zischend aus. »Den Eindruck hatte ich nicht. Jedenfalls hat es nicht lange gedauert, bis die kleine süße Marianne dich in ihrer Hand hatte.«

»Aber Nicole, ich glaube, du bist eifersüchtig. Du hättest uns befehlen können, zu jeder Zeit aufzuhören. Aber ich schätze, du warst mit deinem Armand zu sehr beschäftigt. Ich wollte dir die Chance geben, ihn besser kennen zu lernen. Und das hast du ganz offensichtlich auch getan.«

Sprachlos starrte sie ihn an. Natürlich hatte sie Armand genossen. Aber es war Jacques, den sie haben wollte. Dieser geheimnisvolle Mann überwältigte sie, er trieb sie in den Wahnsinn. Wenn er ihre wahren Gefühle wüsste, würde er sich über sie lustig machen.

Sie warf ihre langen Haare zurück und sah ihn lächelnd an. »Du hast Recht, was Armand angeht. Es war ein unvergessliches Ereignis. Um ehrlich zu sein, so etwas habe ich noch nicht erlebt.«

Er warf den Kopf in den Nacken und lachte lautlos. Seine weißen Zähne glänzten. »Du bist großartig, meine kleine Nicole. Eine wunderbare Schauspielerin. Ich liebe dich.«

Zu ihrer Bestürzung beugte er sich über sie und küsste sie auf den Mund.

»Vergiss nicht, *chérie*, wenn du hier bleibst, dann verspreche ich dir deine Gelegenheit zur Vergeltung.«

»Vergeltung an dir?«, murmelte sie keck.

Er lachte wieder. »An wem du willst. Vergeltung und Vergnügen. Du hast eben deine Sache sehr gut gemacht, und die kleine Probe wird dir später noch zugute kommen. Heute Abend probieren wir es mit richtigen Aristokraten.« Damit drehte er sich auf dem Absatz herum und ging auf die breite Treppe zu.

»Ich habe dir doch gesagt, dass ich heute Abend nicht mehr hier sein werde! Ich gehe!«, rief sie ihm nach, aber er gab nicht zu erkennen, ob er sie überhaupt gehört hatte.

Marianne und Armand wollten kurze Zeit später in die Stadt gehen, um auf den Straßenmärkten einzukaufen. Nicole fragte, ob sie mit ihnen gehen könnte und dachte insgeheim daran, dass die Gelegenheit günstig wäre, sich abzusetzen. Aber Marianne sagte ihr, Monsieur Jacques hätte ihnen aufgetragen, es wäre für Bürgerin Nicole besser, im Haus zu bleiben. Zu ihrer eigenen Sicherheit natürlich.

Nicole nickte, scheinbar einverstanden. Doch als die beiden weg waren, rannte sie auf ihr Zimmer und zog ihre alten Kleider und den schäbigen Mantel an. Während der ganzen Zeit kehrten ihre Gedanken immer wieder zu Jacques zurück. Er konnte ihre Sinnlichkeit auf eine Art erregen, die ihr Blut zum Kochen brachte. Ihre Gefühle für ihn schwankten zwischen Scham und Begierde.

Mit zitternden Fingern drückte sie die Schließe des Mantels zu. Selbst jetzt, als sie zum Gehen bereit war, spürte sie Jacques' Einfluss auf sie. Wer war dieser Mann? Sie wusste nur, dass er ein Ex-Sträfling war, der eine Art sexuelle Vergeltung an denen verüben wollte, die ihm Unrecht angetan hatten.

Sie wollte damit nichts zu tun haben. Je schneller sie dieses Haus verließ, desto besser – selbst auf die Gefahr hin, dem Pöbel erneut in die Hände zu fallen.

Trotzig warf sie die Schlafzimmertür hinter sich zu und lief die Treppe hinunter, dem breiten Portal entgegen.

Es war verschlossen.

Viertes Kapitel

Als Armand und Marianne drei Stunden später zurückkehrten, hatte Nicole jedes Zimmer im Erdgeschoss auf eine Fluchtmöglichkeit untersucht. Es gab keine. Jede Tür, jedes Fenster war verriegelt und verschlossen. Zu ihrer eigenen Sicherheit, redete sie sich ein, denn an ein anderes Motiv wollte sie nicht glauben. Natürlich war sie keine Gefangene – das wäre ja lächerlich. Sie musste nur ihre Pläne ein wenig ändern. Sie würde das Haus in der Nacht verlassen, im Schutz der Dunkelheit.

Es gelang ihr, ruhig und gefasst zu scheinen, als Marianne und Armand wieder da waren. Marianne plauderte munter mit Nicole, während sie die Einkäufe auspackte. Stolz erzählte sie, dass sie frisches Brot für acht *Sou* pro Laib erworben hatte. Sie hatte auch eine Kalbshaxe sowie frisches Gemüse erstehen können, das am Morgen aus der ländlichen Umgebung angeliefert worden war. Nicole half ihr, eine köstliche *casserole* zuzubereiten, und später saßen sie zu dritt zum Abendessen am großen blank gescheuerten Eichentisch in der Küche, die mit dunklen Steinplatten ausgelegt war.

Draußen war es schon dunkel, und der Regen prasselte, aber in der Küche war es warm und gemütlich. Verschiedene Talgkerzen brannten und wurden vom Kupfer der Pfannen und Töpfe, die an den Wänden hingen, reflektiert.

Niemand erwähnte das seltsame sexuelle Geschehen des Vormittags. Vielleicht, dachte Nicole, sind sie an solche Exzesse gewöhnt, deshalb war es für die beiden nichts Besonderes, kaum der Rede wert.

Sie verdrängte den störenden Gedanken, setzte sich zurück und genoss entspannt die Gesellschaft der beiden unkomplizierten Menschen. Sie tranken milden Rotwein, und Nicole empfand fast so etwas wie Glücklichsein. Im Herd knisterten die Holzscheite. Niemand sprach von Jacques, worüber sie froh war, denn sie wollte nicht an ihn erinnert werden.

Sie ging früh zu Bett und gab vor, erschöpft zu sein. Sie legte sich mit den Kleidern aufs Bett, denn sie hatte vor, aus dem Haus zu fliehen, sobald Marianne und Armand glauben mussten, sie wäre eingeschlafen. Draußen regnete es immer noch, aber sie ließ sich von ihrem Entschluss nicht abbringen.

Sie musste eingeschlafen sein, denn plötzlich ruckte sie hoch. Der schwache Schein des sterbenden Feuers ließ einen Blick auf die Uhr auf dem Kaminsims zu. Mitternacht. Sie unterdrückte einen Schrei des Entsetzens. Himmel, sie hätte längst unterwegs sein müssen! Sie betete inständig, dass sie irgendwo eine offene Tür finden würde, warf sich den Mantel über, schlüpfte in die Schuhe und hastete zur Tür.

Dann hörte sie es. In der mitternächtlichen Stille, weit entfernt, fast wie in einem Traum, hörte sie Stimmen. Das helle Lachen einer Frau, das tiefe Gemurmel von Männern. Bestürzt und verwirrt schlich sie über den Flur und hatte sich im dunklen Gewirr der Gänge und Treppen schon bald verloren.

Wieder hörte sie helles Lachen, frivoles, verführerisches Lachen. Sie befand sich in einem Korridor im ersten Stock, der ihr fremd war, dann öffnete sie eine getäfelte Tür und hielt den Atem an.

Sie stand an der Balustrade einer Galerie und schaute hinunter in einen üppig geschmückten Raum, der vom Kerzenlicht hell beleuchtet wurde. Während Nicole das Bild staunend in sich aufnahm, war sie überzeugt, dass sie sich in einem Traum befand, denn was sie sah, waren Bilder aus einer erloschenen Zeit. Wie ein Blick durchs Schlüsselloch auf den unbeschreiblichen Pomp von Versailles.

Unwillkürlich wich sie in die Schatten zurück. Unter ihr rauschten festlich gekleidete Frauen und Männer auf dem schachbrettartig gefliesten Boden aneinander vorbei. Solche weiten, farbenfrohen Gewänder aus Samt und Satin trauten sich die Frauen heute nicht mehr zu tragen. Ihre Frisuren waren hochgesteckt, wie es bei Madame Pompadour Mode gewesen war, und auch die gepuderten Gesichter gehörten dieser Zeit an. Die Frauen fächerten sich kühle Luft zu, während sie die Männer abschätzend betrachteten, die in ihren Satinfräcken und den gepuderten Haaren nicht minder feierlich ausgestattet waren.

Nicole lehnte sich benommen gegen die Wand. Der Duft schwerer Parfums waberte zu ihr hoch. Das mussten Geister sein, dachte sie, und ihr Herz klopfte ihr im Hals. Geister der früheren Bewohner dieser stattlichen Residenz, die sich um Mitternacht trafen …

Aber sie waren nicht alle Geister. Ihr Herz klopfte noch heftiger, als sie einen Mann erkannte, der sehr real war. Rock und Breeches waren diesmal grau, und die vollen schwarzen Haare, am Hinterkopf von einem schwarzen Samtband zusammengehalten, waren nicht gepudert.

Jacques war zurück. Er hatte davon gesprochen, dass sie an diesem Abend richtige Aristokraten treffen würde. Trotz ihrer Verwirrung trat Nicole wieder aus den Schatten und lehnte sich über die Balustrade.

Im nächsten Moment sah sie nichts mehr, denn zwei Männer, ganz in Schwarz gekleidet, sprangen plötzlich auf sie zu, packten sie an den Armen und drehten sie auf den Rücken, dass es schmerzte.

»Oh, hier haben wir eine kleine Spionin«, sagte der eine grinsend. »Mal sehen, was Bürger Jacques dazu sagt.«

Nicole wollte aufschreien, aber einer von ihnen stieß einen schwarzen Samtknebel in ihren Mund. Sie setzte sich noch entschiedener zur Wehr, und dabei rutschte ihr schäbiger Mantel auf den Boden. Sie hörte weitere Schritte und dann eine vertraute Stimme. Nicole gab auf und sackte verzweifelt in sich zusammen.

Jacques ging auf sie zu, stellte sich vor sie und zog den Knebel aus ihrem Mund. Nicole rang nach Luft und nach Worten, während seine Schergen sie weiter in ihrem Griff hielten.

»Nun, meine liebe Nicole«, sagte Jacques mit sanfter Stimme, »was hast du nun schon wieder angestellt?«

»Ich will raus aus dieser Hölle!«, fuhr sie ihn an und nahm den Kampf gegen die beiden Männer wieder auf.

»Wirklich?« Er sah sie amüsiert an. »Und ich dachte schon, du wolltest spionieren. Ich hätte dich natürlich gern eingeladen, aber Marianne sagte mir, dass du deinen Schönheitsschlaf brauchst.«

Sie versuchte, sich aus den harten Griffen der Männer zu befreien, wobei sie Jacques nicht aus den Augen ließ. Er schien sie turmhoch zu überragen, und sie konnte sich dieser sinnlichen Aura, die er ausstrahlte, nicht entziehen. Sie spürte ein Verlangen, das sich durch ein Ziehen in den Brüsten und zwischen den Schenkeln bemerkbar machte.

»Lass mich gehen«, flüsterte sie.

»Ich soll dich gehen lassen? Ich fürchte, *ma chérie*, das wird nicht möglich sein. Du hast leider schon zu viel gesehen.«

»Aber du kannst mich doch hier nicht festhalten! Das kannst du nicht!«

Er nickte den beiden schweigenden Männern zu. »Bindet sie fest.«

Nicole zitterte vor Angst, als die Männer ihre Arme ausbreiteten und an einen der geschnitzten Holzpfeiler auf der Galerie banden. Sie benutzten dazu breite Seidenbänder. Die schwarz gekleideten Lakaien verschmolzen mit den Schatten. Nicole wandte den Kopf und sah Jacques.

»Bitte, lass mich gehen. Ich sage auch niemandem ein Wort über das alles. Ich verspreche es. Ich habe ja auch gar nichts gesehen.«

»Ah.« Jacques lächelte, und seine Stimme klang wie Samt, als er sagte: »Dann solltest du jetzt aber mal genau hinsehen, Nicole. Hast du die Marquise erkannt? Ist sie nicht wunderschön?«

Nicole flüsterte: »Ich kann das alles gar nicht glauben.« Fast gegen ihren Willen blickte sie wieder hinunter in den opulenten Raum.

Die meisten Kerzen waren gelöscht, so dass es nur noch einen milden Schimmer gab. Die einzelnen Gestalten bewegten sich wie Tänzer in einem Traum. Im Mittelpunkt der Aufmerksamkeit stand eine junge Frau in einem Kleid aus *eau-de-nil*-grüner Seide vor einer niedrigen Chaiselongue. Vier Männer in schwarzer Tracht umlagerten sie, und als Nicole genauer hinsah, bemerkte sie zu ihrem Schrecken, dass die Männer ihren Penis entblößt hatten und langsam zur vollen Größe rieben. Die Marquise drückte eine weiße, beringte Hand gegen den Mund, die Augen weit geöffnet, während sie sich nach einer Fluchtmöglichkeit umsah.

Die Männer schoben sich dichter an die Frau heran, und als sie nicht mehr ausweichen konnte, kippte sie rückwärts auf die Chaiselongue, wobei die Röcke ihres wunderschönen Kleids bis zu den Hüften hinauf rutschten. Zwei Männer hielten ihre Schenkel fest, zwei andere ihre Arme. Einer von ihnen zerrte an ihrem Mieder und drückte seinen steifen Penis gegen ihre entblößten weißen Brüste.

Nicole stöhnte laut auf und zerrte an ihren festgebundenen Armen. Das Spektakel da unten stieß sie ab; sie spürte, wie Übelkeit in ihr aufstieg.

»Nein!«, rief sie. »Jacques, du musst sie gehen lassen! Du musst deine Leute zurückrufen!«

Er lächelte, trat auf sie zu und nahm ihre pochenden Brüste in seine Hände. »Warum sollte ich das tun? Sie amüsieren sich doch alle, Nicole.«

Sie zerrte wieder an ihren Fesseln. »Die bist verrückt! Warum tust du das?«

»Das ist die Bestrafung der Marquise. Sie hat ihr Personal geschlagen, und auf ihren Festen mussten die Dienstboten für die Lüste der gnädigen Frau herhalten, Männer und Frauen. Jetzt drehen wir den Spieß um. Die Marquise ist zu unserer Belustigung da.« Seine Finger drückten Nicoles hart gewordene Brustwarzen. Als sie den Schmerz der Lust spürte, der wie ein Pfeil in ihren Schoß flog, musste sie sich auf die Unterlippe beißen, um nicht aufzuschreien. Sie zwängte die Schenkel zusammen, und als sie die Augen aufriss, sah sie den Körper der Marquise auf dem Schaft eines von Jacques' Männern hüpfen, dem Orgasmus entgegen.

Nicole glühte, als sie Jacques' kräftigen, geschmeidigen Körper spürte, der sich gegen ihren drückte. Sie sehnte sich nach seinem heißen, harten Glied und wusste, dass der Sehnsuchtsschmerz dann schwinden und einem unglaublichen Glücksgefühl weichen würde.

Sie wand sich hilflos innerhalb der knappen Beweglichkeit, die die Bänder zuließen. Mit einer Hand fuhr Jacques unter ihren Rock und streichelte die Haut oberhalb der Strümpfe, und dann tupfte ein Finger zwischen die feuchten Labien.

»So«, murmelte er, »du wolltest diese Nacht also fliehen, meine Nicole, meine kleine Komplizin?«

»Ja.«

»Warum?«

»Weil du verrückt und gefährlich bist und – oh ...«

Seine Finger fanden ihren schäumenden Lustknopf, und Nicole mahlte den Schoß fest gegen seine Hand, während sie immer wieder mal nach unten schaute, um festzustellen, wie sehr die Marquise für ihr Fehlverhalten bestraft wurde. Sie war gerade mit einem Mann beschäftigt, der zügig in ihren Mund stieß. Nicole hatte eher den Eindruck, dass die Marquise ein willfähriges Opfer war.

Jacques zog Nicoles Röcke hoch, und sie konnte die kühle Luft auf ihren Schenkeln und Hüften fühlen. Sie zitterte vor Verlangen, und im nächsten Moment spürte sie sein heißes Glied, das zwischen ihre Labien stieß.

»Ah …«, wisperte sie. »Bitte, bitte …«

Sie fühlte den massiven erigierten Schaft, der sich einen Weg durch die Labien bohrte. Die Spitze stieß gegen die pochende Klitoris. In ihrem Bauch prickelte es vor Lust, und von dort strahlte die Geilheit in alle Körperpartien aus. Sobald sein dicker Stab in die feuchte Öffnung stieß, hielt sie dagegen. Es war, als wollte sie sich selbst pfählen.

»Langsam, meine kleine Wildkatze«, murmelte er. Sie hörte einen Anflug von Spott in seiner Stimme, aber sie hörte auch die Gier heraus, die nicht geringer schien als ihre eigene. Sie warf sich ihm mit dem ganzen Unterleib entgegen, bis die Seidenbänder in ihre Gelenke schnitten.

Aber als sie gerade glaubte, sie müsste jeden Moment in einen köstlichen Orgasmus geschleudert werden, schlüpfte er aus ihr heraus und ließ sie hängen; er drückte mit der Spitze nur noch sanft gegen Labien und Kitzler, aber er kehrte nicht mehr tief in sie zurück. Ihre Vulva bebte vor Frustration, während seine Hände nicht nachließen, ihre vollen Brüste zu streicheln. Der Hunger in ihr war wie eine Flamme, die an ihrem Fleisch leckte und sie total vereinnahmte.

»Bitte, hör nicht auf …«

»Gefällt es dir, *ma chérie*? Bist du jetzt froh, dass du nicht geflohen bist?«

Seine Hände zupften an den Spitzen ihrer geschwollenen Brüste, zogen sie lang und zwirbelten sie zwischen den langen Fingern. Die brennende Begierde zwischen den Schenkeln wurde unerträglich. Sie zerrte wieder an den Bändern und schluchzte laut.

»Jacques, ich brauche dich.«

Und dann war er da. Die Eichel glitt in die glitschige Spalte, und im nächsten Moment stieß er den langen, dicken Schaft bis auf den Grund. Er begann mit langsamen Schüben, und jeder einzelne löste kleine Orgasmen in ihr aus, bis er das Tempo seiner Stöße erhöhte und sie in einem wahnsinnigen Höhepunkt explodierte.

Verzweifelt klammerten sich ihre inneren Muskeln an den harten Schaft, der sie so wunderbar ausfüllte. Er berauschte sie, er trieb sie tief in eine neue, nie erreichte Dimension der totalen Leidenschaft.

Ihr Fleisch pulsierte noch lange nach den süßen Minuten des Orgasmus, noch lange nach seinem eigenen mächtigen Erguss. Dann zog er sich aus ihr zurück, und ihr war plötzlich kalt ohne ihn. Sie blickte hinunter in den Raum und sah, dass sie alle gegangen waren, geistergleich schienen sie sich in Luft aufgelöst zu haben.

Sie ließ den Kopf sinken und schloss die Augen. Eine so süße, absolute Lust hatte sie noch nie erlebt, und sie konnte den Gedanken nicht ertragen, dass sie das nur dieses eine Mal genießen durfte.

Stumm band er sie los, und weil sie sich auf zitternden Beinen kaum halten konnte, nahm er sie auf seine Arme und trug sie auf ihr Zimmer. Er legte sie behutsam aufs Bett und zündete an den noch schwach glühenden Holzscheiten zwei Kerzen an.

Nicole lag reglos und schweigend auf dem Bett.

»Was ist denn los, Nicole?«, fragte er beinahe zärtlich und zog sich einen Stuhl ans Bett. »Hat dir unsere kleine Schau nicht gefallen?«

Sie schüttelte sich. »Nein. Es war erniedrigend.«

»Ich verstehe. Deshalb warst du auch so versessen auf meine Zuneigung.«

Sie wandte ihr Gesicht zur Wand, bleich vor Scham.

»Nicole, du leugnest dein eigenes Begehren. Hör mir zu, ich will es dir erklären.«

»Ich glaube nicht, dass ich es hören will.«

»Ich werde es dir trotzdem sagen. Seit dieses Haus in meinen Besitz fiel, habe ich schon eine Reihe von Gästen hier gehabt. Das sind Menschen, die um ihr Leben fürchten müssen. Aristokraten, Priester, die wohlhabende *Bourgeoisie,* alle, die eine Verbindung mit dem Königshaus hatten. Sie alle werden aus dem Kerker zu mir geführt. Diese Leute, die du da unten gesehen hast, wissen genau, wenn meine Männer sie nicht zu mir gebracht hätten, würden sie aller Wahrscheinlichkeit nach auf der Guillotine landen oder in den Straßen vom Pöbel massakriert.«

Er war ihr zu nahe, deshalb konnte sie nicht klar denken. Er beugte sich über sie und sah ihr tief in die Augen. Sie spürte jetzt noch seine Hände auf ihren Brüsten und sein zuckendes Glied tief in ihrem Innern. Ihre Stimme zitterte, als sie einen Versuch wagte, spöttisch zu reagieren. »Wie großzügig von dir, Bürger Jacques – der Retter der verlorenen *aristos*.«

Sie sah seine Augen amüsiert funkeln. »Stimmt, Nicole, denn ich lasse meine Gäste frei. Aber zuerst erteile ich ihnen eine Lektion. Eine Lektion, die sie nie vergessen werden.«

»Und das, was da unten mit der Marquise geschehen ist, bezeichnest du als Lektion? Du erstaunst mich.«

Seine Augen glänzten weiter. »Ja, es war eine Lektion. Diese Leute sollen erkennen, was es heißt, einen anderen Menschen zu erniedrigen.«

»Wie du damals? Im Kerker von Toulon?«

In der Halbdunkelheit erkannte sie, dass sein Gesicht sich verspannte. Die Finger seiner linken Hand glitten über die eingebrannte Nummer am rechten Handgelenk, als ob es ihn immer noch schmerzte. In seinen Augen sah sie eine Leere, die sie gefrieren ließ. »Vielleicht.« Es entstand ein längeres Schweigen, bis er sagte: »Ich möchte, dass du mir morgen hilfst, Nicole.«

Sie zuckte zusammen. »Nein. Ich gehe. Habe ich das nicht klar gesagt?«

Er schüttelte den Kopf. »Ich fürchte, du kannst nicht gehen, Nicole. Wie ich dir gesagt habe, ich will, dass du meine Komplizin bist.«

»Du bist verrückt«, flüsterte sie. »Ich will nichts damit zu tun haben.« Aber ihr Blut raste vor Scham und Erregung.

Seine Hand berührte ihren Unterarm. Die Finger strichen sanft über ihre Haut. »Nein«, sagte er leise. »Du bist ideal dafür. Meine Gäste werden dich lieben, Männer und Frauen. Du bist schön, und du bist sinnlich. Sie werden alles tun, was du von ihnen willst.«

Verdutzt ließ sie sich in die Kissen sinken. Er hatte gesagt, sie sei schön. Und sinnlich. War das seine ehrliche Meinung? Oder machte er sich wieder lustig über sie? »Alles?«, fragte sie.

»Ja, alles. Vergiss nicht, dass diese Leute dem Tod geweiht sind. Durch meine Helfer haben sie dem Kerker entfliehen können.«

Die Männer in Schwarz. Die finsteren Männer, die sie an den Pfeiler gefesselt hatten. Jacques' stumme Henker.

»Meine Männer bringen mir geeignete Kandidaten«, fuhr er fort. »Wenn ich sehe, dass sie wirklich bereuen, statte ich sie mit den erforderlichen Papieren aus, damit sie aus Paris fliehen können.«

Er sprach so sicher über seine Macht, die Menschen aus dem Kerker zu holen, dass Nicole nur den Kopf schütteln konnte. »Wer bist du, Jacques? Wie gelingt dir das alles?«

Er sah sie mit diesen undurchdringlichen Augen an. »Ich habe dir schon gesagt, dass ich gewisse Freunde habe. Und einige Informationsquellen.«

»Bisher sehe ich nur dein übersteigertes Selbstbewusstsein. Ich will nichts mit deinen verrückten Ideen zu tun haben. Ich will gehen.«

Er erhob sich, und wie er da vor ihr stand, kehrte die Angst zurück.

»Du verstehst immer noch nicht«, sagte er leise. »Zur Zeit kannst du nicht gehen. Du weißt zu viel.«

Sie sprang auf ihre Füße. »Du hältst mich hier als Gefangene fest?«

»Ich möchte es gern anders nennen. Aber bevor du deine und meine Zeit vergeudest, sollte ich dir noch etwas sagen. Alle Tore, Türen und Fenster sind immer verschlossen.« Er sah sie lächelnd an. »Also solltest du dich amüsieren, Nicole. Wie heute Abend. Und dabei kannst du auch noch Vergeltung üben.«

Seine Augen glitzerten, als er sich zum Gehen wandte. Die Tür fiel hinter ihm zu, und Nicole wusste, dass sie sich der Aura dieses Mannes nie würde entziehen können.

Vier Kilometer nördlich der Residenz in St. Germain richteten sich die weiblichen Gefangenen in St. Lazare auf eine weitere lange Nacht ihrer Kerkerhaft ein. Das einzige Licht – abgesehen vom Kanonenofen – kam von einer einzigen Talgkerze in der Hand eines der drei Wärter, die den Frauen das karge Nachtmahl gebracht hatten. Schlimmer als die Fast-Dunkelheit war der Gestank in der riesigen Gemeinschaftszelle, in die sie gepfercht worden waren. Es gab nur ein hohes vergittertes Oberlicht, und das Stroh auf dem Boden war seit Wochen nicht gewechselt worden. An den rauen Mauern schimmerte es grün von der Feuchtigkeit. Es war kalt und klamm.

Als die Frauen vor zwei Tagen eingetroffen waren, hatten die Wärter ihnen unter dem Vorwand der Suche nach Waffen die Kleider vom Leib gerissen und über die unverhoffte Beute gegrinst und ihre derben Bemerkungen gemacht: Ihnen waren junge Frauen aus dem königlichen Palast in die Hände gefallen. Bald schon hatten sie diejenigen erkannt, die bereit waren, für einen Schluck Rotwein oder ein Extrastück Brot – oder auch nur zum Spaß – alles zu tun.

Einige der Frauen ließen sich auch deshalb mit den Wärtern ein, weil sie hofften, schwanger zu werden und deshalb vorerst der Guillotine zu entkommen. Natürlich bestärkten die Wärter sie in dieser Hoffnung.

Es muss gesagt werden, dass die Wärter sich erkenntlich zeigten. An diesem kalten Septemberabend, als in der ganzen Stadt die schlimmsten Gerüchte über Massaker in anderen Gefängnissen kursierten, brachten sie aus Mitleid den Kanonenofen in die feuchte Zelle. Jetzt stand er in einer Ecke und linderte die Kälte.

Louise de Lamartine hatte sich ganz in die Nähe des Ofens gesetzt, und auch die anderen Frauen waren ihr gefolgt, obwohl Louise keinen Wert darauf legte, ihnen zu nahe zu sein. Nach nur zwei Tagen an diesem schrecklichen Ort kannte sie die Mitinsassinnen zur Genüge, angefangen von Madame Dupont und ihren feinen Freundinnen, die damit prahlten, von ihren aristokratischen Freunden jedes Mal fünfundzwanzig Livres verlangt zu haben, bis zur weniger exotischen Francine, die nur sechs Livres von ihrer eher bäuerlichen Kundschaft gefordert hatte, ehe sie von den Soldaten zusammen mit den anderen Freudenmädchen ins *St. Lazare* geworfen wurden.

Sie, Louise, hatte für ihre Dienste nie Geld verlangt. Aber als sie von den Soldaten an den Westbarrikaden bei dem Versuch aufgegriffen worden war, Paris ohne die erforderlichen Papiere zu verlassen, hatte sie behauptet, auch zu den Damen der Lüste zu gehören, weil sie glaubte, dass ihre Überlebenschancen dann höher standen, als wenn man die Wahrheit über sie wüsste.

Selbst jetzt, in ihren schäbigen, verdreckten Gefängniskleidern, war Louise eine Schönheit, die von den anderen Frauen misstrauisch beäugt wurde. Die langen silberblonden Haare, die intensiv blickenden violettblauen Augen, die atemberaubende Figur. Heimlich verurteilte sie die *poules*, besonders diejenigen, die sich freiwillig den ungeschlachten Wärtern hingaben. Sie schlang die Arme um ihren Leib und wärmte sich an dem Gedanken, dass sie einmal der begehrte Besitz eines wohlhabenden, einflussreichen Marquis gewesen war. Aber auch wenn sie auf die anderen Frauen hinabschaute, wusste sie, dass sie alles daran setzen musste, hier zu bleiben, denn bisher hatte es in St. Lazare noch keines dieser Massaker gegeben, die in anderen Gefängnissen an der Tagesordnung waren.

Louise rutschte ein wenig näher an Francine heran, denn sie sprach wieder über ein Thema, das Louise brennend interessierte. »Natürlich«, sagte Francine, »wir wissen alle, es gibt nur einen Mann in ganz Paris, der uns hier herausholen kann.«

Nicken und zustimmendes Gemurmel von den anderen Insassen. Louise sagte: »Ja, ich weiß, du hast das schon mal gesagt, meine Freundin. Warum sagst du nicht, wer dieser geheimnisvolle Mann ist?«

Francine wandte sich ihr zu und berichtete aufgeregt und mit leuchtenden Augen: »Sie nennen ihn Jacques, aber niemand scheint etwas über ihn zu wissen. Er muss darauf achten, dass seine Identität geheim bleibt, verstehst du? Wenn du zu ihm gebracht wirst, legen sie dir zuerst eine Augenbinde an, und wenn du bei ihm im Haus bist, wirst du erst einmal ausgefragt. Wenn du die richtigen Antworten gibst, händigt man dir die Papiere aus, mit denen du Paris verlassen kannst.«

Sie brach rasch ab, denn die Tür knarrte, als die Wärter kamen, um die Reste des Nachtmahls abzuholen. Als sie gegangen waren, benetzte Francine sich die Lippen. Sie rückten alle noch ein wenig näher zusammen, damit Francine nicht so laut reden musste.

»Aber nach den Erzählungen, die ich gehört habe, wollen viele gar nicht mehr aus Paris verschwinden, denn dieser Bürger Jacques scheint ein faszinierender Mann zu sein und ein wunderbarer Liebhaber.«

Die Frauen kicherten lüstern und flüsterten sich Geschichten von anderen Liebhabern zu. Sie sprachen so leise, dass Louise, die am Ende der Gruppe saß, nichts mehr hören konnte. Sie wandte sich ab.

Dabei fiel ihr Blick auf die andere Ecke der Zelle, wo einer der Wärter – sie hatte gar nicht bemerkt, dass einer in der Zelle geblieben war – eine junge Frau gepackt hatte und heftig küsste. Er zog sie hinunter aufs Stroh. Louise sah verächtlich hin, aber innerlich wurde ihr Blut erhitzt, als sie das stämmige Glied sah, das die Frau aus der Hose des Wärters holte. Sie nahm es direkt in den Mund.

Jacques, dachte Louise. Seltsam.

Sie hatte auch einmal einen wunderbaren Liebhaber gehabt. Oh, seither hatte sie viele andere gehabt, aber niemand konnte sich mit ihm messen. Es war ihr nie gelungen, ihn zu vergessen, und sie war nach Paris gekommen, um ihn zu finden – bisher erfolglos. Auch er hatte Jacques geheißen, aber es war ein sehr verbreiteter Name, und Bürger Jacques, von dem Francine gesprochen hatte, war bestimmt nicht so faszinierend, wie ›ihr‹ Jacques gewesen war. Trotzdem würde sie die erste Chance wahrnehmen, diesen Jacques kennen zu lernen. Besonders wenn dadurch die Möglichkeit bestand, dieses Loch verlassen zu können.

In der Ecke hatte der Wärter die kichernde junge Frau auf den Boden geschoben; ihre Röcke waren nach oben gerutscht, und der Mann lag zwischen ihren Schenkeln, die sie um seinen Rücken geschlungen hatte, während er kräftig zustieß. Als es ihnen kam, waren sie so laut, dass alle anderen Geräusche in der Zelle überdeckt wurden. Die anderen Frauen hatten längst aufgehört, sich Geschichten zu erzählen.

Louise spürte, wie ihr eigenes, so lange unterdrücktes Verlangen in ihr stieg, und der so vertraute Hunger nagte an ihrem Innern. Seit sie erwachsen geworden war, machte dieser Hunger ihr zu schaffen, aber zum Glück hatte es immer wieder Männer gegeben, die ihn gestillt hatten. Nachdem sie gefangen genommen worden war, hatte die Furcht den Hunger verdrängt, aber jetzt nagte er wieder an ihren Nervenenden.

Sie rutschte zurück zur Gruppe und wandte sich an Francine. »Wie kann man ihn denn kennen lernen, diesen Bürger Jacques?«, fragte sie.

»Kann man nicht«, gab Francine zurück. »Er kommt auf dich zu, wenn er will. Er hat überall seine Freunde sitzen, aber sie arbeiten im Geheimen, und auf ihre Verlässlichkeit kann er bauen.«

In diesem Augenblick wurde die große, schwere Tür zur Zelle geöffnet. Ein Wärter, eine flackernde Talgkerze in der Hand, leuchtete hinein und sah sich um, bis er den Mann auf dem Boden bemerkt hatte.

»He, Freund Pierre! Willst du die ganze Nacht eingeschlossen bleiben? Das würde ich mir an deiner Stelle gut überlegen. Diese Dämchen melken dich trocken.«

»Ja, aber was für ein Tod, eh?« Widerstrebend richtete der Wärter sich auf. Er knöpfte seine Hose zu und stolperte auf unsicheren Füßen zur Tür.

Louise sah ihm hinterher. Ihre violetten Augen blickten nachdenklich. Sie verabscheute sie alle, die grobschlächtigen Wärter und die anspruchslosen *poules*. Aber Francines letzter Satz hallte noch in ihr nach. Er kommt auf dich zu, wenn er will.

Er wird es wollen, schwor sich Louise de Lamartine. Dafür werde ich schon sorgen.

Fünftes Kapitel

»Was meinen Sie, Madame Nicole? So oder vielleicht so?«

Es war Abend. Draußen prasselte der Regen und schlug gegen die Fenster, aber in Nicoles geräumigem Schlafzimmer herrschte eine wohlige, heimelige Atmosphäre. Die Kerzen flackerten in ihren vergoldeten Ständern, und im Kamin brannten die Holzscheite. Nicole saß auf einem niedrigen Hocker vor dem Frisiertisch aus Mahagoni, während Marianne sich um ihre Frisur bemühte.

Nicole betrachtete sich im Spiegel. Ihr Herz klopfte vor unterdrückter Erregung. Die Wandlung war erstaunlich. In den letzten beiden Tagen war aus der verzweifelten, ärmlichen Ausgestoßenen, die im schlimmsten Viertel von Paris gedarbt hatte, eine große Dame geworden, die selbst auf Versailles eine gute Figur gemacht hätte. Sie dachte nicht mehr an Flucht. Im Gegenteil – überall prickelte es auf ihrer Haut, voller Erwartung auf das, was kommen würde.

Früher an diesem Abend hatte sie ein luxuriöses Bad im Holzbottich genossen, der fast bis zum Rand mit heißem Wasser gefüllt war, das Armand Eimer für Eimer aus der Küche die Treppen hochgeschleppt hatte. Nicole hatte ihre Haare gewaschen und gebürstet, bis sie wie poliertes Kupfer aussahen, dann hatte sie sich mit aromatischen Cremes eingerieben, mit exklusivem Parfum bestäubt und den Körper mit Ölen verwöhnt, die nach Jasmin und Mandeln dufteten. Dann hatte sie sich sorgsam angezogen; sie trug ein Kleid aus schwerer cremefarbener Seide mit langen Ärmeln und einem eng sitzenden, tief ausgeschnittenen Mieder.

Jetzt gab Marianne ihrer Frisur den letzten Schliff. Mariannes fröhliches Grübchengesicht war ausnahmsweise mal ernst und konzentriert, als sie die lohfarbenen Locken hochsteckte. Nur einige wenige Ringellocken rahmten Nicoles Gesicht ein.

»Marianne!«, rief sie begeistert, als sie sich im Spiegel betrachtete. »Du bist eine wahre Künstlerin. Wo hast du das gelernt?«

Marianne errötete. Stolz strahlte aus ihren großen blassen Augen. »Ich war mal die Kammerzofe bei einer Adligen, Madame.«

»Bitte, kannst du mich Nicole nennen? Und schenk uns noch etwas Wein ein.« Es war, als wollten sie ihre Freundschaft mit dem Wein besiegeln, den Armand ihnen aus dem Keller unter der Küche gebracht hatte. »Monsieur Jacques hat mir den Schlüssel gegeben«, hatte er gesagt. »Er will, dass Madame alles erhält, wonach ihr Herz begehrt.«

Während Nicole an dem köstlichen Wein nippte, kehrten ihre Gedanken zu Jacques zurück.

Wer war er? Wieso war er ›in den Besitz‹ dieser Residenz geraten? Wer waren seine Freunde, die ihm die Gefangenen brachten?

Sie spürte, wie sie sich nach ihm sehnte. Sie wäre jetzt gern bei ihm gewesen, damit er das Feuer löschen konnte, das in ihrem Schoß glomm.

Sie trank einen Schluck Wein, um sich abzukühlen. Sie wollte Jacques aus ihren Gedanken streichen. Sie musste verrückt sein, mahnte sie ihr gesunder Menschenverstand, in diesem Haus bleiben zu wollen, wo

Leute kamen und gingen, alle beherrscht von der geheimnisvollen Gestalt des von Peitschenhieben gezeichneten Ex-Sträflings, der sich Bürger Jacques nannte. Ja, sie war verrückt, denn sie konnte den Gedanken nicht ertragen, ihn verlassen zu müssen.

Sie saß vor dem Spiegel und suchte Blickkontakt mit Marianne. »Du hast eben gesagt, dass du früher als Kammerzofe gearbeitet hast. War deine Herrin eine angenehme Frau?«

Marianne zögerte nur einen Wimpernschlag lang. »Nun ja … Ihr Gatte gehörte der Hocharistokratie an, aber seine Familie war durch Verschwendung verarmt, deshalb musste er Geld heiraten. Madames Vater war ein wohlhabender Bankier, also war Madame keine Adlige.«

Nicole nickte. In den letzten Jahren hatten Mitglieder der stolzesten und ältesten Familien Frankreichs sich am Rande des Ruins befunden und waren gezwungen gewesen, in Familien einzuheiraten, die nicht ihrem Stand entsprachen. Die konservativen Adligen – zu denen Gerard gehörte – verabscheuten die Allianz mit den niederen Klassen und lehnten die ›Geldfrauen‹ ab, wie er sie verächtlich genannt hatte.

»Wie war sie denn?«, fragte Nicole.

Marianne sah plötzlich traurig aus. »Sie verhielt sich oft so, wie sie glaubte, dass es sich für Adlige gehörte. Sie war eingebildet, eitel und grausam.« Die Röte ihrer Wangen vertiefte sich noch. »Manchmal musste ich Dinge tun, die ich eigentlich nicht tun wollte, Madame.«

»Was meinst du damit, Marianne?«

Das Dienstmädchen zögerte eine Weile, ehe sie berichtete: »Ihr Gatte, der Seigneur, war nicht an ihr interessiert. Er hatte sich auf junge Männer festgelegt, verstehen Sie, Madame Nicole? Sie hatte ihm keinen Erben geschenkt, deshalb hatte er das Interesse an ihr verloren. Sie fühlte sich einsam und hungerte nach Liebe. Sie wollte es ihrem Gatten heimzahlen.«

Nicole sagte leise: »Setz dich hin, Marianne. Komm her ans Feuer. Und erzähle mir alles.«

Die Kerzen flackerten im großen, kostbar eingerichteten Zimmer. Ihr Schein wurden, in den hohen Spiegeln, die an jeder Wand hingen, hundertfach reflektiert. Marianne befeuchtete sich die Lippen und begann ihre Geschichte.

»Madame d'Argency war eine schöne Frau, älter als Sie und ich natürlich, aber immer noch eine sehr anziehende Frau. Sie war groß und hatte eine ideale Figur, und sie war so stolz, wie es nur jene Menschen sein können, die erzogen worden sind, etwas Großes zu werden. Sie hatten in ihrem Schloss nahe Beauvais nur wenige männliche Diener, weil Madame aufgefallen war, wie sehr der Seigneur ihnen nachsetzte. Es gab einen alten, verschrumpelten Butler und einen dürren Kutscher, der aber nur die Kutsche von Madame fuhr. Von den jungen frischen Landmädchen gab es dafür um so mehr, alle naiv und unschuldig, und alle wahnsinnig stolz darauf, auf dem Schloss arbeiten zu dürfen.

Natürlich gab es in der Bevölkerung Gerüchte über die seltsamen Vorlieben der Madame. Aber« – Marianne hob die Schultern – »die Zeiten waren hart. Ich stamme aus einer angesehenen Familie und bin von Nonnen erzogen worden. Ich habe zwar noch einige Brüder, aber in harten Zeiten müssen auch die Mädchen arbeiten. So konnte ich wenigstens ein paar

Sous an meine arme Familie schicken. Was blieb mir also anderes übrig, als die Gerüchte über Madame zu ignorieren?

Als ich meinen Dienst im Schloss antrat, teilte ich mir mit Jeannette, einem anderen Landmädchen, ein Zimmer.« Sie errötete und sah Nicole scheu an. »Wir mochten uns sehr, Jeannette und ich. Wir spielten miteinander, wie Mädchen das tun, wenn keine Männer da sind, wir küssten und umarmten uns, wenn wir an kalten Winterabenden zusammen kuschelten, und dann drückten wir uns gegenseitig die Nippel, um diese köstlichen Gefühle zu erleben, die einem das Herz wärmen. Wir haben unsere heimlichen Stellen gestreichelt, bis wir vor Wonne zitterten und bebten. Wir flüsterten uns Geschichten über Männer zu, denn wir hatten schreckliche Dinge über deren Anhängsel gehört, und so sehr wir uns auch fürchteten, so sehr sehnten wir uns danach.

Eines Abends trat Madame völlig überraschend in die Dunkelheit unseres Zimmers. Sie sah ganz eigenartig aus, und ihre Augen glänzten. Ich glaube, sie hatte getrunken. In ihrer Hand hielt sie eine Reitpeitsche.«

Marianne schlug die Augen nieder. »Oh, Nicole, sie zwang uns, die dicken Nachthemden auszuziehen, und dann mussten wir uns vor ihren Augen streicheln. Oh, wie gut ich mich noch daran erinnern kann! Ich spüre jetzt noch Jeannettes rosige Zunge auf meinen steifen Nippeln, ihre sanften Finger an meiner geheimen Stelle, wie sie rieben und streichelten, bis ich nass und bereit war. Madame sah uns die ganze Zeit zu und befahl uns, nicht aufzuhören, sonst würden wir gezüchtigt.

Sie hätte uns nicht drohen müssen, denn wir hätten gar nicht aufhören können. Wir küssten uns süß und innig, und unsere Zungen verschlangen sich. Jeannette streichelte mit ihren kundigen Fingern über meine Brüste, während sie einen Schenkel zwischen meine Beine schob und mein Geschlecht rieb, zuerst ganz zärtlich und lieb, dann immer härter. Ich keuchte und stöhnte wie im Fieberwahn und erlebte die süßesten, unbeschreiblichsten Gefühle.

Jeannette, die jetzt genauso außer sich war wie ich, sie griff meine Hand und drückte sie gegen ihr Delta. Fast hätte ich meine Hand zurückgezogen, so sehr war ich überrascht von der Hitze ihrer nassen femininen Falten. Sie bewegte ihren Schoß ruckartig gegen meine Hand, heftig und liederlich und ebenso erregt wie ich. Während ich sie streichelte, öffneten sich ihre geschwollenen Lippen und badeten meine Finger mit ihren süßen Säften. Ich rieb über den kleinen, harten Knopf am Eingang ihres Geschlechts, jenem Zentrum der Lust, und Jeannette explodierte in meinen Armen. Sie küsste mein Gesicht, leckte es ab und drückte mich ganz fest.

Dann steckte sie ihren Zeigefinger in den Mund und rieb mich mit dem nassen Finger so gekonnt, oh, Nicole, ich hätte dahinschmelzen können. Ihr ungeduldiger Finger teilte meine Lippen und schlängelte sich in mich hinein, in die enge, jungfräuliche Öffnung, und dabei stieß ihr Daumen gegen meine heiße Knospe. Ich schrie, als die köstlichste aller Ekstasen mich überfiel.«

Es war eine Weile still im Zimmer, man hörte nur die Atemzüge der beiden Frauen. Dann knisterte das Holz im Kamin.

»Was hat Madame dann getan?«, fragte Nicole leise.

»Sie hat uns weiter mit weit aufgerissenen, glänzenden Augen zugesehen. Ihr Gesicht war von einem dunklen Rot, und sie saß so starr da, als befände sie sich in Trance. Dann sagte sie uns, wenn wir mit jemandem darüber redeten, würde sie uns so lange mit der Peitsche traktieren, bis unsere Hinterbacken knallrot mit Striemen wären. Sobald sie gegangen war, fielen wir uns in die Arme. Es war der erste von vielen lustvollen Abenden.«

Marianne lächelte, und ihre Grübchen vertieften sich. »Dann traf ich Armand. Es war Frühling, die Zeit des Pflügens, und Madames Gatte musste einige zusätzliche Männer aus dem Dorf einstellen, um bei der schweren Arbeit zu helfen. Mir fiel die Aufgabe zu, ihnen mittags eine Erfrischung zu bringen. Armand fiel mir sofort auf, und ich sah auch in seinen Augen einen besonderen Glanz, wenn er mich ansah. Oh, Nicole, ich war ja so aufgeregt!

Als Jeannette mich an diesem Abend in die Arme nahm, dachte ich nur an ihn, ich stellte mir vor, es wären seine Hände, die mich streichelten, sein Mund, der mich küsste. Er war nur ein Bauer, aber er hatte einen schönen, kräftigen Körper, und das Spiel seiner Muskeln faszinierte mich.

Als er mich das erste Mal küsste – heimlich hinter der Scheune – vergaß ich Jeannette. Seine kräftige heiße Zunge, die er tief in meinen zitternden Mund stieß, schien alle möglichen Lüste zu versprechen. Jeannettes mädchenhafte Umarmungen bedeuteten mir nichts mehr. Ja, ich verliebte mich in Armand. Und dann haben wir das erste Mal zusammengelegen.«

Sie errötete schamhaft. »Madame Nicole, Sie haben meinen Armand ja schon genießen können. Er ist wahrhaft großartig, nicht wahr? Als Mann und als Geliebter.«

»Ja, das ist er«, antwortete Nicole leise. Mariannes sinnliche Geschichte verfehlte ihre erregende Wirkung nicht. Ihr Blut geriet in Wallung.

»An einem warmen Aprilabend trafen wir uns in den Ställen«, fuhr Marianne fort, »nachdem es mir gelungen war, Madames unerbittlichen Augen zu entkommen. Wir küssten uns voller Leidenschaft. Armand schmeckte meine sprießenden Brüste, er saugte an ihnen und zog meine steifen Brustwarzen lang, bis ich vor Lust am liebsten aufgeschrien hätte. Er stöhnte dumpf und bat mich, meine Hand unter seine Hose zu schieben, um mich zu vergewissern, wie es in ihm tobte; da empfand ich Mitleid mit ihm, und ich tat alles, was er mir sagte.

Oh, Madame, ich dachte, ich würde vor Schreck ohnmächtig, als meine unschuldigen Finger diesen gewaltigen Fleischesstab berührten. Er zuckte und sprang mir in die Hand, als führte er ein eigenes Leben. Als Armand die Hose öffnete, um sein fettes Monstrum mit der Purpurspitze freizulassen, versank ich fast vor Leidenschaft. Ich hatte so etwas noch nie gesehen, ich habe es mir nicht einmal erträumt. Natürlich hatte ich die Tiere im Wald schon beim Paaren gesehen, aber das gigantische Glied dieses Mannes zu berühren, ließ mein Herz im Halse klopfen, und vor Eifer wurde ich ganz rot im Gesicht.«

Sie lachte fröhlich, und Nicole lächelte und schenkte Marianne Wein nach. »Erzähle weiter«, sagte sie mit heiserer Stimme. Ihre eigene Erregung wuchs.

»Nun, Sie können sich vorstellen, wie Armand laut zu stöhnen begann, als ich ihn mit zitternden Fingern berührte. Der Schaft stand unter Spannung. Ist es nicht herrlich, so etwas Weiches und zugleich Hartes in der Hand zu halten und langsam auf und ab zu gleiten? Mir selbst wurde so heiß, dass ich mich wie im Fieber fühlte.

Behutsam legte mich Armand auf das frisch duftende Heu, dann schob er meine Röcke zu den Hüften hoch. Er spreizte meine Beine, beugte sich über mich und begann die vor Feuchtigkeit glitzernden Falten meines Geschlechts zu lecken. Ich drückte mich ihm entgegen und sah, wie er den stämmigen Schaft in seiner Faust rieb.

Ich traute mich kaum hinzusehen, weil ich wusste, dass er mir Angst einjagen würde. Ich konnte mir gar nicht vorstellen, dass dieses massive, lange Ding in meine enge Spalte passte. Aber er war sanft, mein Armand. Als er den wunderbar samtenen Kopf zwischen meine nassen Lippen zwängte und vorsichtig weiter hineindrückte, bebte ich am ganzen Körper und konnte nicht erwarten, alles von ihm in mir zu spüren. Mit unendlicher Behutsamkeit stieß er weiter vor. Er dehnte mich, füllte mich aus. Ah, dieser dicke Schaft rieb gegen meine zartesten Stellen, und es war so ein himmlisches Gefühl, dass ich nur daliegen und glücklich wimmern konnte.

Aber mein Armand hatte ja gerade erst begonnen. Als er ganz tief in mir war, legte er seine kräftigen Hände unter meine Pobacken und begann mich zu reiten wie ein mächtiger Hengst. Er spießte mich immer wieder auf mit seinem zuckenden Penis, und dabei leckte er meine Brüste und glitt mit einer Hand zwischen unsere Körper, bis er mit dem rauen Daumen über meinen pochenden Kitzler reiben konnte. Ich weiß noch, wie ich plötzlich geschüttelt wurde, wie ich mich unter seinem schweren Körper wand und mein ganzes Sein von dieser wirbelnden Hitze glühte, die er in mir erzeugte. Oh, was für eine Glückseligkeit, als er in mir explodierte!«

Ihre Augen leuchteten, und die vollen Lippen glänzten und zitterten ein wenig, ein Zeichen, dass auch sie von der eigenen Geschichte erregt war. Nicole spürte ein starkes Ziehen in ihrem Schoß, als sie sich Mariannes staunendes Entzücken über den ersten prallen Phallus in Erinnerung rief. Sie konnte das wollüstige Treiben im Stall beinahe vor sich sehen.

»Konntet ihr euch oft sehen?«, fragte sie.

»Oh, ja, oft. Wir haben uns fast jeden Abend getroffen, in der Scheune oder in einem der Ställe. Oder auch auf dem freien Feld unter dem Sternenzelt. Wir wollten heiraten. Aber dann lief es schrecklich schief.«

Sie senkte den Kopf, als sie fortfuhr: »Jeannette war eifersüchtig, verstehst du? Weil ich nicht mehr an unseren zärtlichen Umarmungen interessiert war. Sie folgte mir eines Abends und hat meine Affäre mit Armand herausgefunden. Sie hatte nichts Eiligeres zu tun, als Madame alles zu sagen. Und so lagen wir eines schönen Frühlingsabends auf einem Ballen Heu und vergnügten uns köstlich, als Madame plötzlich hereinplatzte.«

Marianne schluckte einige Male. Die Erinnerung an die schreckliche Nacht schmerzte sie wohl heute noch.

Madame kreischte und schrie Zeter und Mordio, als ob wir etwas unvorstellbar Schlechtes täten. Dabei gaben wir uns doch nur die süßesten, natürlichsten

Gefühle, die es gibt. Sie hatte zwei Kerle bei sich, die den halb nackten Armand von meinem Körper zerrten und auf dem Hof an einen Baum banden. Die Lakaien des Seigneurs demütigten meinen Armand auf gemeine, niederträchtige und perverse Art, und ich musste dabeistehen und zuschauen.«

Sie zitterte, und einige Tränen kullerten über ihre roten Wangen. Sie erzählte stockend, wie sie sich an ihm vergriffen hatten, die feinen Herren, die zu den Freunden des Seigneurs zählten. Sie genossen den muskulösen Körper des Bauern und machten sich gleichzeitig lustig über ihn.

»Als sich alle an ihm vergnügt hatten, schleppten sie ihn weg, immer noch gefesselt«, erzählte Marianne weiter. »Madame, die abwechselnd zu dem Schauspiel unter dem Baum und dann zu mir geschaut hatte, wandte sich an mich und sagte, ich müsste auch bestraft werden. Ich sah den fiebrigen Glanz der Geilheit in ihren Augen und hatte schon eine Ahnung, wie sie mich bestrafen würde.«

»Wie?«, fragte Nicole stirnrunzelnd.

Marianne senkte wieder den Kopf. »Es war widerlich«, flüsterte sie. »Sie nahm mich mit in ihr Privatgemach, das reich überladen und irgendwie düster war. Der Duft von Sandelholzparfum, das sie am liebsten benutzte, stieg einem überall in die Nase. Sie sagte mir, ich hätte ihren Anweisungen genau zu folgen, sonst würde Armand ausgepeitscht. Sie legte mich über ihre Knie und züchtigte meinen Po mit der flachen Hand, dann zwang sie mich zwischen ihren Schenkeln auf die Knie. Ich konnte die weiße Haut über den Strümpfen sehen. Ich musste sie lecken, Nicole, und sie packte mich in den Haaren und zog mich fast in sich hinein. Ich habe es gehasst, aber auf eine Weise habe ich es erregend gefunden, weil ich spürte, dass ich, das kleine Dienstmädchen, Macht über sie hatte. Trotzdem, gehasst habe ich sie dafür, dass sie den Befehl gegeben hatte, Armand dermaßen zu misshandeln.

Danach hat sie ihre Röcke wieder über ihre noch zitternden Beine gezogen und so getan, als wäre nichts geschehen, obwohl sie noch heftig atmete und ein leichter Schweißfilm auf ihrem Gesicht lag. Dann drohte sie mir: Armand würde sterben, wenn ich jemandem etwas davon erzählte.«

Marianne atmete tief durch.

»In dieser Nacht bin ich aus dem Schloss geflohen. Armand hat auf dem Hof gewartet. Wir sind nach Paris gegangen und haben jede Arbeit angenommen, die sich uns anbot. Eines Tages haben wir Monsieur Jacques getroffen. Wir haben ihm unsere Geschichte erzählt. Monsieur Jacques sagte, er suchte zwei vertrauenswürdige Bedienstete, die die *aristos* ebenso verabscheuen wie er. Seither sind wir bei ihm.«

Nicole schwieg eine Weile, sie wollte ihr Interesse nicht allzu deutlich zeigen. »So habt ihr also Jacques getroffen. Was für ein Zufall! Aber sage mir, Marianne, wie ist er an diese Residenz gelangt, an ein so prächtiges Haus?«

»Nun, die Eigentumsrechte wurden für verfallen erklärt, Madame Nicole. Das Haus stand monatelang leer, denn der Besitzer, ein Marquis, war nach Österreich geflohen. Sie wissen bestimmt, dass die Regierung im Februar ein Gesetz verkündet hat, dass alles Eigentum der *émigrés* zum Besitz der Nation erklärte. Also gehörte es eigentlich niemandem. Monsieur

Jacques steht auf dem Standpunkt, dass er das Haus für das Volk der Franzosen hütet.«

»Wie großzügig von ihm«, murmelte Nicole stirnrunzelnd. »Aber wie ist er nur an die Schlüssel gekommen? Und wieso war es nicht längst geplündert worden wie so viele andere Häuser des Adels?«

Marianne waren diese Fragen offenbar fremd, sie hatte nicht gedacht, sie zu stellen, aber man sah ihr an, dass sie ins Grübeln geriet. »Nun ja, es liegt ziemlich verborgen hinter den hohen Mauern. Und es liegt ein wenig abseits. Nicht viele Leute kennen dieses Haus. Ich nehme an, dass die Freunde von Monsieur Jacques ihm zu diesem Haus verholfen haben, aber er spricht so gut wie nie über seine Freunde. Einige von ihnen sitzen in nützlichen Positionen, glaube ich.«

»Das habe ich mir auch schon gedacht«, sagte Nicole und schüttelte sich, als sie an diese schwarz gekleideten Schergen dachte. »Marianne, wer ist er eigentlich?«

Marianne hob die Schultern. »Ich weiß es nicht. Aber spielt das eine Rolle? Monsieur Jacques hat seine Geheimnisse, das ist wahr, aber für mich zählt nur, dass er meinem Armand und mir ein Zuhause gegeben hat, als wir dringend eins gesucht haben. Madame d'Argency hat uns vernichten wollen, und Monsieur Jacques hat uns versichert, dass wir stets zusammenbleiben können. Er will seine Vergeltung an den *aristo*s üben, weil sie ihm Unrecht zugefügt haben. Sie haben ihn in dieses schreckliche Gefängnis geworfen – für eine Tat, die er nicht begangen hat! Oh, Nicole, genug von diesem düsteren Thema. Stehen Sie bitte mal auf, damit ich Sie betrachten kann.«

Nicole stand auf und drehte im Zimmer eine

Pirouette. Marianne strahlte übers ganze Gesicht und klatschte in die Hände. »Madame Nicole, Sie sehen wirklich großartig aus. Sie sind eine wahre Schönheit, genau wie die Damen bei Hofe. Aber Sie brauchen eine Schärpe um die Taille. Ich hole rasch eine aus meinem Zimmer.«

Nicole betrachtete sich nachdenklich im Spiegel. In dem cremefarbenen Kleid, mit winzigen Perlen bestickt, sah sie fast abgehoben aus, irgendwie überirdisch. Das eng geschnittene Mieder umschmiegte ihre Brüste und betonte die schmale Taille. Ihr Gesicht bildete ein vollkommenes Oval, eingerahmt von kastanienbraunen Löckchen. Die Lippen waren rot geschminkt, und die hellbraunen Augen versprachen unendliche Lust. Sie wurde ganz schwach bei der Vorstellung, was sich ihr Peiniger für diesen Abend ausgedacht hatte.

Jacques, dachte sie und nahm die Brüste über dem engen Mieder in beide Hände, oh, Jacques. Du spielst mit uns allen. Du hast uns in dein dunkles, hypnotisches Netz gezogen.

Die Tür öffnete sich und brachte einen frischen Luftzug in das überheizte Zimmer. Nicole drehte sich lächelnd herum. Sie erwartete Marianne mit der Schärpe. Aber es war nicht Marianne. Es war Jacques.

Er trug einen langen Reitmantel, der seine imposante Gestalt noch betonte. Seine langen Haare, wie fast immer zu einem Pferdeschwanz zusammengefasst, glänzten schwarz vom Regen. Die glitzernden Wasserperlen in seinem Gesicht unterstrichen noch seine markanten harten Züge.

Nicole, die sich von der Überraschung, ihn plötzlich in ihrem Zimmer zu sehen, noch nicht erholt hatte, stieg die Röte in die Wangen. Sie bemerkte, wie er sich rasch in ihrem Zimmer umschaute, als wollte er sich über irgendetwas vergewissern, ehe seine Blicke sich auf ihr Kleid, die hochgesteckten Haare und ihre nach oben gedrückten Brüste konzentrierten.

»Nun?«, fragte sie schließlich, weil sie die Stille nicht länger ertragen wollte. »Ich warte.«

Er betrachtete sie freundlich und lehnte sich mit einer Hand gegen den Türrahmen. »Worauf, *chérie*?«

Nicole hob den Kopf. »Auf eine sarkastische Bemerkung über meine Verwandlung.«

Er lachte, und endlich ging er auf sie zu. Er warf seinen Hut aufs Bett. »Du siehst großartig aus«, sagte er. »Du bist gekleidet, als wolltest du zur Guillotine.«

Verwirrt fragte sie: »Was meinst du?«

»Das, was ich sage. Du siehst wie eine wirkliche Adlige aus. Ob dein Kostüm aber für die Unterhaltung des heutigen Abends geeignet ist, scheint mir umstritten.«

Die Unterhaltung des heutigen Abends. Bei dieser lockeren Bemerkung begann Nicoles Herz schmerzhaft zu schlagen. Seit er bei ihr im Zimmer war, tauchte die Erinnerung an das Geschehen des gestrigen Abends auf, als sie in seinen Armen die süßeste Erlösung ihres Lebens genossen hatte. Benommen vor Sehnsucht sah sie ihm zu, wie er den Mantel abstreifte und über einen Stuhlrücken legte. Aus einer tiefen Tasche zog er eine kleine Lederschatulle.

»Hier, meine kleine Nicole. Für dich.«

Sie musterte ihn argwöhnisch, aber in seinem schattigen Gesicht konnte sie nichts lesen. Sie öffnete den Deckel und hielt die Luft an. Ihr Bemühen um Fassung war mit einem Schlag zunichte gemacht.

Diamanten. Ein wahrhaft exquisites Diamantenhalsband, das wie kaltes, eingefangenes Mondlicht im schwarzen Samt der ledernen Schatulle lag. Es hatte eine wunderschöne goldene Schließe, auf der eine winzige Rose eingraviert war. Wie in Trance betastete sie die einzelnen Edelsteine und starrte Jacques mit weit geöffneten, verletzlichen Augen an. Sie verstand die Bedeutung des Geschenks nichts. »Es ist wunderschön, Jacques. Wo hast du es her?«

Er hob die Schultern, das Gesicht immer noch undurchschaubar. »Man könnte sagen, sie gehören zum Haus.«

Er hatte also eigentlich kein Recht, das Halsband zu verschenken. Sie klappte den Deckel zu und empfand Verwirrung und Verunsicherung. Sie flüchtete sich in ihren eigenen Zorn. »Du bist ein Dieb, nicht wahr, Jacques? Ein gewöhnlicher, verachtenswerter Dieb. Nicht besser als die Plünderer, die unsere Pariser Straßen verunsichern – eher noch schlechter, weil du vorgibst, anders als sie zu sein.«

Einen Moment lang spannte sich sein Gesicht in blankem Ärger, und Nicole fürchtete, zu weit gegangen zu sein. Sie erinnerte sich an seine immense Kraft. Dann aber lachte er nur und sagte: »Wenn ich wirklich ein Dieb wäre, hätte ich sie längst verkauft, statt sie dir zu schenken.«

Sie stammelte: »Dass du sie mir gibst, macht mich zu deinem Komplizen, nicht wahr?«

»Stimmt«, sagte er gelassen. »Und was für eine Komplizin! Komm mit, kleine Wildkatze. Ein Gast wartet, den du vernehmen sollst.« Er nahm die Schatulle aus ihren Händen und hob das Halsband heraus. Mit geschickten Fingern legte er es um ihren schlanken Hals und befestigte die Schließe in ihrem Nacken. Als seine kühlen Fingerspitzen über ihre Haut glitten, spürte sie ein heftiges Brennen.

Sie unterdrückte ihr Verlangen und fragte: »Ein Gast wartet auf mich?«

»Natürlich«, gab er zurück. »Du erinnerst dich doch an unsere Abmachung? Da unten wartet ein junger Edelmann, der nur allzu bereit ist, seine abscheulichen Verbrechen zu gestehen. Vor allem deshalb, weil er dann die wertvollen Papiere erhält, die er braucht, um Paris zu verlassen. Es ist deine Aufgabe, meine Nicole, ihm sein schändliches Geständnis zu entlocken und ihm eine entsprechende Strafe aufzuerlegen.« Er trat einen Schritt zurück und musterte sie mit verengten Augen. »Es sei denn, du bist der Aufgabe nicht gewachsen?«

Zornig entgegnete sie: »Natürlich bin ich das! Deshalb bin ich doch hier, oder? Um Vergeltung zu üben.«

Er bohrte seine dunklen Blicke in sie, und die Lust tanzte in seinen Augen. »Auch fürs Vergnügen, *chérie*. Vergiss das nicht.« Sein Blick fiel auf ihren Ausschnitt, und sie errötete. Warum berührte er sie nicht? Sie wollte seine Hände spüren, nicht seine Blicke. Aber das sollte er nicht erfahren. Es wäre ihr peinlich.

»Wer ist dieser Gast?«, fragte sie.

Es entstand eine kurze Pause, dann sagte er: »Ich glaube, es ist besser, wenn du so wenig wie möglich weißt. Marianne wird bei dir sein. Sie wird wissen, was zu tun ist.«

»Und was wirst du in der Zeit tun?«

Er grinste. »Ich werde schon etwas finden, um mir die Zeit zu vertreiben. Vielleicht spiele ich Backgammon mit Armand.«

Nicole stieß einen wütenden Zischlaut aus und sprang ihn an. Er fing ihre ausgestreckten Hände mit Leichtigkeit ab und sagte mit beschwichtigender Stimme: »Ich werde nicht direkt zu sehen sein, Nicole, aber ich werde die ganze Zeit in deiner Nähe sein, das verspreche ich. Und ich erwarte, dass du stets die Kommandos gibst, *ma chère*, verstehst du? Oh, und noch etwas. Ich meinte es ernst, als ich eben sagte, dass du zu auffällig gekleidet bist. Zieh dein Kleid aus.«

»Was?«

»Zieh es aus.« Er stöberte schon in Schränken und Schubladen und in den Haufen, die bereits auf dem Boden lagen. Wütend über seine Gleichgültigkeit öffnete Nicole ihr Kleid und ließ es in einer Lache aus Seide und Spitze auf den Boden gleiten. Sie stand in ihrem Unterhemd und den Strümpfen vor ihm und spürte, wie ihre Wangen vor Scham heiß wurden.

Er sah sie kaum an, als er sich zu ihr wandte und ihr ein knappes schwarzes Kleidungsstück reichte. »Hier, das ist genau richtig.«

Zögernd nahm sie es in die Hände. Es war ein altmodisches Lederkorsett, wie es früher von Frauen vom Lande getragen wurde. Es zielte darauf ab, die Brüste anzuheben. Als Kleidungsstück sah es eher langweilig und uninteressant aus, aber dann stellte Nicole es sich an ihrem Körper vor … Sie spürte die Erregung zwischen den Schenkeln.

Aber das war seine Wahl, nicht ihre. Das Leder wirkte hässlich auf sie, hässlich und irgendwie bedrohlich. Mit leiser Stimme fragte sie: »Gehst du aus dem Zimmer, während ich mich umziehe?«

Er grinste und überkreuzte die Arme vor der Brust.

»Hast du Angst, ich springe dich an? Ich stehe hier als neutraler Beobachter, *chérie*. Ich will dir helfen, deinen Wunsch nach Vergeltung zu realisieren. Dazu brauchen wir die kleine Maskerade.«

Ihre hellbraunen Augen blitzten vor Zorn, als sie nebenan ins Ankleidezimmer ging, wo sie ihr Unterhemd auszog und das starre Lederkorsett anlegte. Es war raffiniert geschnitten und hob ihre stolzen Brüste an, sie ergossen sich über das Mieder, das auch die harten Nippel freiließ. In V-Form reichte das Kleidungsstück bis zum Nabel; Hüften, Gesäß und Unterbauch blieben entblößt. Verunsichert zog sie die Strümpfe hoch, aber sie konnten ihre Scham nicht bedecken.

Sie stürmte ins Schlafzimmer zurück und blieb dicht vor Jacques stehen. Während jeder ihrer Bewegungen spürte sie das Anschwellen ihrer Labien, die sich aneinander rieben. Nicole versuchte, den quälenden Impuls zu unterdrücken, sich ihm an den Hals zu werfen.

Trotzig stand sie vor ihm, die Hände in die Hüften gestemmt. Jacques' Diamanten glitzerten kalt an ihrem Hals. »So. Ist das besser?«

Er grinste breit, lehnte sich gegen die Wand und betrachtete Nicole ausgiebig. Sie glaubte, eine leichte Schwellung in seinen engen schwarzen Breeches erkennen zu können, und empfand einen heimlichen Triumph.

»Ja, natürlich«, sagte er. Er ging auf sie zu, und seine Stiefel klackten auf dem Boden. Ihr Mund wurde trocken. Seine kühle Männlichkeit erregte sie. Er streckte die Hand aus und spielte mit ihren Brustwarzen. Sie versteiften sich sofort.

Nicole stöhnte laut, sie schloss die Augen und sträubte sich nicht gegen die Gefühle, die sie durchfluteten. Dann glitt Jacques mit der Hand nach unten und drückte sie gegen ihre heiße pulsierende Scham. Er sah sie leidenschaftslos an, während er einen Finger in sie hineinstieß. Schmollend ließ sie es geschehen. Warum konnte er nicht leidenschaftlicher sein? Aber die Hitze strahlte von ihrem Schoß durch den ganzen Körper, und Nicole spürte, wie sie zu zittern begann.

»Ich bin ein wenig besorgt, Nicole«, sagte er. »Du scheinst selbst am Rand eines Höhepunkts zu stehen. Wie kannst du glauben, ganz kühl über die sexuellen Verfehlungen anderer urteilen zu können, wenn du selbst den Punkt ohne Wiederkehr erreicht hast?«

Mit einem Schaudern wandte sie sich von ihm ab. Oh, wie sie diesen Mann begehrte! Er sollte sie in die Arme nehmen, er sollte sie mit seiner großartigen Männlichkeit beglücken.

»*Salaud*«, zischte sie. »Du quälst mich und erwartest, dass ich ganz ruhig bleibe?«

Er hob gleichgültig die Schultern, was ihren Zorn erneut heraufbeschwor.

»Was willst du denn?«, fragte er unschuldig. »Ich stehe ganz ruhig und ausgeglichen hier, selbst jetzt, wo eine großartige *poule* vor mir steht und sich so verlockend präsentiert.«

Nicole schüttelte wütend den Kopf. »Du bist unmenschlich, Jacques. Ich kann mir nur einen einzigen Grund für deine Gleichgültigkeit denken. Oder kann es sein, dass du eigenartige Vorlieben hast?«

»Vorsicht, Nicole«, warnte er.

Aber sie war nicht mehr zu bremsen. Wütend rief sie: »Wie hast du eigentlich deine Lust im Kerker befriedigen können? Hast du Interesse daran gefunden, wenn einer der Inhaftierten dich genommen hat., Bürger Jacques? Ich wette, du warst der Liebling der Insassen. Du mit deinen feinen Manieren und dem eleganten Körper.«

Einen Moment lang verengten sich seine Augen zu schmalen Schlitzen und verströmten blanke Wut, und sie fürchtete schon, er würde sie schlagen. Sie sah, wie er mit einem Finger über die eingebrannte Zahl im Innern des Handgelenks fuhr, als spürte er immer noch das heiße Eisen, das seine Haut verbrannt hatte. Dann ging er langsam zur Kommode neben dem Bett und holte aus einer Schublade eine lange seidene Kordel heraus.

Er kam auf sie zu, und sie erschauerte. Ihre Nippel spannten sich, und ihre feuchten fleischigen Labien zuckten zwischen den kurzen Löckchen ihrer Scham.

»Eine Lektion für dich, meine kleine Wildkatze«, sagte er leise. »Eine Lektion, um dein heißes Blut abzukühlen, bevor du hinuntergehst, um an unserer kleinen Maskerade teilzunehmen.« Bevor sie reagieren konnte, bevor sie auch nur ahnte, was er plante, hatte er ihre Handgelenke gepackt, schnürte sie auf dem Rücken zusammen und schlang die Kordel um einen Pfosten ihres breiten Betts.

Sie wehrte sich und zurrte an der Fessel, gleichzeitig bebte ihr ganzer Körper vor Verlangen. Das glatte Mahagoniholz drückte gegen ihr Schulterblatt und gegen ihre Hinterbacken. Sie spürte, wie ihre Säfte rannen. Oh, er war wirklich unmenschlich. Aber sie sehnte sich nach seinen Berührungen.

Er hielt sie fest, beugte sich über sie und raunte: »Willst du mich haben, *ma chère*? Willst du meinen

Schaft in dir haben und spüren, wie er dein zuckendes Fleisch ausfüllt? Willst du, dass ich dich nehme, bis du vor Lust zu seufzen beginnst?«

Seine männliche Arroganz und die kühle Selbstverständlichkeit, mit der er ihr Verlangen hinnahm, ließen sie rotsehen. Sie rang nach Selbstbeherrschung, atmete tief durch und fuhr ihn an: »Wenn du willst. Aber du kannst mir glauben, ein Mann ist so gut wie der nächste.«

»Ist das so?«

»Oh, ja, Bürger Jacques«, sagte sie leichthin. »Du hast mir nichts Besonderes zu bieten.«

Er lächelte sie vergnügt an. Dann schlenderte er gemütlich zur Tür, öffnete sie weit und rief: »Armand!«

Nicole wurde starr vor Schreck. Was für ein teuflisches Spiel ließ er sich jetzt einfallen?

Es dauerte nicht lange, bis sie es herausfand. Als der stämmige Diener den kerzenlichtbeleuchteten Raum betrat, weiteten sich seine Augen beim Anblick der hilflosen Nicole, die an den Bettpfosten festgebunden war.

Jacques, der immer noch an der Tür lehnte, sagte lässig: »Nimm sie, sie gehört dir.«

Armand konnte seine Begeisterung kaum unterdrücken – und Nicole auch nicht. Sie hatte Jacques haben wollen, wollte ihn auch immer noch, trotz seiner unausstehlich arroganten, selbstherrlichen Art. Aber sie war verrückt vor Verlangen, und als Armand seinen schon versteiften Penis aus der Hose zog und mit einem breitbeinigen Gang auf sie zukam, wand sie sich voller Erwartung hin und her, und in ihrem Bauch spürte sie einen Tumult der Lust.

Armand schien genau zu wissen, was sie brauchte. Er griff mit seinen prankenähnlichen Händen an ihre Brüste und drückte sie hart zwischen den schwieligen Fingern. »Du sollst also bestraft werden? Damit du lernst, wie man sich einem Mann gegenüber verhält?«

Sie sog zischend die Luft ein, als er seinen pochenden Penis in die Faust nahm, in den Knien ein wenig einknickte, um sich in Position zu bringen, und stieß in ihre feuchte, saftige Öffnung, wobei er sie fast von den Füßen hob.

Nicole schüttelte sich vor Entzücken. Sie hatte die Augen geschlossen und die Lippen leicht geöffnet. Nach einer so langen Qual war es exquisit, endlich den dicken Schaft in sich zu spüren, wie er sie ausfüllte und genüsslich zu pumpen begann, ohne Finesse und Rücksichtnahme. Er war nur ein hungriger, vitaler Mann und spießte sie mit seiner eisenharten Lanze auf, wobei er obszöne Dinge in ihr Ohr raunte und dann den Kopf beugte und ihre geschwollenen Brustwarzen in den Mund nahm. Seine Barthaare kitzelten Nicoles empfindliche Brüste.

Sie kamen zusammen, und man sah und hörte ihnen die Erlösung nach einem befriedigenden Orgasmus an. Armand hielt sie noch eine Weile umschlungen und küsste sie auf die feuchten Haare. Dann löste er sich von ihr, richtete seine Hose wieder her und wandte sich an Jacques, als erwartete er weitere Anweisungen.

Jacques, der das Geschehen mit unmenschlicher Gleichgültigkeit von der Tür aus verfolgt hatte, ging langsam auf die beiden zu. »Danke, Armand«, sagte er nach einer Weile. »Das war alles.«

In diesem Augenblick erkannte Nicole das volle

Ausmaß seiner Furcht erregenden Selbstbeherrschung, seiner unnatürlichen Gefühlskälte. Gab es irgendeinen, irgend etwas, der oder was seinen Panzer durchbrechen konnte? Oder war sein Herz so vernarbt wie sein Körper?

Behutsam band er die zitternde Nicole vom Bettpfosten los. Ihr Gesicht glühte noch von den Nachwehen des Erlebnisses. »Jetzt bist du in der Lage, an unserem kleinen Spektakel mit wenigstens einem Minimum an objektiver Haltung teilzunehmen, meine Nicolette.« Er hob einen Seidenumhang vom Boden auf und reichte in ihr. »Zieh das an. Und vergiss nicht – du hast das Kommando.«

Am liebsten hätte sie ihm ein paar Flüche an den Kopf geworfen, ihre Kleider und die Diamanten gleich mit, ehe sie in die kalte, feuchte Pariser Nacht gerannt wäre. Wenn sie ihm nur mit gleicher Münze heimzahlen könnte. Er sollte das mal erleben, wie es war, vor sexuellem Verlangen zu zittern. Ja, sie würde was drum geben, ihn auf den Knien zu sehen und ihn um sexuelle Befriedigung betteln hören.

Aber ihr fiel nichts ein, was sie ihm sagen könnte. Sie sah, wie er angewidert mit der Stiefelspitze gegen die auf dem Boden herumliegenden Kleider stieß.

»Es ist wohl besser, wenn ich Marianne kommen lasse, um hier aufzuräumen«, sagte er tadelnd. »Häuslichkeit ist nicht gerade deine Stärke, was, meine Nicole?«

Damit ging er aus dem Zimmer und ließ eine vor Wut kochende Nicole zurück.

Sechstes Kapitel

Der einundzwanzigjährige Jules d'Amar, bis vor kurzem Erbe einer der reichsten Familien Frankreichs und jetzt nur noch ein gamz normaler Bürger der Republik wie jeder andere auch, ging in dem kleinen Vorzimmer auf und ab. Er zitterte vor Angst. Er wünschte, er wäre stark und tapfer genug, einen Sprung in die Freiheit zu wagen, weg aus diesem seltsamen Haus, in das man ihn mit verbundenen Augen gebracht hatte. Doch er fühlte sich weder stark noch tapfer, und außerdem hinderten ihn die Ketten an Hand- und Fußgelenken am kleinsten Sprung.

Die dunkle, kostbare Einrichtung des kleinen Vorzimmers, in dem sie ihn zurückgelassen hatten, drückte seine ohnehin schon deprimierte Stimmung noch mehr. Er hasste die schweren roten Vorhänge, die großen chinesischen Vasen auf dem Tisch mit den kunstvollen Intarsienarbeiten, das lackierte Holz der gediegenen Vitrinen. Nur ein paar Kerzen brannten, deren schwacher Schein seinen Trübsinn auch nicht vertreiben konnte. Trotzdem war er froh über die spärliche Beleuchtung, dann würden sie vielleicht nicht sehen, wie verängstigt er war.

Die stummen anonymen Männer, die ihn hergebracht hatten, waren so nett gewesen, ihm was zu essen und trinken dazulassen, aber er konnte nichts essen, weil seine Zähne zu heftig klapperten.

Er wusste, die vergangene Nacht würde er sein Leben lang nicht vergessen. Jene schreckliche Nacht, als der Pöbel die Herrschaft im Kerker übernahm.

Betäubt vor Angst war er aus seiner feuchten, dunklen Zelle gerissen und vor das so genannte Tribunal gezerrt worden, eine Bande schmieriger, derber Kerle, einige von ihnen betrunken, andere fast schlafend, alle mit roten Mützen und dem Abzeichen der Trikolore.

Sie hatten um einen mit Weinflecken übersäten blanken Holztisch gesessen und kaum einen Blick auf die Gefangenen geworfen, die ihnen nacheinander vorgeführt wurden. Einige waren zurück in die Zellen geschickt worden, andere hatte man aus Gründen, die Jules nicht durchschaute, freigelassen, und wieder andere hatten ihre Verbrechen an den Bürgern Frankreichs gestehen müssen, ehe sie dem Pöbel ausgeliefert wurden.

Jules hatte versucht, tapfer zu sein, als sie ihn vernommen hatten, aber als der Mann, der wohl ihr Anführer war, seine schmutzige schwarze Pfeife auf den Tisch geklopft und Jules für schuldig befunden hatte, waren die Beine unter ihm weggekippt. Ihm war schlecht geworden, als sie ihn nach draußen zerrten. Der Pöbel johlte und wollte Blut sehen.

Dann war er plötzlich von einigen schwarzen Gestalten in eine dunkle Gasse gestoßen worden. Zuerst hatte er sich gewehrt und dann um Hilfe geschrien – er hasste sich dafür, dass seine Stimme so schrill geworden war. Sie hatten ihm einen Knebel in den Mund gedrückt und seine Hände auf den Rücken gefesselt. Ein großer schlanker Mann, den die anderen Bürger Jacques nannten, hatte ihn ausgiebig gemustert und dann knapp genickt. »Ja. Bringt ihn mit.«

Sie hatten ihn auf ein dreckiges Fuhrwerk geladen, verschnürt wie ein Paket, und die Augen verbunden. Er hatte jede Minute mit seinem Tod gerechnet. Aber statt ihn zu töten, hatten sie ihn in dieses große leere Haus gebracht, ihn gebadet und in saubere Kleider gesteckt.

Er rechnete immer noch damit, dass sein Tod unmittelbar bevorstand, und er hoffte inständig, wenigstens in seinen letzten Minuten tapfer zu sein. Viele Leute, die er letzte Nacht hatte sterben sehen, waren es nicht gewesen. Er wollte so stark und tapfer sein wie dieser Mann, den sie Bürger Jacques nannten.

Er zuckte zusammen, als sich die breite Tür zum Salon fast geräuschlos öffnete. Eine sanfte feminine Stimme sagte: »Komm herein, Jules. Wir sind jetzt für dich bereit.«

Benommen vom Glanz der Kandelaber stolperte er blinzelnd vorwärts. Die Ketten rasselten um seine Gelenke. Nach ein paar Schritten blieb er stehen, den Mund weit aufgerissen, denn vor ihm lagen auf einem breiten Sofa die zwei schönsten Frauen, die er je gesehen hatte.

Jules starrte wie in Trance. Eine der Frauen war klein und ein wenig drall, und dunkle Locken rahmten ihr hübsches Gesicht ein. Es war die andere Frau, die seinen Atem stocken ließ. Sie war absolut umwerfend. Anmutig und schlank, lange lohfarbene Haare, die locker auf ihre Schultern fielen, lag sie lauernd wie eine Raubkatze auf dem Sofa. Sie trug ein cremefarbenes Gewand aus fast durchsichtiger Seide, das ihren vollkommenen Körper umschmiegte. Ihr Gesicht war ein Gedicht. Arrogant und heiter zugleich, hohe Wangenknochen und ein voller, schmollender Mund, dazu sinnliche Augen, die ihn mit sanfter Verachtung und Neugier bedachten.

»Knie dich hin«, befahl die Schwarzhaarige.

»Verneige dich vor deinen Herrinnen, Bürger Jules.«

Er wollte sich ihnen nicht widersetzen. Er ließ sich umständlich auf die Knie nieder, was mit den Ketten gar nicht so einfach war. Es überlief ihn heiß und kalt, als die Frau mit den lohfarbenen Haaren ihn anstarrte und etwas ins Ohr der Freundin flüsterte.

Er hörte sie sagen: »Ja, er hat Potenzial, Marianne. Sein Gesicht ist ganz hübsch, und mir gefallen seine weizenblonden Haare. Aber er ist ziemlich blass und dürr. Und so jung. Er wird völlig unerfahren sein.« Sie seufzte und stützte das Kinn auf beide Arme. »Was meinst du, *chérie*? Sollen wir ihn ausprobieren? Vielleicht können wir ein oder zwei Stunden unser Vergnügen mit ihm haben.«

»Fünf Minuten, mehr nicht«, kicherte die Schwarzhaarige. »Das ist die Sache nicht wert, oder, Nicole?«

Die Frau mit dem Namen Nicole erhob sich, und dabei öffnete sich der Umhang, und ihr diamantenes Halsband glitzerte. Ein Blick auf ihren Halsausschnitt ließ Jules schwach vor Lust werden. Jetzt kam Nicole auf ihn zu. Ihr Umhang raschelte.

Sie beugte sich verführerisch über ihn, und er sog den Duft ihres schweren Parfums ein. Die Frau öffnete mit kundigen Fingern seine Hose.

Lachend drehte sie sich zu der anderen Frau um und sagte: »Du hast Recht. Er ist den Aufwand nicht wert. Er würde es nicht einmal fünf Minuten durchhalten.«

Jules' Gesicht verzerrte sich, als hätte sie ihn geschlagen. Er rappelte sich mühsam auf, wobei seine Hose rutschte, und stammelte: »Ich muss Ihnen sagen, dass ich der zukünftige Baron d'Amar bin. Wie können Sie es wagen, mich so zu beleidigen?« Dann erstarben die Worte in seinem Hals, und hilflos sank er zurück auf den Boden, denn Nicole hatte ihn mit einer knappen Bewegung ihrer Hand wieder auf die Knie gedrückt. Dabei fiel ihr Umhang auseinander, und Jules sah in aller Deutlichkeit, dass sie darunter ein eng geschnürtes schwarzes Korsett trug, das die herrlichen Brüste nach oben drückte und die rosigen strotzenden Nippel frei ließ. Sonst trug sie nichts, von den dünnen weißen Seidenstrümpfen und den Schuhen mit roten Absätzen mal abgesehen. Er sah das lohfarbene Dreieck ihrer entzückenden Scham und erhaschte auch einen Blick auf die pinkfarbenen Lippen. Sein Mund wurde trocken.

»Ich beleidige dich«, zischte Nicole, »weil du und Männer wie du uns Frauen immer beleidigt habt! Ihr redet über uns, als wären wir Luft, ihr redet derb und obszön, ihr prahlt bei euren Kumpanen mit euren Leistungen und Eroberungen.« Sie wandte sich an ihre Freundin. »Was sollen wir mit ihm anfangen, Marianne?«

»Er soll bekommen, was er verdient hat. Bringe ihn dazu, seine Verbrechen zu gestehen, dann entscheidest du über sein Schicksal.«

»Gestehen? Aber … ich habe gegenüber dem Tribunal in diesem dreckigen Kerker schon alles gestanden! Abgesehen von meiner adligen Herkunft bin ich keines Verbrechens schuldig, das schwöre ich!« Seine Stimme brach ab, als er spürte, wie sein Glied anschwoll und hart wurde. Er errötete und senkte den Kopf, hilflos, da seine Hände in Ketten lagen.

Marianne hatte es auch bemerkt, denn sie kroch plötzlich auf ihn zu, und zu seinem Entsetzen fuhr sie mit einem Finger über den zuckenden Penis.

»Er ist ganz hübsch, Nicole. Siehst du, wie er unter meinen Fingern wächst? Er schwillt zu einer recht ordentlichen Größe an. Vielleicht ist es doch nicht aussichtslos mit ihm.«

Nicole sagte: »Wir müssen ihm eine Lektion erteilen. Ich schätze, wir könnten ihm zeigen, wie ein richtiger Mann eine Frau behandelt.«

»Du meinst Armand?« Marianne stand langsam auf. Ihre blauen Augen funkelten. »Eine ausgezeichnete Idee, meine Liebe.« Sie lief zur Tür und rief: »Armand! Du kannst jetzt zu uns kommen.«

Stunden später, als Nicole erschöpft und befriedigt auf dem Sofa lag und die Hand nach Jules ausstreckte, der sich als gelehriger Schüler erwiesen hatte, öffnete sich plötzlich die Tür zum Vorzimmer. Verdutzt starrte sie auf Jacques, der stumm und grübelnd in der Tür stand. Hatte er sie die ganze Zeit beobachtet? Wusste er, was geschehen war?

»Nicole«, sagte er, »wenn es deine Zeit erlaubt, möchte ich gern, dass du mir beim Abendessen im *petit salon* Gesellschaft leistest. In einer Stunde.«

Nicole sah ihn hochmütig an, Trotz in den hellbraunen Augen. »Aber gewiss, Jacques. Es wird mir ein Vergnügen sein.«

Für einen Moment hoben sich seine Augenbrauen. »Oh, nein, das Vergnügen liegt ganz auf meiner Seite.«

Nicole tat so, als wäre sie ganz ruhig und gelassen, als sie sich für das Abendessen mit Jacques vorbereitete, aber in ihrem Bauch flatterten viele nervöse Schmetterlinge, als sie daran dachte, wieder mit ihm allein zu sein. Sie badete und lächelte, als sie sich daran erinnerte, dass Armand diesmal nicht allein die Eimer mit dem heißen Wasser aus der Küche geschleppt hatte – er hatte sich Jules' Hilfe versichert.

Trotzig zog sie das wunderschöne cremefarbene Seidenkleid an, das Jacques vorher an ihr kritisiert hatte. Es war auch dieser Trotz, der sie das Halsband absichtlich nicht anlegen ließ. Sie legte es zurück in die Schatulle auf ihrer Frisierkommode.

Zum Schluss bürstete sie ihre langen, vollen Haare, und als sie wie Kupfer glänzten, flocht sie zwei dünne Zöpfe, die sie wie eine Krone auf dem Kopf arrangierte. Dann ging sie mit klopfendem Herzen die Treppe hinunter in den kleinen Salon. Sie genoss das Rascheln der Seide. Es war ein gelungener Abend gewesen, sie fühlte sich gut, sie war bereit für alles, sogar für Jacques.

Als sie den Salon betrat, hatte Jacques ihr den Rücken zugewandt. Er zündete die dicken Wachskerzen auf dem Kaminsims aus Onyx an, deshalb blieben ihr ein paar Sekunden, um die Schönheit des Zimmers in sich aufzunehmen. Es war eine Miniaturnachbildung des großen Salons, und wieder einmal konnte Nicole die unaufdringliche Eleganz der Einrichtung dieses Hauses bestaunen. Das Mobiliar bestand aus wunderschönem Rosenholz, und üppiger Stuck verzierte Decken und Wände.

Im Kamin brannte ein anheimelndes Feuer, und in einer Ecke des Raums gab es einen kleinen Alkoven, der von einigen Kerzen beschienen wurde. Nur ein einziges Möbelstück stand darin, ein niedriges Sofa, mit dunkelrotem Samt bezogen.

Der Mahagonitisch in der Mitte des kleinen Salons war schon gedeckt. Unter der Fülle von Silber und Kristall war die feine Damastdecke kaum zu sehen. Silberne Platten mit köstlichen kalten Häppchen lockten Auge und Nase. Hungrig sah Nicole auf die feinen Pasteten und auf die Vielfalt der verschiedenen Käsesorten, auf die frischen Baguettestangen und auf die Dosen mit goldgelber normannischer Butter. Purpurfarbene Trauben ließen Nicole das Wasser im Mund zusammenlaufen.

Wie schaffte dieser Mann das alles? Wo holte er diese wunderbaren Köstlichkeiten her – in einem Paris, in dem wegen des Bürgerkriegs eine Hungersnot ausgebrochen war?

Jacques drehte sich zu ihr um, und in diesem Augenblick lösten sich alle anderen Gedanken in ihrem wirbelnden Kopf auf.

Er trug einen dunkelgrauen langen Rock, schlicht, aber raffiniert geschnitten, und die Rüschen seiner Krawatte waren mit kostbarer Mechlin-Spitze gesäumt. Seine schwarzen Haare, die im sanften Kerzenlicht schimmerten, waren streng nach hinten gebürstet und im Nacken mit einem schwarzen Samtband zusammengefasst. Er trug eng sitzende Breeches und schwarze Reitstiefel. Die Schmetterlinge in ihrem Bauch erwachten zu neuem, flatterndem Leben, denn Jacques sah absolut exquisit aus. Nicole spürte, dass ihr Herz viel schneller als sonst schlug, und sie spürte auch, wie die Röte in ihr Gesicht stieg, als er sie lange betrachtete. Seine dünnen Lippen zuckten ein wenig, als sein Blick an ihrem prallen Dekolleté des eleganten Abendkleids haften blieb.

»Nicole.« Er neigte den Kopf, als wollte er sie aus

einem anderen Blickwinkel betrachten. »Du spielst die Rolle der Lady des Hauses ganz ausgezeichnet, *ma chère.*«

Nicole lächelte. »Und Sie, Monsieur, haben die Manieren eines Edelmanns mit einigem Erfolg angenommen«, sagte sie und fügte schneidend hinzu: »Wenn man bedenkt, dass du ein Ex-Sträfling bist ...«

Er lächelte amüsiert. »Sehr liebenswürdig, meine Liebe. Möchtest du sich setzen?«

Er zog einen Stuhl für sie heran und schenkte ihr Wein ein, der auf ihrer Zunge prickelte. Nicole spürte, wie sich ihre Selbstsicherheit entfaltete. Sie wusste, dass sie an diesem Abend bezaubernd aussah, sie konnte es auch in seinen Augen lesen. Sie hatte ihr erstes Verhör bestanden und aus dem jungen Aristokraten Jules d'Amar alles herausgeholt, was er zu bieten hatte. Ja, Nicole war mit sich zufrieden. Mit großem Appetit sprach sie dem Essen und Trinken zu.

Jacques aß bedeutend weniger. Eigentlich hätte ihr das auffallen sollen, dann wäre sie auf das vorbereitet gewesen, was folgte.

»So«, sagte er schließlich, »du glaubst also, dass dieser Jules viel versprechend ist?«

Nicole biss in eine saftige Weintraube, strich Frischkäse über eine Scheibe Brot und sagte wie nebenbei: »Nun, er hat Reue gezeigt. Marianne und ich haben ihn dazu überredet, seine Sünden und Verfehlungen in der Vergangenheit zu gestehen, und dann haben wir ihn gedemütigt. Er musste zusehen, wie Marianne und Armand sich liebten. Das hat ihn fast um den Verstand gebracht. Am Ende dieser Vorführung war er bekehrt, glaube ich. Jedenfalls hat er sich wahnsinnig bemüht, meine Anweisungen genau zu befolgen, als er mich mit der Zunge verwöhnte. Ich wette, das hatte er noch nie getan.«

Jacques nickte und spielte mit dem noch vollen Weinglas. »So sah es auch aus.«

»Oh, es war wunderbar«, sagte Nicole. »Er hat die herrlichsten Gefühle in mir geweckt.« Sie sah, dass er mit den Gedanken weit weg zu sein schien, deshalb nahm sie sich Zeit, ihn wieder zu betrachten. Eigentlich passte er zu diesem Haus. Vielleicht war er erzogen worden, mal in einer solchen Residenz zu wohnen. Niemand wäre auf die Idee gekommen, ihn für einen Bourgeois zu halten, für einen Mann aus der Provinz, für einen Mann mit einer zweifelhaften Vergangenheit.

Das sanfte Kerzenlicht lag wie ein Schimmer über der glatten, gespannten Haut, als er in das Kristall seines Glases starrte. Jules hatte sie mit Zunge, Lippen und Fingern wunderbar befriedigt, aber es war Jacques, nach dem sie sich sehnte. Jules war bestenfalls Appetitanreger gewesen. Jacques sollte ihr die Erlösung bringen und sie auf geheime Höhen der Lust führen.

Für Nicole war Jacques der Inbegriff des Männlichen geworden, der Ausdruck ihrer Träume. Sie schmachtete nach seinem harten Penis. Sie spürte, wie sie bei diesen Gedanken feucht wurde, wie ihre Nippel versteiften und die Labien anschwollen. In ihren Venen begann es zu summen.

»Du glaubst also, dass heute Abend alles glatt gelaufen ist?«, fragte Jacques.

»Ja, natürlich. Habe ich das nicht schon gesagt?«

Er beugte sich weit über den Tisch, und seine Augen blickten kalt. »Du hast eine wichtige Sache vergessen, Nicole. »Habe ich dir nicht befohlen, stets das Kommando zu behalten?«

Verblüfft entgegnete sie: »Aber ich hatte immer die Oberhand. Sie haben alle getan, was ich von ihnen verlangte. Marianne, Jules und Armand.« Sie presste ihre Hände zu Fäusten, als sie bemerkte, dass die Finger zu zittern begannen. Ihr ganzer Körper bebte über die tiefe Enttäuschung seines Tadels. »Was ist los, Jacques? Bist du vielleicht eifersüchtig, weil du keine Gelegenheit hattest, bei unserer kleinen Schau mitzumachen?«

Er ignorierte ihren Spott und antwortete in stillem Zorn: »Eines sollten wir klarstellen, Nicole. Ja, die drei haben alles getan, was du befohlen hast, aber einen entscheidenden Punkt hast du übersehen. Es war nicht vereinbart, dass du selbst am Spektakel teilnimmst. Aber du konntest nicht widerstehen, nicht wahr? Du wolltest die günstige Gelegenheit nutzen, deine Lust auszutoben.«

Nicole wurde bleich, als er sie so heftig abkanzelte. Er wusste also alles. Hatte er zugehört? Hatte er vielleicht zugesehen, wie sie sich unter Jules' eifriger Zunge auf dem Sofa gewunden hatte? Sie unterdrückte die aufsteigenden Tränen über ihre Demütigung und sagte leise: »Was hat du denn getan? Uns heimlich zugesehen? Hat es dir gefallen? Hast du mit dir selbst gespielt, während du uns beobachtet hast? Ist das deine Vorstellung von Spaß? In der Einsamkeit allein genießen? Himmel, was für ein schäbiger kleiner Provinzler du doch bist.«

Er gab zurück: »Ich habe es dir schon einmal gesagt, meine Liebe. Ich bin stolz auf etwas, was du erst noch lernen musst. Es heißt Selbstbeherrschung.«

Mit einem wütenden Zischen sprang Nicole auf die Füße. Sie stieß mit den Kniekehlen so heftig gegen den Stuhl aus delikatem Rosenholz, dass er krachend zu Boden fiel. Aber Nicole kümmerte sich nicht darum. Sie griff nach ihrem vollen Weinglas und schleuderte den Inhalt in Jacques' Gesicht.

Es entstand ein schrecklich langes Schweigen, während die goldgelbe Flüssigkeit über die starren Gesichtszüge rann und von dort in die Rüschen seiner Krawatte. Ohne ein Wort hob Jacques seine Stoffserviette vom Tisch auf und wischte sein Gesicht trocken. Immer noch schweigend stand er auf, zog den bespritzten langen Rock aus, griff die Weinflasche, trat langsam um den Tisch herum und ließ den Wein in das verführerische Dekolleté ihres wunderschönen Kleids laufen.

»Meine liebe Nicole«, sagte er, während er den Wein ausschüttete, »zweifellos eine Rose – einschließlich der Dornen.«

Nicole prustete drauflos, geschockt von der kalten Flüssigkeit auf ihren Brüsten. Ihre Nippel zogen sich zusammen und verhärteten sich, als hätte der Mann selbst die Warzen mit dem sinnlichen Mund befeuchtet. Nicole war nicht in der Lage, etwas zu sagen, sie starrte nur verängstigt in sein hageres, dunkles Gesicht.

Dann sah sie, wie seine Augen wieder funkelten, und es zuckte in seinen Mundwinkeln. Verdammt, dachte sie, er macht sich wieder lustig über mich. Und was sollte der Unsinn mit der Rose und den Dornen?

»*Imbecile*«, fuhr sie ihn an. »Du bist ein Ungeheuer. Du hast das Benehmen eines Schweins.«

Sein dünner, sinnlicher Mund weitete sich noch

mehr. »Ich habe zumindest eine neue Art gefunden, köstlichen Wein zu genießen, Nicole.« Während er sie anschaute, griffen seine Hände an ihr durchtränktes Mieder und zogen es langsam von ihrem Körper weg, dann beugte er den Kopf und leckte den Wein von ihren nackten Brüsten.

Nicole schloss verzweifelt die Augen, benommen vom Taumel der Lust, als er ihre Brüste in die Hände nahm und den Mund auf ihre Nippel drückte. Oh, was für ein Gefühl! Seine kräftige Zunge wusch über die schmerzenden steifen Spitzen, die weißen Zähne zogen an den Warzen und nagten behutsam daran. Die rosigen Nippel wurden immer härter und länger, und Pfeile der Lust schossen hinunter zu ihrem Schoß.

Es war, als hätte er ihr Blut in Brand gesteckt. Sein heißer, feuchter Mund saugte ihr die Seele aus dem Leib. Hilflos drückte sie ihm ihre Brüste entgegen, und noch hilfloser wartete sie auf die Erlösung.

Ohne ein Wort hob er sie in seine kräftigen Arme und trug sie hinüber zum samtenen Sofa im Alkoven. Er legte sie liebevoll nieder und bedeckte Hals, Schultern und Brüste mit leichten, verführerischen Küssen, bis Nicole stöhnende Laute der Lust hörte – es dauerte eine Weile, ehe sie bemerkte, dass es ihre eigenen waren.

Sie wollte ihn haben, es war sinnlos, das zu leugnen. Mehr als alles andere in der Welt wollte sie seinen harten, wunderbaren Körper auf ihrem spüren, wollte sie seine Männlichkeit tief in sich aufnehmen, damit das Brennen in ihrem Schoß gelöscht wurde. Sie bebte vor Lust und wartete darauf, dass ihr Traum sich erfüllte.

Und dann?

Er verhöhnte sie, während sie noch von Wellen der Lust erfasst wurde. Er neckte sie wegen ihres Mangels an Selbstbeherrschung und wegen ihrer hemmungslosen Lüsternheit. Nicole spürte, wie es in ihr zu rebellieren begann.

Sie richtete sich auf und griff mit einer Hand an ihre Kehle. »Ich bin fast ausgetrocknet, ich brauche einen Schluck Wein. Bitte, Jacques, kannst du mir Wein einschenken?«

Er sah sie misstrauisch an und hob fragend die Augenbrauen. Dann stand er vom Sofa auf und ging zum Tisch. Leicht verunsichert reichte er ihr ein frisches Glas. »Nicht, dass er wieder in meinem Gesicht landet«, mahnte er.

»Natürlich nicht.« Sie lächelte ihn an. »Nicht in deinem Gesicht, Jacques.« Im nächsten Augenblick kippte sie das Glas über seine Breeches.

»*Morbleu!*« Verdutzt sprang er auf und fing sofort an, die Knöpfe der Hose zu öffnen und diese über die Hüften zu streifen. »Zum Glück haben wir keinen Wein mehr«, murmelte er. »Nicole, ich weiß, dass du mich für einen Verschwender hältst, aber selbst mir tut es weh, wenn ich sehe, wie wenig du einen guten Tropfen achtest. Schließlich kostet mich eine Flasche zehn *Livres*.«

»Das war eine gute Investition, wenn du bedenkst, wie viel Spaß wir damit hatten, findest du nicht auch?«, fragte sie mit süßlicher Stimme. Sie legte das Kinn auf die Arme und betrachtete ihn. Er gab eine geknurrte Replik, die sie nicht verstand, während er damit beschäftigt war, die nasse Hose abzustreifen. Nicole sah seinen flachen Bauch und die Linie der dunklen Haare, die zu seiner Mitte führten.

Dies war der Augenblick. Lässig erhob sie sich, atmete tief ein und drückte mit einer Hand gegen seinen Oberkörper. Er verlor die Balance und fiel zurück auf das Sofa.

»Nun, mein feiner Bürger Jacques«, murmelte sie, »werden wir sehen, wie es um deine Selbstbeherrschung bestellt ist.«

Er erkannte ihre Absichten eine Idee zu spät, und als er sich aufrichten wollte, war sie schon auf ihm, sie kniete sich über ihn, um sein Entkommen zu verhindern.

Nicole beugte sich tief hinunter. Ihre Brüste glitten über seinen Schoß, und sie registrierte erfreut, dass er sich nicht mehr sträubte.

Sie zerrte seine nasse Hose über die harten Schenkel und sah seinen Penis, der geschwollen und dick auf seinem Bauch lag.

Nicole bebte vor Lust, langte hinunter und drückte seine Hoden mit einer Hand. Der Beutel lag haarig und angespannt um ihre zitternden Finger.

Sie beugte den Kopf noch tiefer, um ihn zu küssen. Sie fuhr mit der Zungenspitze über seinen flachen Bauch und weiter zu seinem wunderschönen Penis. Er zuckte unter ihrer Berührung und wuchs noch einmal beträchtlich, und als er zu stöhnen begann, raunte sie leise: »He, Jacques, es geht um Selbstbeherrschung, erinnerst du dich?«

Sie streckte die kleine rosige Zunge heraus und leckte in kleinen Kreisen um den Schaft, der hungrig zuckte. Mit einem tiefen befriedigenden Glucksen bildete Nicole mit den Lippen ein festes ›O‹ und glitt über die samtene Spitze, und dabei ließ sie die Zunge spielen und attackierte das Bändchen an der Unterseite. Er schmeckte heiß und potent, eine Mischung aus männlichem Moschus und Wein.

Die Hoden hüpften in seinem gespannten Beutel. Sie senkte den Kopf noch tiefer und nahm die Hoden abwechselnd in den Mund, ehe sie zum Schaft zurückkehrte. Sie spürte, wie er sich in ihrem Mund streckte, und sie hörte, wie sein Atem schwer wurde, wie er um Selbstbeherrschung rang.

In diesem Moment empfand sie ein reines Glücksgefühl. Sie hatte diesen Mann endlich in ihrer Gewalt.

Langsam, unendlich langsam zog sie ihren Mund zurück, gab immer mehr vom harten Fleischstab frei, auch wenn es ihr schwer fiel, den herrlich zuckenden Schaft aus dem Mund zu nehmen.

»Vielleicht«, sagte sie traurig, »sollte ich dich jetzt verlassen, Jacques. Dann kannst du mir deine sagenhafte Selbstkontrolle vorführen, von der ich schon so viel gehört habe.«

Sein Gesicht lag hart und kantig in den Schatten, sein Atem kam immer noch stoßartig. Sie lag über ihm, hielt ihn auf dem Rücken und sah, dass er trotz aller Not noch dieses überlegene Grinsen zustande brachte. Es war zum Verrücktwerden.

»Wenn du gehen willst, dann geh, Nicole«, sagte er. »Ich werde es schon überleben.«

Verdammt, dachte Nicole wütend. Er legte die Hände hinter seinen Kopf und schloss die Augen, als wollte er ihr demonstrieren, wie gleichgültig ihm das alles war. Oh, sie würde ihn brechen. Sie würde ihn dazu bringen, sie anzuflehen, ihm Erleichterung zu verschaffen. Und wenn es das Letzte war, was sie tun würde!

Ihre hellbraunen Augen verengten sich, bevor sie sich wieder über seinen Schoß beugte. Ihre Lippen schlossen sich erneut um den Schaft, ihre Zunge begann zu lecken und zu kosen. Sie schluckte so viel von seinem Schaft, wie sie aufnehmen konnte, bis sie ihn im tiefen Gaumen spüren konnte.

Jetzt nahm sie wahr, wie sein Körper sich spannte, und der Rücken wölbte sich ein wenig. Sie strich wie mit einem warmen, feuchten Lappen mit der Zunge über die samtene Eichel, ehe Nicole sich aufrichtete. »Soll ich jetzt aufhören?«

Seine Augen flackerten, und seine Stimme klang nicht mehr so fest, aber trotzdem reizte er sie mit seiner Antwort zur Weißglut: »Wenn du möchtest …«

Mit einem wütenden Zischen tauchte Nicole wieder ab und nahm den steifen Penis erneut tief in den Mund, während sie mit einer Hand seine prallen Hoden wiegte und drückte. Sie hob und senkte den Kopf, und Jacques quittierte ihre verstärkten Bemühungen mit einem gepressten Schnaufen. Die Hoden hoben sich, ein untrügliches Zeichen, dass sein Orgasmus kurz bevorstand.

Sie hob den Kopf und sah ihn mit leuchtenden Augen an, die Wangen rot vor Erregung. »Soll ich aufhören?«

Er knirschte mit den Zähnen. Nicole sah die Schweißperlen auf seiner Stirn. Die Linien zwischen Nasenflügeln und Mundwinkeln hatten sich vertieft, sie sahen wie eingekerbt aus. Aber mit knarrender Stimme brachte er heraus: »Wenn du mir nicht gewachsen bist, meine Liebe, dann höre doch einfach auf. Ich warne dich – ich werde das noch eine lange Zeit durchhalten.«

»Glaubst du?« Sie leckte sich die Finger einzeln ab, ehe sie sich wieder auf seinen Schaft stürzte. Sie verstärkte den Druck beim Saugen, und er musste die Augen schließen. Mit grimmiger Entschlossenheit führte Nicole wieder eine Hand unter den schweren Hodensack, in dem die Testikel unruhig schwappten. Ein Finger glitt weiter, streichelte die Kerbe zum Anus, der aufgeregt zuckte. Mit der speichelfeuchten Fingerspitze drang sie in die gerunzelte Öffnung, glitt hinein und heraus, bis sie ihn laut stöhnen hörte.

Bebend vor Erregung, ihr eigenes Geschlecht nass und geschwollen, sah sie den gewaltigen Penis bei dieser neuen Taktik heftig zucken. Sie intensivierte den Druck der Finger und beugte sich ein wenig vor, um die dunkel angeschwollene Eichel gegen ihre Brüste zu reiben. Sie drückte die Brüste zusammen, spielte mit den eigenen Warzen und rieb den Schaft dagegen, was sie fast zu ihrem Höhepunkt gebracht hätte, während Jacques unter ihr unkontrolliert zu keuchen begann.

»Immer noch der Chef im Ring, Jacques?«, murmelte sie mit einer vor Wollust triefenden Stimme, während sie den Finger noch einmal tief in den Anus stieß. »Hältst du immer noch eine lange Zeit durch?«

In diesem Augenblick ging ein Schaudern durch seinen Körper. Mit aufeinander gepressten Zähnen stieß er ihren Namen heraus, er griff mit beiden Händen zu ihrem Kopf und zog ihn hinunter auf seinen pochenden, gepeinigten Penis. Eifrig nahm Nicole ihn wieder tief in den Mund, und nach den ersten saugenden Zügen wurde sein Körper so heftig geschüttelt, dass Nicole beinahe abgeworfen worden wäre.

Sie hörte seinen Schrei, während sein Körper sich

aufbäumte und der Penis hart in den feuchten, heißen Samt ihres Mundes stieß, immer und immer wieder, und sein Samen wurde mit einer solchen Gewalt in ihren Rachen geschleudert, dass Nicole sich an seinem bockenden Körper festhalten musste.

Endlich kam er zur Ruhe, er fiel zurück auf die Kissen und hatte die Augen geschlossen. Ohne ein Wort zog er die erschöpfte Nicole neben sich. Ihre Wange lag an seiner Schulter. Sie betrachtete sein Gesicht und nahm jede Einzelheit seiner edlen, von der Lust gemilderten Gesichtszüge in sich auf.

Ihr wurde bewusst, dass Jacques immer noch zu viel Macht über sie hatte, auch wenn dieser Kampf zu ihren Gunsten ausgegangen war. Seine Macht würde sie nicht brechen können, denn sie erkannte in diesem Augenblick, dass sie sich hilflos in ihn verliebt hatte.

Der Gedanke erstaunte sie. Sie blieb still neben ihm liegen, bis er sich schließlich bewegte. Er drückte einen Kuss auf ihre Haare und murmelte: »Großartig, Nicole.«

Die Worte der kühlen Anerkennung schmerzten sie auf eine entsetzliche Art. Es ist nur ein Spiel, rief sie sich in Erinnerung. Jacques hatte ihr gleich zu Anfang gesagt, dass es ein Spiel der Vergeltung war. Für ihn zählte nichts außer Vergeltung. Und wenn das Spiel aus war, würden die jetzigen Bewohner dieses gespenstischen Hauses wieder ihre getrennten Wege gehen.

Nicole spürte, wie heiße Tränen in ihre Augen schossen. Sie rutschte vom Sofa, schlang das zerrissene Kleid um sich und rannte zur Tür.

Jacques rief ihr überrascht nach: »Nicole! Du brauchst noch nicht zu gehen!«

An der Tür drehte sie sich zu ihm um. »Was bringt dich auf die Idee, dass ich bleiben will?«

Mit hoch erhobenem Kopf stürmte sie aus dem Zimmer. Die Augen brannten von den nicht geweinten Tränen.

Sie brannte innerlich. Sie wollte nichts anderes tun, als zurück in den Salon zu laufen, sich in seine Arme zu werfen und ihn anzuflehen, sie leidenschaftlich zu nehmen, die ganze Nacht mit ihr Liebe zu machen.

Aber sie brachte es nicht über sich, zu ihm zu gehen. Sie konnte ihm nicht sagen, was sie für ihn empfand; wenn er wusste, welche Macht er über sie hatte, würde er sie vernichten.

Sie rieb sich die brennenden Augen und hasste sich für ihre Schwäche. Sie ging durch den langen Flur und spürte einen Schwall frischer Luft, die ihre heißen Wangen kühlte.

Als sie die Halle betrat, sah sie, dass beide Flügel des Portals aufstanden. Sie schlüpfte hinaus und stand auf der großen Terrasse.

In der mondbeschienenen Septembernacht schien die Zeit stillzustehen; die Luft war frisch und würzig. Für einen Moment fühlte Nicole sich überwältigt vom Duft, der aus dem überwucherten Garten zu ihr drang. Sie blieb still stehen und hielt sich an der Balustrade fest, während ihre Blicke versuchten, die Schatten zu durchdringen.

Jede Blume, jedes Blatt, jeder Grashalm wurde vom silbernen Mondlicht erfasst und konturiert. Auf dem Zweig eines alten Maulbeerbaums sang eine Nachtigall. Die schreckliche Wirklichkeit in den blutigen

Pariser Straßen schien tausend Meilen entfernt zu sein. Während sich in ihren Gedanken noch einmal alles abspielte, was ihr in den letzten Tagen widerfahren war, empfand Nicole plötzlich eine große Einsamkeit.

Wer war dieser Jacques? Und warum hatte sie es zugelassen, dass er sie in seinen dunklen Bann gezogen hatte? Was war aus ihrem Schwur geworden, sich nie wieder einem Mann auszuliefern?

Sie atmete tief ein, dann drehte sie sich um und betrachtete die blinde Fassade mit den verschlossenen Fenstern. Die Residenz, die Jacques zu seiner gemacht hatte. Sie hätte jedem französischen Hocharistokraten gut zu Gesicht gestanden. Ihr Blick fiel auf den breiten Sturz über der Doppeltür aus alter Eiche. In der Mitte des durchgehenden Steins befand sich eine vom Alter verwitterte Inschrift. Nicole blinzelte und schaute genauer hin. Plötzlich schien es ihr wichtig zu wissen, was dort eingeritzt worden war. Ganz allmählich erkannte sie eine stilisierte Rose. Die fünf symmetrischen Blütenblätter waren mit einiger Fantasie zu sehen.

Nicole runzelte die Stirn. Hatte sie das Rosenemblem nicht kürzlich an einer anderen Stelle gesehen?

Sie zermarterte sich den Kopf, aber es fiel ihr nicht ein. Sie wollte die Inschrift unter der in den Stein geritzten Rose lesen.

Saint Maury. Sans épines.

Heiliger Maury. Ohne Dornen. Eine Rose ohne Dornen. Was hatte Jacques erst vor einer halben Stunde zu ihr gesagt? Er hatte sie eine Rose genannt, aber eine mit Dornen. Also kannte Jacques auch das

Wappen der früheren Besitzerfamilie. Ob die Aristokratenfamilie St. Maury hieß?

Auch der Name kam Nicole irgendwie vertraut vor, aber so sehr sie sich auch bemühte, sie wusste nicht mehr, in welchem Zusammenhang sie ihn gehört hatte. Die Familienangehörigen mit ihrer Vorliebe für die dunklen Lüste mussten Paris längst verlassen haben, oder der Pöbel hatte sie in den Straßen erschlagen, vielleicht schon am Anfang der inzwischen dreijährigen Schreckensherrschaft, als die Bastille erstürmt und den arroganten Herrschern Frankreichs deutlich wurde, dass die Nation sich am Rande des Abgrunds bewegte und auf ein Chaos der Gewalt zusteuerte.

Nicole zögerte noch, zurück ins Haus zu gehen. Hier draußen konnten ihre Gedanken fliegen. Langsam wanderte sie um das Haus herum. Unter ihren Schritten knirschte der Kies. Auf der Rückseite kam sie zu einem überwucherten Rosengarten. Die Luft war voller Süße. Ein Ort für Verliebte.

Mit einem Mal empfand sie ihre Einsamkeit noch viel stärker. Abrupt wandte sie sich um, lief den Weg zurück und betrat wieder das Haus. Es war überall ruhig, als sie die Treppe hinaufging zu ihrem Zimmer.

Die Kerze brannte noch. Auf dem Bett lag eine langstielige rote Rose, und daneben sah sie einen Zettel.

Rosen mit Dornen duften erheblich besser und süßer. J.

Wie in Trance las sie den einen Satz immer wieder. Sie knüllte den Zettel zusammen und presste ihn an ihr Herz. Eine Entschuldigung! Oder jedenfalls das Höchstmaß an Entschuldigung, das sie je von Jacques erwarten konnte. Er war hier oben auf ihr Zimmer gekommen, und wenn sie hier gewesen wäre ... wer weiß, was dann geschehen wäre. Ihr Puls raste unregelmäßig, und ein überwältigendes Verlangen nach ihm erfasste sie. Sie wollte ihn suchen, wollte mit ihm sprechen.

Sie rannte die Treppe hinunter in den Salon, wo sie zu Abend gegessen und ihren Triumph über ihn gefeiert hatte. Hinter der leicht geöffneten Tür sah sie den schwachen Schimmer des Kerzenscheins.

Er war noch da und wartete auf sie!

Sie stürzte ins Zimmer, die Augen sanft vor Sehnsucht, aber da war nur Marianne, die den Tisch abräumte, an dem sie gegessen hatten.

»Jacques«, stammte Nicole. »Wo ist Jacques?«

Marianne sagte: »Oh, Madame Nicole, er ist weggegangen. Einer seiner Männer kam mit einer Nachricht, daraufhin musste er sofort weg.«

Nicole, die sich übel vor Enttäuschung fühlte, lehnte sich gegen die Tür. »Wird er später zurückkommen?«

»Nein, Madame Nicole. Er sagte, es könnte einige Tage dauern. Ich soll Ihnen ausrichten ...«

Aber das hörte Nicole schon nicht mehr, denn sie rannte die Treppe hoch auf ihr Zimmer. Die Rose lag noch auf ihrem Bett. Sie drückte sie fest an sich, bis die Dornen ihre Haut ritzten und dicke Blutstropfen aufs Bett fielen. Dann warf sie die Rose auf den Boden.

Siebtes Kapitel

Louise de Lamartine ging in der kleinen, nasskalten Zelle auf und ab. Sie wusste, dass ihr nicht mehr viel Zeit blieb. Am vergangenen Abend, nachdem sie in eine Einzelzelle geworfen worden war, weil sie einem Wärter absichtlich feindselig begegnet war, hatte Panik sie erfasst, denn im Gefängnis verbreitete sich die Nachricht, dass der Pöbel sechsundvierzig Prostituierte aus dem Gefängnis *La Salpetrière* geholt und in den Straßen niedergemetzelt hatte. Seither stanken die dunklen Steinmauern von St. Lazare nach Angst.

Louise warf ihr blondes Haar in den Nacken und hob provozierend das Kinn. Nein, sie wollte nicht aufgeben. Noch lange nicht. Ihre Kleider waren schmutzig und zerrissen, aber sie verfügte noch über die Kraft, Männer zu betören. Diese Kraft wollte sie nutzen, um das zu erreichen, was sie wollte: Raus aus dieser Zelle, um den einzigen Mann zu finden, der sie retten konnte.

Louise schüttelte sich. Selbst an diesem entsetzlichen und Furcht erregenden Ort spürte sie das körperliche Verlangen. Jede Nacht träumte sie von dem Mann, der sich Bürger Jacques nannte. War er wirklich der Mann, den sie suchte? Es wäre ein kleines Wunder. Sie schloss die Augen und stellte sich vor, wie er durch die vergitterten Tore von *St. Lazare* trat und sie in seine starken Arme nahm. Es war schon lange her – zu lange –, dass sie bei einem Mann gelegen hatte. Ihre Brüste prickelten.

Die Tür öffnete sich, und zwei Wärter traten in ihre

Zelle. Der eine hatte eine Talgkerze bei sich. »Die Zeit ist vorbei, Bürgerin.« Er wies mit dem Daumen zur Tür. »Sie wollen dich draußen haben.«

Sie. Das Gefangenentribunal, jener betrunkene Abschaum, der über Leben und Tod der Gefangenen entschied. Wie eine tückische graue Wasserwelle leckte die Angst in ihr, aber sie kämpfte dagegen an und gewahrte, wie sich ein Plan in ihr entwickelte.

Sie richtete sich auf und zeigte ihre volle Größe, die so beeindruckend nicht war, und starrte die beiden Wärter zornig an. Sie waren beide jung, beide kräftig gebaut und sahen gut aus, trotz der Stoppelbärte und der lächerlichen roten Kappen, die sie heutzutage alle trugen. Sie sahen ein wenig intelligenter und nicht so verhungert aus wie die meisten anderen Wärter. Und erkannte sie in ihren Augen nicht ein leuchtendes Interesse?

Louise schüttelte trotzig den Kopf. Durch die Bewegung glänzten die silberblonden Haare im trüben Schein der Talgkerze. Ihre violetten Augen blitzten spöttisch. »Wenn ihr mich auch nur mit einem Finger berührt, ihr Widerlinge«, sagte sie langsam, jedes Wort betonend, »dann lasse ich euch auspeitschen.«

Sie lachten darüber, womit sie gerechnet hatte. Einer von ihnen drückte die Tür hinter sich ins Schloss und legte den rostigen Riegel vor. Genau, was sie wollte. Sie versuchte, ihre Freude zu verdecken, als der erste Wärter breitbeinig auf sie zukam und sich dabei die Hände rieb.

»Hört, hört«, sagte er. »Da haben wir eine kleine arrogante *aristo* aufgetrieben, was, Jean Paul? Du weißt doch, was mit deiner Sorte auf der Straße passiert, was, Bürgerin?«

Louise starrte sie trotzig an, obwohl ihr Herz vor Angst rasend schnell schlug. Das raue Hemd des Wärters stand bis zum Nabel offen. Sie konnte seine behaarte, muskulöse Brust und den feinen Schweiß auf seiner Stirn sehen. Ihre Gedanken überschlugen sich. Er war wie ein Tier, dachte sie mit einem Blick auf die verräterische Beule seines Schoßes.

Sie wusste, dass sie ein Risiko einging, als sie kühl sagte: »Leute eures Schlags sind der Abschaum der Straße. Ihr müsstet zertreten werden wie lästiges Ungeziefer, denn was anderes seid ihr nicht.«

Ihr Plan ging auf. Jean Paul schnaufte wütend und schritt rasch auf sie zu. »*Morbleu!* Hast du das gehört, Pierre? Du wagst es, so mit uns zu sprechen? Meine liebe Bürgerin, ich glaube, wir müssen dir eine Lektion erteilen.«

Louise ließ sich Zeit, bis er dicht vor ihr stand, dann sammelte sie Spucke und schleuderte sie ihm ins Gesicht. Jetzt wurde sie von den beiden gepackt und auf den strohbedeckten Boden geworfen. Sie blieb liegen, verdutzt, verängstigt und erregt. Sie atmete heftig. »Nun gut, macht mit mir, was ihr wollt«, rief sie heiser, »ihr geilen Säcke! Aber ich glaube nicht, dass ihr zwei Mann genug seid für mich.«

Pierre stieß einen wütenden Pfiff aus und begann seinen Gürtel aufzuschnallen. »Halt sie fest, Jean Paul. Halt sie auf dem Boden, unsere arrogante Schlampe. Ich werde ihr zeigen, woraus ein richtiger Kerl geschnitzt ist.« Er öffnete die Hose und zog einen stolzen, erregt zuckenden Phallus hervor, den er mit einer Hand rieb, während er sie anstarrte.

Louise schüttelte sich vor Erwartung. Der Mann, der neben ihr hockte und sie festhielt, glaubte, dass ihre Reaktion von der Angst diktiert war, deshalb flüsterte er in ihr Ohr: »Da, meine stolze Schönheit. So ein Ding hast du wohl noch nie gesehen, was? Und auch noch nie in deiner saftigen Pussy gefühlt, was? Siehst du, worauf du dich eingelassen hast?«

Das sah Louise tatsächlich. Mit hungrigen Blicken verfolgte sie Pierres Bewegungen. Das Gesicht voller Entschlossenheit, kniete er sich auf den Boden und zerrte ihre schäbigen Röcke nach oben. Gierig starrte er auf ihre blassen, schlanken Schenkel und auf das goldene Dreieck ihrer Scham.

Louise fühlte, wie ihre eigene Erregung unter seinen geilen Blicken zu glühen begann, sie spürte, wie die kleine harte Knospe der Lust zuckte, und ihre inneren Muskeln spannten sich an, als hätten sie den dicken Schaft gesehen und könnten es nicht erwarten, ihn zu umspannen.

»Abschaum«, raunte sie und befeuchtete sich die Lippen. »Abscheulicher Abschaum.«

Knurrend schob Pierre sich zwischen ihre Schenkel. Er packte Louise an den Hüften, hob sie an und stieß den gewaltigen Schaft tief in sie hinein. Gleichzeitig beugte Jean Paul sich über sie und küsste sie auf den Mund.

Louise reagierte voller Wollust. Sie stieß mit der Zunge zurück und bäumte ihren Schoß gegen die Stöße des anderen auf. Sie genoss die rauen Bartstoppeln auf ihrer sanften Haut. Pierre, der seinen Schaft ohne Hast in sie hineintrieb, befreite die Brüste aus der Enge des Mieders und drückte die nackten Hügel überraschend zärtlich. Er quetschte die Warzen zwischen Daumen und Zeigefinger.

Ein sehnsüchtiger Schrei drang aus Louises' Kehle,

als sie die schwieligen Finger spürte, die ihre Nippel malträtierten. Instinktiv drückte sie die Schenkel fester um Pierres breite Hüften.

»Eine feine kleine *aristo*«, grunzte Pierre. »Siehst du, mein Freund, wie es ihr gefällt?«

»Ja, ja«, stieß Louise keuchend heraus. »Aber mach schneller. Und härter.«

Pierre enttäuschte sie nicht. Er ließ sich zwischen den Stößen nicht mehr so viel Zeit und trieb den Schaft immer heftiger in sie hinein. Die Muskeln spannten sich um den Eindringling, als wollten sie ihn willkommen heißen, und Louise stöhnte jedes Mal laut auf, wenn er bei seinen Stößen auf Grund trieb.

Der andere Mann leckte jetzt über ihre Brüste. Die raue Zunge strich über die harten Nippel, und unwillkürlich begannen sich Louises' Hüften zu heben und zu senken. Ihr Stöhnen wurde noch lauter.

Jean Paul hob den Kopf von ihren Brüsten. »Du bringst sie auf die richtige Temperatur, *mon ami.* Ich glaube tatsächlich, dass die feine Dame dich genießt. Muss lange her sein, dass sie einen richtigen Mann zwischen ihren Schenkeln gehabt hat.«

Pierre nickte zustimmend. Er keuchte vor schierer Lust und bemühte sich, die Beherrschung nicht zu verlieren, aber das fiel ihm von einer Sekunde zur nächsten immer schwerer. Es war eine Wonne, das leidenschaftliche Stöhnen der saftigen *aristo* zu hören.

Schließlich konnten sie sich beide nicht mehr beherrschen. Die Muskeln molken den Schaft, der Louise so wunderbar ausfüllte, und als sie das Nahen ihres Orgasmus fühlte, wanden sich ihre Schenkel um Pierres Hüften, sie pressten sich an ihn und rutschten an ihm hoch, je höher sie beim Aufbäumen den Schoß anhob.

»Ja, ja«, rief sie wieder, aber diesmal kamen die kleinen Worte hechelnd über ihre Lippen, »noch einmal ... jaaa.« Sie wurde von wilden, ungezügelten Erschütterungen gepackt, und aus ihrer Kehle drangen laute, spitze Schreie.

Der Penis zog noch einmal voll durch, und sie spürte sein Zucken und das letzte entscheidende Beben, bevor er seinen Samen auswarf, was Pierre mit einem harschen Triumphschrei begleitete, während Jean Paul nicht aufhörte, ihre Brüste zu saugen.

Später hätte sie nicht sagen können, wie lange sie dort auf dem Boden gelegen hatte, ehe sich der Atem normalisierte. Ihr Körper glühte noch lange danach. Sie schlug die Augen auf, als sie spürte, dass etwas gegen ihr Gesicht drückte. »Nun, meine lieben Bürger«, sagte sie schnurrend, »müsst ihr mich jetzt zum Tribunal bringen?«

»Vergiss es«, sagte Jean Paul mit knirschender Stimme. Er beugte sich über sie und küsste sie wieder auf den Mund. »Jetzt bin ich dran. Hier, schau mal, ich habe einen schönen Lutscher für dich.«

Louise wich mit einem Ruck zurück, und plötzlich schossen Tränen in ihre schönen Augen. »Oh, Monsieur«, brach es aus ihr heraus, »wie gern würde ich Ihnen diesen kleinen Gefallen erweisen. Aber ich fürchte, ich habe die Kraft dazu nicht mehr. Der Gedanke, was mich draußen erwartet, erfüllt mich mit Angst und Bestürzung. Ich kann kaum noch atmen, denn wenn das Tribunal mit mir fertig ist, wird es mich dem Pöbel ausliefern. Das wäre mein sicherer Tod.«

Jean Paul und Pierre sahen sich stirnrunzelnd an. »Verdammt«, murmelte Pierre schließlich, »wir lassen nicht zu, dass ein so liebliches Weib in die dreckigen Hände des Mobs fällt, was sagst du, Jean Paul? Ich verspreche dir, schöne Frau, dass wir dich sicher hinausbringen.«

»Aus dem Gefängnis?«, fragte Louise voller Hoffnung.

»Wenn es möglich wäre, die speziellen Papiere zu besorgen, würden wir dir sogar helfen, aus Paris zu fliehen. Aber hier bringen wir dich raus, darauf kannst du dich verlassen. Aber vorher – Jean Paul fummelte an seiner Hose – »habe ich was für dich.« Sein Penis war schon hart und ausgefahren. »Kümmere dich um dieses Ungeheuer«, sagte er, »dann werden Pierre und ich unser Versprechen einhalten.«

Louise sah auf den prallen Schaft. »Mit Vergnügen, Monsieur«, sagte sie und befeuchtete ihre Lippen.

Als sie Jean Paul bedient hatte – mit echter Begeisterung, gestand sie sich ein –, sah sie die grinsenden, befriedigten Blicke der beiden Wärter. Pierre schüttelte den Kopf. »Wenn wir doch nur eine Möglichkeit hätten, dich hier im Gefängnis zu halten. Wir müssten eine kleine, sichere Ecke finden, wo wir dich nur für uns haben.«

Für einen Moment setzte Louises' Herz aus. Eine wahnsinnige Angst stieg in ihr auf. Sollte ihr Plan doch noch scheitern? Es wäre eine Katastrophe. Sie zwang sich, ganz kühl zu bleiben, als sie sagte: »Oh, Monsieur, wenn ich doch nur bei Ihnen bleiben könnte. Die Aussicht auf ein so endloses Vergnügen mit zwei so ausdauernden Männern lässt mich ganz schwach werden. Aber ich fürchte, hier wäre ich nie in Sicherheit. Irgend jemand würde von meiner Existenz erfahren, und er würde neidisch sein und Sie und mich in Schwierigkeiten bringen. Nein, ich weiß, meine Chance liegt da draußen. Und wenn ich außer Gefahr bin, werde ich zu Ihnen zurückkommen.«

Sie sahen sich wieder an, Unschlüssigkeit auf den Gesichtern. Es fiel ihnen schwer, auf so eine schöne, willfährige Frau zu verzichten.

Es war die Verzweiflung, die Louise eine Inspiration eingab. Sie griff nach dem Dolch unter Pierres Gürtel, und noch bevor ihm bewusst war, was sie tat, schnitt sie zwei Locken ihrer Haare ab. »Hier«, sagte sie und reichte Pierre die silbern glänzenden Haare. »Behalten Sie meine Lockung als Erinnerung an mich. Ich fürchte, ich habe nichts von Wert, was ich Ihnen sonst bieten könnte. Nehmen Sie die Locken als Versprechen, dass wir uns wiedersehen werden.«

Pierre errötete vor Freude über das Geschenk. Er betastete die Locken, als wären es kostbare Juwelen. »Dann komm«, herrschte er Jean Paul an. »Worauf warten wir? Lasst uns diese feine Dame hinausbegleiten.«

Sie hielten sich an ihr Wort. An Pierres Gürtel hing ein großes Schlüsselbund, und mit Hilfe bestimmter Schlüssel gelangten sie durch ein Wirrwarr von Gängen und Fluren, bis sie endlich die Rückseite des Kerkers erreicht hatten.

Jean Paul hatte irgendwo einen dunklen Umhang aufgetrieben, den er ihr über die Schultern legte. Dann drückte er ihr auch noch ein paar Münzen in die Hand. »Es ist nicht viel«, sagte er scheu, »aber mehr habe ich nicht, und es wird dich ein, zwei Tage über Wasser halten.«

Louise nahm das Geld, Tränen in den Augen. »Danke, wie lieb von Ihnen, Monsieur. Ich werde Ihre Freundlichkeit nie vergessen.«

»Du gehst jetzt besser«, sagte Pierre knurrig. Offenbar war ihm ihr Emotionsausbruch mehr als peinlich. »Auf den Straßen scheint es im Moment ruhig zu sein. Komm, Jean Paul, wir müssen zurück, ehe wir vermisst werden.«

Louise blickte ihnen nach und wartete, bis sie allein war. Plötzlich wurden ihre schönen violetten Augen hart. »Abschaum«, murmelte sie verächtlich. »Widerlicher, hoffnungsloser Abschaum.« Sie trat aus den Schatten des Kerkers und stand an der Ecke einer dunklen, verdreckten Straße. Sie atmete tief durch. Ah, das Gefühl von Freiheit.

Jetzt bestand ihre dringlichste Aufgabe darin, den Mann zu finden, den sie Bürger Jacques nannten.

Eine Woche nach Jacques abrupter Abreise aus der *Residenz St. Maury* wachte Nicole an einem sonnigen Morgen auf. Sie öffnete die Fensterläden und inhalierte die frische Luft. In ihrem dünnen Baumwollnachthemd spürte sie trotz der Sonne die empfindliche Kühle. In wenigen Tagen würde der Oktober beginnen. Im Garten hatten sich die Blätter schon gefärbt; herrliches Rot, Gold und Bronze strahlten um die Wette und erinnerten daran, dass die Farbenpracht den ersten Frost nicht überstehen würde.

Nicole fuhr mit den Händen durch ihre zerzausten Haare. Draußen arbeitete Armand im Obstgarten, der sich bis zur Südmauer erstreckte. Im Augenblick schnitt er Brombeersträucher zurück. Neben ihm stand Jules d'Amar, der die abgeschnittenen Triebe einsammelte und auf einen Haufen legte, den sie später abbrennen würden. Nicole sah amüsiert, dass seine weichen, weizenblonden Haare ebenso kurz geschnitten waren wie die eines Bauern. Seine bisher so bleiche Haut war von der Septembersonne gebräunt worden. Das weite Baumwollhemd und die Hose waren beschmutzt und von Dornen zerrissen. Trotzdem sah er glücklich aus.

Nicole lächelte vor sich hin und erinnerte sich daran, wie er darum gebettelt hatte, im Haus bleiben zu dürfen. Selbst als er die Möglichkeit erhalten hatte, Paris zu verlassen, wollte er bleiben. Voller Begeisterung schloss er sich dem kleinen, seltsamen Haushalt an. Selbst die niedrigsten und schwersten Dienste nahm er klaglos auf sich. Die Blicke, mit denen er Nicole bedachte, verrieten ihr, dass er auf eine Wiederholung der Spiele vom ersten Abend hoffte.

Normalerweise hätte Nicole sich geschmeichelt gefühlt, denn Jules war ein sehr attraktiver junger Mann; aber seit Jacques sie so unerwartet verlassen hatte, war ihr Appetit auf sexuelle Spiele vergangen.

Jacques. Sie seufzte beim Gedanken an ihn, trat vom Fenster zurück und schloss einen Moment lang die Augen. Was für eine Närrin sie doch war, dass sie so sehnsüchtig auf seine Rückkehr wartete, dass sie danach lechzte, seine Stimme zu hören und sein Lächeln zu sehen. Was für eine Närrin sie doch war, dass sie sich in seine dunklen Pläne einbeziehen ließ. Er missbrauchte sie, wie er alle in seinem Umfeld missbrauchte.

Und doch hatte Jacques etwas an sich, das bis in die Tiefe ihrer Seele reichte. Er hatte von ihrem Inneren Besitz genommen, was bisher keinem anderen Mann gelungen war. Ausgerechnet er, der sich ihr gegenüber so gleichgültig verhielt. Für ihn war sie ein Nichts.

Sie wusch sich mit dem Wasser im Krug, den Marianne vor ihrer Tür abgestellt hatte, dann zog sie ein schlichtes, hochgeschlossenes Kleid mit dünnen blauen Streifen an und ging langsam die Treppe hinunter.

Marianne begrüßte sie freundlich in der geräumigen Küche. Sie saßen am Herd und frühstückten zusammen, wie fast jeden Morgen. Nicole erwähnte, dass sie Jules mit Armand im Garten gesehen hatte, und beide Frauen kicherten über die Verwandlung des jungen Adligen.

»Der arme Jules. Er hat vorhin nach dir gefragt, Nicole«, sagte Marianne lachend. Sie leckte sich Butter von den Fingern. »Er ist total vernarrt in dich, und mein Armand ist es auch. Du kannst sie alle um den kleinen Finger wickeln, *chérie.*«

Nur den einen nicht, dachte Nicole wehmütig. Wie nebenbei fragte sie: »Glaubst du, dass Jacques heute zurückkommt?«

Mariannes fröhliches Gesicht verdunkelte sich. »Woher soll ich das wissen?«, gab sie zurück. »Ich habe dir gesagt, dass er in Paris etwas zu erledigen hat, was dauern kann.«

»Aber was hat er zu erledigen? Er ist schon seit über einer Woche weg, Marianne.«

»Es ist besser, wenn du es nicht weißt«, sagte Marianne nach einer Weile. »Glaube mir. Ich bin nicht einmal sicher, ob ich es verstanden habe.«

»Aber …«

Marianne sprang auf die Füße. »Frage nicht weiter, meine liebe Nicole. Ich kann dir ohnehin keine Antworten geben. Was soll ich schon von Monsieur Jacques' heimlichen Gedanken wissen? Komm. Armand muss zum Einkaufen in die Stadt, und Jules arbeitet im Garten. Wir haben das ganze Haus für uns. Wir können auf Entdeckungsreise gehen. Hast du schon den *grand salon* gesehen? Ist er nicht wunderschön? Ich möchte wahnsinnig gern mal sehen, wie dort früher gefeiert wurde.«

»Gehen wir«, sagte Nicole.

»Wohin?«

»Zum *grand salon*. Wir lassen die Sonne herein und die frische Luft. Warum sollten wir ihn nicht benutzen? Wir können alles genießen, was die feinen Damen des Adels auch genossen haben. Dieses herrliche Haus, die Kleider, das Essen und den Wein.«

Marianne sah sie grinsend an. »Und die Männer.«

»Natürlich«, sagte Nicole fröhlich. »Wir dürfen die Männer nicht vergessen. Die Männer all unserer Träume.«

Sie verbrachten den Rest des Morgens im großen Salon, öffneten die Fenster und die Läden, zogen die Holzjalousien hoch und ließen die strahlende Sonne herein. Sie staubten die wunderschönen vergoldeten Möbelstücke ab, wischten den honigfarbenen Parkettboden und hauchten dem großzügigen Raum neues Leben ein.

Die winzigen Staubkörner tanzten in den Sonnenstrahlen, und zum ersten Mal sahen sie an der hohen Decke die Gemälde aus der griechischen Mythologie. Den beiden jungen Frauen stockte der Atem angesichts der Schönheit der erotischen Bilder. Nackte und fast nackte Gestalten waren sinnlich miteinander verschlungen.

»Was für eine Verschwendung, solche herrlichen Gemälde an die Decke zu verbannen«, sagte Marianne kopfschüttelnd. Sie nahm einen Schluck Wein, den sie mitgebracht hatten, um den Staub hinunterzuspülen.

»Aber wenn man liegt, hat man die schönen Szenen vor sich«, wandte Nicole ein und lächelte anzüglich.

»Oh, ja«, stimmte Marianne zu. »Die wunderschönen breiten Chaiselongues laden dazu ein, nicht wahr? Dort mit dem Mann deines Herzens zu liegen, muss ein Genuss sein. Nicole, glaubst du, dass sie hier frivole Partys gefeiert haben? Ich kann es mir lebhaft vorstellen. Der Marquis de St. Maury muss sehr einfallsreich gewesen sein. Ob er jung und attraktiv war? Reich war er mit Sicherheit. Wäre es nicht wunderbar, auch so leben zu können? Sich zu kleiden wie die großen feinen Damen, ausgelassen zu feiern und sich gegenseitig in diesem großartigen Raum zu verwöhnen?«

Nicole sagte nachdenklich: »Ich glaube, Jacques hat so etwas schon geplant.«

Marianne sah sie mit leuchtend blauen Augen an. »Oh, das hoffe ich! Monsieur Jacques ist ein wunderbarer Liebhaber, nicht wahr? So bestimmend, so gewaltig.«

»Und so von sich eingenommen«, ergänzte Nicole heftig.

»Wer kann ihm das verübeln, *chérie*?« Marianne sprang auf die Füße, drehte mitten im Salon eine Pirouette nach der anderen, summte vor sich hin und sah hinauf zur Decke, wo ein Mars mit kräftigen

Schenkeln die üppige Venus beglückte, während Vulkan, der Gott des Feuers, hilflos und ohnmächtig vor Zorn zuschauen musste.

Die Gemälde waren sinnlich und explizit, aber sie waren auch von einem wahren Meister seiner Kunst geschaffen. Nicole grübelte wieder über die früheren Besitzer, die Familie St. Maury. Was für eine Familie war es gewesen? Reich, dekadent und einfallsreich, das stand fest. War es nicht seltsam, dass Jacques so gut zu diesem Haus passte?

Sie erinnerte sich voller Scham an die versteckte Schatulle mit den Stäben aus Elfenbein, die sie in ihrem Zimmer aufbewahrte, und dann fiel ihr wieder das Dachzimmer ein, wo Jacques sie an ihrem ersten Abend so köstlich zu seiner Gefangenen gemacht hatte.

Sie trank einen Schluck Wein, um ihre Gedanken abzukühlen, und fragte Marianne: »Weißt du, was mit der Familie geschehen ist, die hier gewohnt hat? Ich habe neulich die Inschrift auf dem Sturz über dem Portal gelesen. Da steht der Name St. Maury. Wer waren diese Leute?«

Marianne wurde plötzlich still. »Ich glaube, man hat sie in Paris kaum gekannt. Es war eine Familie aus dem Süden, dies hier war ihr Haus, wenn sie in die Stadt kamen. Es heißt, dass der Marquis in dieser Residenz gelegentlich seine Freunde bewirtet hat, aber irgendwann ist er verschwunden.«

»Ist niemand von der Familie übrig geblieben?«, fragte Nicole. »Niemand, der Anspruch auf dieses Haus hat?«

Marianne hob die Schultern. »Wer soll das schon wissen? Was ist denn mit den meisten großen Familien Frankreichs geschehen, Nicole? Wenn die St. Maurys klug waren, sind sie schon vor langer Zeit geflohen, noch bevor unser König und die Königin in den Kerker geworfen wurden. Sie können jetzt mit diesem Haus nichts mehr anfangen – wenn der Besitzer zurückkäme, wäre es sein Todesurteil.«

Sie verfielen beide in ein längeres Schweigen, und für ein paar Momente schien es, als wären die Geister der vergessenen Familie St. Maury bei ihnen in diesem Raum.

Marianne schenkte sich Wein nach und machte es sich auf einem niedrigen, geschwungenen Sofa gemütlich. Sie sah hübsch aus mit ihren weichen dunklen Haaren und den blauen Augen, die fröhlich an den einzelnen prachtvollen Möbelstücken des großen Salons haften blieben.

»Ich bin froh, dass das Haus leer stand«, sagte sie dann. »Sonst könnten wir nicht hier sein und das alles genießen. Alles, was wir jetzt noch brauchen, ist ein Mann – ein schöner, kräftiger Mann, der unsere Sehnsüchte erfüllen kann, bis wir vor Lust ohnmächtig werden.«

Nicole lächelte. Marianne hatte wahrscheinlich mehr Wein getrunken als sie. »Armand wird bald hier sein.«

»Oh, Armand!« Marianne hob gleichgültig die Schultern und breitete die Röcke ihres Musselinkleids aus. »Er ist wahnsinnig lieb, aber ich kenne ihn zu gut. Bei ihm gibt es keine Überraschungen mehr. Natürlich liebe ich ihn noch, und ich würde ihm nie wehtun wollen.«

Nicole ließ sich auf einen niedrigen Hocker neben der Freundin nieder. Behutsam sagte sie: »Jacques kommt vielleicht bald zurück. Genügt er deinen Ansprüchen?«

Marianne seufzte. »Natürlich. Aber Monsieur Jacques ist so unberechenbar. Er macht immer das, was ihm gerade in den Sinn kommt, und er fragt nicht, wenn er etwas haben will. Er nimmt es sich einfach.«

»Dann begehrst du ihn also nicht?«

»Ich soll Monsieur nicht begehren? *Chérie*, gibt es denn eine Frau, die ihn nicht begehrt?« Marianne seufzte niedergeschlagen. »Als ich ihn das erste Mal gesehen habe, war ich hin. Ich habe mich sofort in ihn verliebt. Und das wird sich niemals ändern, glaube ich.«

Irgendein dunkler Drang trieb Nicole dazu, mehr herauszufinden, obwohl sie es eigentlich nicht wissen wollte. »Stört es deinen Armand nicht, dass du so für Jacques schwärmst?«

»Nein, natürlich nicht. Du musst wissen, auch Armand fühlt so, was Monsieur Jacques angeht. Er ist ihm treu ergeben. Ich glaube, er wusste es, als es das erste Mal zwischen Monsieur Jacques und mir passierte, aber er hat mich nie danach gefragt, und ich habe es ihm nie gesagt.«

»Das erste Mal?«

»Wenn du willst, kann ich es dir erzählen, Nicole. Möchtest du?«

Nicole schluckte und nickte. Ihr Herz schmerzte bei jedem Schlag, als Marianne ihr in die Augen schaute und mit der Erzählung begann.

»Es war an einem kühlen Frühlingsabend, kurz nachdem wir in dieses Haus gezogen sind. Monsieur Jacques badete in seinem Zimmer; die Vorhänge waren zugezogen, und im Kamin brannte das Feuer.

Armand hatte ihm geholfen, das heiße Wasser nach oben zu tragen. Mein Armand war irgendwo anders beschäftigt, und ich schlich die Treppe hoch und blinzelte durch einen Spalt in der Tür.

Jacques stieg gerade aus dem Zuber, und ich konnte sehen, welchen vollkommenen Körper er hatte. Breite, muskulöse Schultern, schlanke Hüften und kräftige Beine mit dunklen, seidigen Härchen. Im flackernden Kerzenschein schimmerte seine Haut wie Goldbronze, als wäre er vom Feuer geküsst worden. In meinen Fingern kribbelte es; ich lechzte danach, seine glatte Haut zu berühren. Und seine geheimen Teile – oh, Nicole, selbst bei meinem eingeschränkten Blickwinkel, den ich durch den Türspalt hatte, konnte ich sehen, dass er wahrhaft großartig bestückt war! Seine schweren Hoden trugen das Versprechen endloser Wonnen, und das Glied hing dick und lang über einem Schenkel. Ich brannte vor Gier, ich wollte ihn zwischen meine Lippen nehmen, ihn küssen, ich wollte ihn unter meinen Liebkosungen wachsen sehen, wollte sein dunkles Gesicht beobachten, wie es sich anspannte, wenn ich ihm Vergnügen bereitete.«

Nicole spürte, wie ihr eigenes Verlangen anstieg. Sie schenkte sich Wein ein und fragte mit angestrengt ruhiger Stimme: »Und was geschah dann?«

Marianne sagte atemlos: »Ich hätte natürlich hinunterrennen sollen, aber ich konnte mich von dem Anblick nicht losreißen. Stattdessen trat ich ins Zimmer, knickste vor ihm, vor seiner nackten Gestalt, und fragte: ›Kann ich etwas für Monsieur tun?‹ Dabei leckte ich über meine Lippen, während ich seinen schönen Schaft anstarrte. Nicole, er rührte sich leicht, und während ich hinschaute, fing er an zu wachsen.

Ich glühte vor Sehnsucht, ich gierte danach, ihn anzufassen und in mir zu spüren.«

Sie atmete durch, als müsste sie sich auch jetzt noch von der Aufregung erholen.

»Aber Monsieur Jacques sah mich nur ernst an, stemmte die Hände in die Hüften und fragte: ›Marianne, hast du mir nachspioniert?‹«

»›Ja, Monsieur‹, gestand ich flüsternd und wurde knallrot. ›Es tut mir Leid, Monsieur.‹

›Dann bist du ein schlechtes Mädchen, und ich muss dich bestrafen‹, sagte er kalt.

Er setzte sich auf einen Stuhl in der Ecke seines Zimmers. Immer noch tropfte das Wasser von seinem makellosen Körper auf den Boden.

Er befahl mir, mein Kleid auszuziehen. Ich tat es mit zitternden Fingern und stand vor ihm, nur noch mit meinen schwarzen Wollstrümpfen bekleidet. Er muss gesehen haben, wie meine rosigen Lippen aus den dunklen Schamhaaren lugten, und ihm müssen auch meine Brustwarzen aufgefallen sein, die sich ihm hungrig entgegenreckten, denn sein stolzer Stab hob sich langsam und schwoll zu einer wunderbaren Härte an.

Aber er ignorierte meine lüsterne Einladung und befahl mir, mich über seinen Schoß zu legen. Mein Bauch presste gegen seine harten Schenkel, und meine Brüste schwebten in der Luft und sehnten sich nach seinen Berührungen. Ich konnte seinen harten Schaft spüren, er rieb gegen meine Hüfte. Ich wollte ihn mit den Händen anfassen, aber im nächsten Augenblick gab er mir einen kräftigen, klatschenden Schlag auf meinen Hintern.

›Marianne‹, sagte er streng, ›du bist ein böses

Mädchen, das seinem Herrn nachspioniert hat, stimmt's?‹

›Oh, ja‹, stöhnte ich. Meine Pobacken brannten. ›Sie müssen mich bestrafen, Herr.‹

Und wie er mich bestraft hat. Immer wieder klatschte seine kräftige Hand auf meine Backen, bis meine Haut prickelte und glühte. Meine geheime Stelle glitzerte vor schamloser Feuchtigkeit. Ich wand mich hilflos auf seinem Schoß und versuchte, meine Lustknospe an seinem stählernen Schenkel zu reiben. Unauffällig spreizte ich meine Beine. Ich wusste, er würde die pulsierende Öffnung sehen können und hoffte, dass er Erbarmen zeigen und mich wenigstens mit seinen langen Fingern berühren würde. Er muss mich vor Gier stöhnen gehört haben, denn zum Schluss hat er den Zeigefinger langsam in die saftige Spalte geführt. Ich bin vor Lust fast ohnmächtig geworden, als er den Finger ganz hineinsteckte, und dann noch einen. Ich drückte mich den Fingern entgegen und schlängelte mich auf seinem Schoß hin und her, denn ich wollte nichts anderes als Befriedigung.«

Marianne holte tief Luft. Ihr Atem kam in kurzen Schüben, als sie fortfuhr: »Plötzlich zog er seine Hand heraus, und ich stöhnte vor Enttäuschung. ›Auf deine Knie, du Schlampe‹, sagte Jacques, gab mir einen letzten Schlag mit der flachen Hand auf meinen Hintern, ehe er mich von sich schob. Dabei streifte ich seinen schönen, harten Phallus, der sich stolz aus dem Nest dunkler Haare streckte, mit meiner Brust.

Ich schluchzte vor Verlangen, aber ich wusste, dass ich das tun musste, was er befohlen hatte. Ich kniete mich hin und wandte ihm meine Kehrseite zu. Ich dachte, er wollte weiter auf meinen Hintern klatschen.

Aber zu meinem Entzücken bemerkte ich, dass er sich auch gekniet hatte, direkt hinter mich. Mein Herz schlug schneller. Ich spürte, wie er meine Hüften packte und wie sein Stab zwischen meinen Backen zuckte. Wie von selbst rutschte er in meine Nässe, denn das seidige Gewebe öffnete sich bereitwillig dem harten, festen Schaft seiner Männlichkeit. Der geschwollene Kopf stieß einige Male gegen meine Lustknospe. Ich stöhnte laut und hoffte nur, alles bei klarem Bewusstsein erleben zu können, denn ich fürchtete die ganze Zeit, ohnmächtig zu werden.

Endlich, als ich schon glaubte, es nicht mehr ertragen zu können, rammte er hart in mich hinein. Bis zum Anschlag steckte er in mir, und dann verzauberte er mich mit langen, süßen Stößen, dass ich vor lauter Ekstase am ganzen Körper zu zittern begann. Es war schwer, meine Gefühle im Zaum zu halten. Ich kostete ihn aus, so lange es ging, Nicole, ich wollte dieses wunderbare Erlebnis nie enden lassen. Sein Penis sollte ewig so wunderbar tief in mich hineinstoßen, in die Tiefen meines heißen, lechzenden Fleisches. Ich fühlte seine Hoden, die bei jedem Eindringen gegen meine Backen schwangen.

Es war vorbei, als er seine Hände um meine pendelnden Brüste legte und die pochenden Nippel drückte, da war ich verloren und stieß rückwärts gegen sein exquisites Instrument der Lust, schrie seinen Namen und ging unter in den wirbelnden Gefühlen, mit denen der Orgasmus meinen Körper überschwemmte.«

Mariannes Gesicht war stark gerötet. Ihre Augen glommen, als sie sich an dieses großartige Glücksgefühl erinnerte. Dann schaute sie zu Nicole hoch und sagte, fast ein wenig traurig: »Siehst du, seither bin ich seine Sklavin.«

Nicole hatte sie während ihrer leidenschaftlichen Erzählung beobachtet und war jetzt fast unerträglich erregt. Sie konnte sich die Szene nur allzu gut vorstellen. Das vom Feuerschein erhellte Zimmer, die Schatten in den Ecken. Marianne in ihren schwarzen Strümpfen, sonst nackt, wie sie auf allen Vieren auf dem Boden kauerte und ihre stöhnende Lust ausstieß, während Jacques hinter ihr kniete und sie mit seinen kräftigen, tiefen Stößen traktierte. Nicole wusste nur zu gut, dass eine Frau von einem solchen Erlebnis ein Leben lang zehren konnte.

Sie presste ein stummes Stöhnen aus, das Herz voller Sehnsucht, und fragte flüsternd: »Ist er es wirklich wert, Marianne?«

Die junge Frau zuckte leicht, als hätte Nicoles Stimme sie aus ihrem Traum geweckt. Sie seufzte leise. »Nein, ich glaube nicht. Weißt du, Nicole, Frauen wie du und ich bedeuten ihm nichts, überhaupt nichts. Wir sind nur verfügbar, wenn er uns braucht, um sich von seiner Aufgabe abzulenken – das ist alles, was er in uns sieht.«

Nicole schüttelte sich. Irgendwie war ihr dieser Gedanke unbehaglich. »Seine Aufgabe? Meinst du die Vergeltung an den Menschen, die ihm übel mitgespielt haben?«

Marianne schüttelte entschieden den Kopf. »Da steckt mehr dahinter, Nicole, viel mehr. Aber ich werde dir nicht mehr sagen, denn das bringt nichts. Wichtig ist, dass du ihn dir aus dem Kopf schlägst. Monsieur Jacques ist nichts für dich, er ist nichts für irgendeine von uns. Oh!« Sie sprang auf die Füße. »Ich glaube, ich habe das Portal gehört. Vielleicht ist Armand schon zurück. »Armand! Wir sind hier!«

Man hörte schwere Schritte in der Eingangshalle, und im nächsten Moment tauchte Armand in der Tür auf. Er blieb zögerlich stehen.

Marianne lief zu ihm, schlang die Arme um seinen Nacken und küsste ihn. »Warum hast du so lange gebraucht, du *imbécile*? Man sollte glauben, du wärst bei den Freudenmädchen im *Palais Royal* gewesen.«

Nicole bemerkte, wie Armand errötete, statt mit einer ironischen Replik auf Mariannes Vorwurf einzugehen.

Achtes Kapitel

Louise, ängstlich darauf bedacht, sich nicht wieder einfangen zu lassen, hatte die letzten Nächte zusammengekauert in der dunklen Krypta einer verlassenen Kirche verbracht, wo die stummen Marmorstatuen ihre einzigen Begleiter gewesen waren. Die Luft in der Krypta war kalt und modrig gewesen, aber doch so viel besser als die stinkende furchterfüllte Atmosphäre von *St. Lazare*. Sie hatte den Umhang um sich geschlungen, den Jean Paul ihr geschenkt hatte. Sein Geld war aufgebraucht, ihr war kalt, und sie war hungrig – und doch fühlte sie sich immer noch euphorisch: Schließlich war sie frei und konnte ihre Suche fortsetzen.

An diesem Morgen wartete sie, bis sie wusste, dass die Straßen draußen voll sein würden. Dann begab sie sich in Richtung Markt und zog die Kapuze über die silberblonden Haare. Trotz dieser Vorsichtsmaßnahme lief sie Gefahr, erkannt zu werden. Aber sie musste hinaus – wie sollte sie ihn sonst finden? Sie musste versuchen, irgendwie mit dem geheimnisvollen Bürger Jacques in Kontakt zu treten.

Sie besaß noch einen einzigen *Louis d'or*, den sie schon vor ihrer Verhaftung in den Saum ihres Hemds eingenäht hatte. Das war alles, was ihr auf dieser Welt noch geblieben war. Die Goldmünze mochte bei den einfachen Pariser Bürgern ein wenig auffällig sein, aber sie musste es wagen – oder verhungern.

Sie ging über die *Rue Ste. Marguerite* und hielt den Kopf gesenkt, immer bemüht, die angeborene Arroganz aus ihren Blicken und der ganzen Haltung zu verbannen. Sie wollte bescheiden und unterwürfig scheinen, den schlichten Menschen in den Straßen angepasst.

Bei allen guten Vorsätzen musste sie doch die feine Nase rümpfen, als ihr der Gestank des Pariser Pöbels entgegenschlug. Die Fischweiber, die Marktfrauen, die lärmenden *fédérés*, die vorgaben, Soldaten zu sein, die schreienden Straßenhändler und die gewöhnlichen Huren. Oh, sie hasste diesen Pöbel.

Vor dem Brotladen hatte sich eine große Schlange gebildet. Louise zögerte noch, ob sie sich anstellen sollte, aber es gab keine Alternative. Ein großer bärtiger Mann mit dunklen Augen reihte sich hinter ihr ein. Er sah sie interessiert an, und Louise hielt seinem Blick herausfordernd stand.

In seinem verschlissenen Rock und der weiten groben Hose sowie der widerlichen roten Kappe tat sie ihn als Bauernabschaum ab. Dann senkte sie die Augen, denn sie hatte erkannt, dass sein Blick sich von dem der anderen Männer im Gewühl der Straße unterschied; er war intensiver, entschlossener. Wenn man vom zerzausten Bart und von seiner schäbigen Kleidung absah, schien er ganz manierlich zu sein. Er wirkte sogar sympathisch.

Sie empfand einen Hauch von Interesse, und als sie ihn unter den langen Wimpern anlächelte, sah sie das Funkeln in seinen dunklen Augen.

Sie war an der Reihe. Das Roggenbrot war trocken und hart, mindestens zwei Tage alt und kaum noch zu essen. Louise wollte protestieren, aber im letzten Moment biss sie sich auf die Zunge. In diesen Tagen protestierte man nicht in Paris, gegen gar nichts.

Sie legte ihren *louis d'or* auf den Tresen, und in diesem Augenblick brach die Hölle aus.

»Gold! Sie hat Gold!«, kreischte die alte Frau hinter dem Tresen und riss den Laib Brot wieder an sich. »Sie ist entweder eine Diebin oder eine verdammte *aristo*! Ruft die Polizei! Haltet sie fest!«

Es war der große bärtige Mann, der jetzt als Erster bei ihr war. Er packte ihre Arme und drehte sie auf ihren Rücken. Mit der freien Hand hielt er ihr den Mund zu, während er sie rückwärts aus dem Laden zerrte. »Ich bringe sie zur Behörde!«, rief er an der Tür.

Er zog die Frau auf die Straße und musste sich zwischen einem Aufmarsch von *fédérés* hindurchschmuggeln, und als sie die andere Straßenseite erreicht hatten, konnten die Verfolger aus dem Laden sie nicht mehr sehen. Aber der Pöbel ließ so schnell nicht von einer Beute ab, und schon bald hörte Louise einen triumphierenden Schrei: »Da ist sie! Folgt ihr!«

Sie und der Mann rannten in die schmale Gasse, die von der großen Straße abbog.

Plötzlich kannte sie sich aus. Am Ende der Gasse lag die verlassene Kirche, deren dunkle Krypta in den letzten beiden Nächten ihr Versteck gewesen war. Sie zupfte an der schwieligen Hand des Mannes und keuchte: »Schnell, hierher! Ich weiß, wo wir uns verstecken können!«

Der Mann nickte und folgte ihr ein paar Steintreppenstufen hinunter zu einer Tür, die offenbar in den Keller der Kirche führte. Die Tür knarrte, als Louise sie ungeduldig aufriss. Der Mann zog sie hinter sich zu und lehnte sich dagegen. In der absoluten Dunkelheit der Krypta sank Louise auf die Knie und rang nach Luft.

Der Mann betrachtete sie geduldig und wartete, bis sie sich erholt hatte. »Es ist nicht empfehlenswert«, sagte er, »in den Straßen von Ste. Marguerite mit Gold zu zahlen. Die gewöhnlichen Menschen haben nicht viel Geld.«

Louise sah zu ihm auf. Er hörte sich ernst und freundlich an. Sie musste ihm gegenüber behutsam vorgehen, sie durfte nicht ungeduldig und arrogant sein. Sie blinzelte einige Male, bis er die Tränen in ihren violetten Augen glitzern sah. »Ich weiß«, sagte sie scheu, »aber das ist alles Geld, was ich besitze. Oh, lieber Herr, wie ist Ihr Name?«

»Armand.«

»Armand. Ein wohlklingender Name.« Ihre Augen gewöhnten sich an die Dunkelheit; durch ein hohes Gitterrost fiel ein wenig Licht von der Straße herein. Sie erkannte die breite Kommode, deren Schubladen mit Messgewändern gefüllt waren, die verstaubten hohen Kerzenständer, die Marmorstatuen, die ein wenig unheimlich in den Schatten standen und an die sie sich in ihren einsamen Nächten gewöhnt hatte. Sie wollte nicht noch eine Nacht hier verbringen müssen.

Es war wieder der Zeitpunkt, ein Risiko einzugehen, ihrer weiblichen Intuition zu folgen. »Oh, Armand«, schnurrte sie, »mein Leben ist in schrecklicher Gefahr. Es gibt nur einen Mann, der mir helfen kann. Dieser Mann heißt Bürger Jacques. Aber ich weiß nicht, wie ich ihn erreichen kann. Deshalb bin ich so verzweifelt.«

Über das Gesicht des Mannes huschte ein Ausdruck schierer Verblüffung. Louises' Herz tat einen Sprung. Sie versuchte, ihren Jubel zu unterdrücken, während Armand sich verlegen über den Bart rieb und langsam sagte: »Ich glaube es nicht. Sie suchen Bürger Jacques?«

»Ja, ja! Er ist ein alter Freund von mir. Ein sehr guter Freund. Kennen Sie ihn?«

Er schüttelte immer noch den Kopf und sagte bedächtig: »Ja, aber ich kann Sie nicht zu ihm bringen. Seine Gäste kommen nur zu ihm, wenn sie geladen sind. Er will nicht, dass jemand erfährt, wo er wohnt.«

Louise brannte vor Ungeduld, sie ließ den Umhang von Kopf und Schultern fallen und zeigte ihre wunderbaren silberblonden Haare und ihre traumhafte Figur. Sie unterdrückte ein Schluchzen und schwankte ein wenig, als ob sie umzukippen drohte. »Oh, mir ist ganz schwarz vor Augen. Halten Sie mich fest, Armand. Sie sehen so stark und kräftig aus.«

Er ging über den Steinboden auf sie zu, kniete sich schüchtern neben sie und nahm sie in seine Arme. Louise sah, dass er sie aus den Augenwinkeln betrachtete, und sie sah auch, dass in seinen Augen ein Leuchten funkelte, das sie nur zu gut kannte.

»Bitte, Monsieur«, flüsterte sie und schmiegte sich in seine Arme. Sie blickte sehnsüchtig zu ihm auf. Sie ruckte die Schultern kaum merklich hin und her, bis ihr verschlissenes Kleid ein wenig rutschte und das Tal zwischen ihren Brüsten enthüllte. »Für Sie würde ich alles tun, denn Sie haben mich vor dem Pöbel gerettet. Ihre Berührung entflammt mich. Ich weiß, mein lieber Armand, dass es sehr unanständig von mir ist, aber ich brenne für Sie. Ich möchte Ihnen meinen Körper anbieten. Sie können mit mir tun, was Sie wollen. Sie sind mein Held. Spüren Sie meine geschwollenen Brüste? Als ich Sie das erste Mal gesehen habe, war mir klar, dass Sie mich mit Ihrem starken, prallen Schaft ganz schwach machen würden. Ich möchte ihn auch gern in den Mund nehmen, damit ich seine Kraft besser spüren kann.«

Armand stöhnte, als sie sich gegen ihn rieb. Sie war die verführerischste, appetitlichste Frau, der er je begegnet war, und ihre geilen Worte ließen sein Blut auf eine Weise lodern, die er bisher nicht kennen gelernt hatte. Sein Schaft stieß wütend und unbeherrscht gegen ihren Bauch.

Sie war nicht so schön wie Madame Nicole, denn so schön konnte niemand sein. Aber sie war lüstern und verlockend, und ihre Augen glühten wie Hexenaugen. Sie zupfte an ihrem Kleid und zog es nach unten, bis ihre Brüste frei lagen. Stöhnend drückte sie die nackten Hügel in seine Hände. Armand wandte den Kopf zur Seite, die Augen fest geschlossen. Nein. Er durfte der Verführung nicht nachgeben …

Sie stand auf, und er sah sie hilflos an. Langsam zog sie sich aus. Ihre Augen blickten wie durch einen lustvollen Schimmer, und als Louise mit der Zungenspitze die Lippen befeuchtete, sah Armand, wie der Mund leise zitterte. Ihr Kleid war auf den Boden gefallen. Louise streifte ihr Hemd ab. Sie trug jetzt nur noch weiße Strümpfe und einen Strumpfhalter mit seidenen Bändern.

Die Brüste waren fest und voll, und die rosigen Nippel luden seine Zunge ein. Die Taille war so schmal, dass Armand sie mit den Händen umspannen konnte. Er sah den nackten Unterbauch und die blonden Härchen, die ihr Geschlecht umrahmten, von dem er den Blick kaum mehr wenden mochte. Er wollte seinen harten Schaft in ihr versenken, er wollte sie reiten, bis sie ihren Orgasmus herausschreien würde.

Verzweifelt schloss Armand die Augen. Was hatte Monsieur Jacques gesagt, bevor er das letzte Mal das Haus verlassen hatte? Armand strengte sein Gehirn an, aber das war schwierig. Er konnte an nichts anderes denken als an seine ungeduldige massive Erektion.

»Du darfst nie jemandem was von meiner Existenz erzählen, auch nicht von diesem Haus. Ich muss der Einzige bleiben, der unsere speziellen Gäste auswählt, Armand. Sei immer auf der Hut vor Spionen. Vergiss nicht, dass Frauen ebenso gefährlich sein können wie Männer.«

Louise strich mit den Fingern über ihre Brüste, zupfte an den rosigen Warzen und starrte sie sehnsüchtig an. »Bitte, Monsieur Armand«, flüsterte sie, während sie sich befingerte, »können Sie nicht sehen, wie ich nach Ihnen lechze? Ich brauche einen starken, guten Mann, der dafür sorgt, dass ich mich wieder besser fühle, sonst werde ich vor Verlangen sterben.«

»Nein«, presste Armand heraus. »Süße Madame, ich darf das nicht. Ich gebe Ihnen ein wenig Geld, dann muss ich Sie verlassen.«

Louise schmollte ungläubig, dann lehnte sie sich an die Holzkommode und rutschte mit einer Backe darauf. Sie spreizte die Beine und ermöglichte Armand den Blick auf ihr feuchtes Geschlecht. Zwischen den feinen hellen Härchen konnte er die geschwollenen Labien sehen.

Sie begann mit sich zu spielen, steckte einen Finger in den Mund und teilte damit die fleischigen Lippen. Behutsam führte sie den Finger in die warme Enge und seufzte leise. Sie zog den Finger heraus, steckte ihn wieder in den Mund und leckte ihn ab.

»Ah, Armand, sehen Sie, wie ich mich nach Ihnen sehne? Ich brenne nach Ihnen. Verdammen Sie mich in die Einsamkeit meiner Finger, wo ich mich doch so sehr darauf freue, Sie in mir zu spüren? Wenn ich Ihren harten Schaft nicht schon in mir fühlen darf, dann lassen Sie ihn mich wenigstens sehen. Ich will seine Größe und Kraft bewundern, während ich mich mit mir selbst zufrieden gebe.«

Armand war wie hypnotisiert. Er konnte den Blick nicht vom Spiel ihrer Finger wenden. Er spürte ein heftiges Klopfen in seinen Hoden, und er spürte die Ungeduld seines zuckenden Schafts. Da drüben, da sollte er sein, in diesem warmen, saftigen Hafen …

»Bitte, bitte«, wimmerte sie, »lassen Sie mich Ihre Männlichkeit sehen, mein lieber Armand! Wenn ich den dicken Schaft sehe, kann ich mir vorstellen, wie er in mich eindringen würde, wie er ein und aus fährt. Ich bitte Sie, haben Sie Erbarmen mit mir, Armand.«

Mit einem unterdrückten Stöhnen öffnete Armand seine Hose und ließ den prallen Phallus herausspringen. Die dicke purpurn glitzernde Eichel kündete von seiner Lust. Die schöne Frau starrte sie wie in Trance an und murmelte Worte der Erregung, während sie ihren Finger ganz langsam bewegte.

»Oh, Armand«, stöhnte sie, »ich wusste, Sie würden eine solche formidable Wurzel haben. Was für eine Furcht erregende Waffe! Nie habe ich so ein Ding gesehen. Bitte, ich muss es schmecken.«

Hüftschwenkend ging sie auf ihn zu. Ihre vollen Brüste pendelten aufgeregt. Armand blieb still stehen, er war nicht in der Lage, sich von der Stelle zu rühren, als sie den Kopf senkte und die samtene Spitze des pochenden Penis tief in den heißen Mund aufnahm.

Sie ließ die Zunge um die Eichel kreisen und saugte kräftig, wobei sie den schweren Hodensack in beiden Händen wiegte.

Armand hielt es nicht mehr länger aus. Er hob sie in der Taille an und hielt sie problemlos in seinen starken Armen. Er bedeckte ihr Gesicht mit leidenschaftlichen Küssen und ließ sie langsam hinab, bis sein Penis sich in sie versenkte.

Vor Entzücken wurde Louise fast ohnmächtig. Ihre Hände packten seine Nackenmuskeln, während sie die Beine um seine Taille schlang. Sie spürte, wie der harte Stab sie pfählte, zwischen ihre nassen, hungrigen Lippen drang, und sie fühlte auch, wie ihre eigenen Muskeln ihn voller Wonne umspannten. Schon nach wenigen Bewegungen glaubte sie, mehr nicht ertragen zu können, und zugleich wollte sie mehr haben. Sie gluckste vor Lust, als der heiße Schaft in ihre wunderbar weiche Kaverne stieß. Ihre Fersen schlugen wild erregt gegen seine Hinterbacken. »Oh, Armand, du bist mein strahlender Hengst«, flüsterte sie.

Armand hielt sie an den Hüften gepackt und ließ sie auf seinen Schaft sinken, auf und nieder, auf und nieder. Er trieb sie ins Land des Vergessens, in dem nichts zählte außer dieser ungeheuren Ekstase; er füllte sie, er streckte sie, und er beugte den Kopf und saugte an ihren strotzenden Brüsten, während sie die langen Fingernägel in seinen Rücken trieb.

»Oh, ja, Armand, fülle mich mit deinem feinen fetten Schwanz ... ja, jaaa ...«

Sie bebte in den Orgasmus hinein und erlebte eine fantastische Erlösung. Die Lust steigerte sich noch einmal, was sie nicht für möglich gehalten hätte, während er sich zu seinem eigenen durchrüttelnden Höhepunkt trieb.

Anschließend hielt er sie in seinen Armen fest und streichelte über ihr silberblondes Haar. Er fuhr mit den Fingern über ihre samtene Haut, ganz zart, als hätte er Angst, ihr weh zu tun. Es war Armand, als hätte er den kostbarsten Schatz gefunden, den es auf der Welt gab.

Louise hatte die Arme noch um seinen Nacken geschlungen. Sie hob ihr Gesicht und sah ihn an. Die vollen Lippen zitterten, und ihre violetten Augen leuchteten voller Emotionen. »Oh, Armand«, hauchte sie, »das war wunderbar.«

Armand wischte mit seinen schwieligen Fingern ihre Tränen weg. »Habe ich dir wehgetan?«

»Oh, nein, niemals! Ganz im Gegenteil«, sagte Louise lächelnd und blickte zu ihm auf. Ihre Wimpern flatterten wieder. »Bringst du mich jetzt zu Bürger Jacques?«

Armand zögerte nur eine Sekunde, dann sagte er: »Zur Zeit ist er nicht da. Aber sobald er zurückkehrt, bringe ich dich zu ihm, das verspreche ich.«

Louise senkte rasch den Blick, damit er nicht den Triumph in ihren Augen sehen konnte.

Zwei Nächte später befand Nicole sich allein im *petit salon* und versuchte, sich auf die Stickereiarbeit zu konzentrieren, die sie vor ein paar Tagen als Zeitvertreib begonnen hatte. An diesem Abend wurde es früh dunkel. Der Wind hatte während des Tages zugenommen, ratterte an den Fensterläden und pfiff durch jede kleine Ritze. Die Kerzen flackerten.

Wegen der Geräusche hatte sie das heftige Pochen gegen das Portal zunächst nicht gehört. Aber als sie das wiederholte Klopfen gewahrte, sprang sie auf, ließ die Stickerei auf den Boden fallen und lief aus dem Zimmer. Jacques. Vielleicht war Jacques zurück.

Aber er hätte sich natürlich mit seinem Schlüssel eingelassen. Als ihr das bewusst wurde, drängte sie die Enttäuschung zurück und glättete ihre Haare, während sie in die Eingangshalle lief. Wer mochte das sein, der um diese Zeit Einlass begehrte? Marianne hatte sich früh ins Bett gelegt, sie hatte über Kopfschmerzen geklagt. Armand war ausgegangen – wie so oft in den letzten Tagen.

Nicole hatte Mühe, den großen Schlüssel im Schloss zu drehen, und als sie die Tür schließlich aufzog, wurde sie von einem Windstoß weit aufgerissen, und ein Schwall wirbelnder Blätter fegte in die Halle.

Ein Mann stand da, ein Mann in einem langen schwarzen Rock, dessen Kragen gegen den Wind hochgeschlagen war. Einer von Jacques' Helfern, dachte Nicole sofort, und neue Hoffnung keimte in ihr auf. Der Mann war außer Atem, als ob er gerannt wäre, und er sah zerzaust und erschöpft aus.

Bevor sie jedoch etwas sagen konnte, platzte er heraus: »St. Maury – wo ist er?«

Nicole war verdutzt. Sie schüttelte den Kopf. »Die Familie wohnt schon lange nicht mehr hier.«

Das Gesicht des Mannes wirkte verkrampft. Er fuhr mit einer Hand über die Stirn. »Natürlich, Madame. Wie dumm von mir. Sagen Sie, ist Bürger Jacques zu Hause? Ich muss ihn dringend sprechen.«

»Er ist schon seit einigen Tagen unterwegs. Wir wissen nicht, wann er zurückkommt.«

Der Mann furchte die Stirn. »Würden Sie ihm eine Nachricht geben, wenn er wieder da ist? Sagen Sie ihm, dass jemand nach ihm fragt. Eine Frau. Wir hatten sie im Gefängnis St. Lazare ausfindig gemacht, aber da ist sie nicht mehr. Geben Sie ihm das, ja? Er wird die Botschaft verstehen.«

Er drückte ihr etwas in die Hand, ein kleines viereckiges Päckchen, in Seide eingewickelt. Ein Windstoß hätte es ihr beinahe aus der Hand gerissen, aber Nicole hielt es fest umschlossen, während der Mann sich verbeugte und in der ungemütlichen Nacht verschwand. Nicole verriegelte wieder die Tür und schlug die Seide auseinander.

In dem kleinen Päckchen lag eine wunderschöne silberblonde Locke, die mit einem schmalen roten Samtband zusammengehalten wurde. »Geben Sie ihm das, er wird die Botschaft verstehen.«

Was soll er verstehen? Wer suchte nach Jacques? Und warum sollte diese Locke eine Botschaft sein, die er verstehen würde?

Völlig verdutzt ging sie hinauf in ihr Zimmer und legte sich ins Bett. Die Haarlocke hatte sie vorher in die Schublade ihres Nachttischs gelegt. Sie konnte sich nicht vorstellen, dass sie irgendeine Bedeutung für Jacques haben würde. Der unheimliche Kurier war nur eine der vielen namenlosen Gestalten, die ihr vertraut geworden waren, seit sie dieses seltsame Haus betreten hatte.

Der Wind zauste an den Läden, die Kerze flackerte und erstarb. Nicole schüttelte sich und spürte wieder Verlangen nach Jacques. Unruhige Träume begleiteten sie in den Schlaf.

Sie wusste nicht genau, was sie aufgeweckt hatte. Vielleicht waren es die Schritte auf dem Kieselsteinweg, oder es war das Gemurmel der leisen Stimmen in der Eingangshalle. Was auch immer es war – sie wusste, dass Jacques zurückgekehrt war.

Ihr Herz klopfte wie verrückt. Sie wollte ihn unbedingt sehen, wollte ihm von dem überraschenden Gast erzählen und seiner mysteriösen Botschaft. Sie schlang das Nachthemd enger um sich und rannte die Treppe hinunter. Alles schien still zu sein. Vielleicht war doch niemand da, vielleicht hatte sie sich geirrt.

Dann hörte sie Stimmen aus dem kleinen Vorzimmer, in dem Jules vor über zwei Wochen voller Nervosität auf seinen Auftritt gewartet hatte. Nicole hielt die Luft an, öffnete leise die Tür und erkannte, dass die Stimmen von dem großen Raum hinter dem Vorhang kamen, der einen Teil des Salons abtrennte. Nicole trat näher und hörte die Stimmen von Marianne und Armand und dann eine weitere Frauenstimme.

Nicole war verunsichert. Vielleicht war es die Stimme der Frau mit den silberblonden Locken. Irgendwie fühlte Nicole, dass sie eine Bedrohung für Jacques war. Sie musste ihn warnen, ehe es zu spät war.

Sie teilte den Vorhang nur einen winzigen Spaltbreit und blinzelte hinein. Ihr stockte der Atem.

Mitten im Raum befand sich eine Frau auf allen vieren auf dem glatten Parkettboden. Sie hatte keine silberblonden Haare, sondern rotbraune, sie fielen ihr auf die Schultern und bildeten einen starken Kontrast zu der schneeweißen Haut. Sie war fast nackt, abgesehen von einem eigenartigen Gurtwerk, das ihren Oberkörper einschnürte.

Marianne und Armand flankierten die Frau, und hinter ihr stand Jules. Irgendwie hatte Nicole damit gerechnet, dass auch er an dem Geschehen teilnahm. Und eine andere Ahnung bewahrheitete sich – Jacques war zurückgekehrt. Er hielt sich in den Schatten, die Arme vor der Brust verschränkt, das Gesicht unbewegt. Er beobachtete Marianne.

Marianne, die eigentlich mit Kopfschmerzen im Bett liegen sollte, erhob sich über der kauernden Frau, eine Peitsche in der Hand.

»So haben Sie Ihr Personal behandelt, nicht wahr, Madame de Sarblay?«, fragte Marianne drohend. Mit lauter Stimme fuhr sie fort: »Sie haben Ihr Dienstpersonal vor Zeugen brutal geschlagen. Die armen Opfer mussten sich nackt vor Ihnen zeigen.«

Die vollschlanke Frau quietschte laut auf. »Ja, oh, ja«, stieß sie hervor.

Jacques war also zurück. Und er setzte sein albernes Vergeltungsprogramm fort und spielte mit den Gefühlen seiner Opfer. Nicole hasste ihn dafür. Sie rannte die Treppe hoch und warf sich aufs Bett. Sie wollte nicht Zeugin dieser widerlichen Szene sein.

Monique, Comtesse de Sarblay, konnte ihr Glück kaum fassen. Als sie aus der muffigen Gemeinschaftszelle des Kerkers *La Force* herausgeholt und vors Tribunal gebracht worden war, hatte sie sich mit dem Tod schon abgefunden. Das Tribunal hatte sie der Grausamkeit gegen Kinder und Personal beschuldigt.

»Aber das hatte nichts mit Grausamkeit zu tun«, hatte sie sich verteidigt. »Glauben Sie mir, hohe Herren, sie haben jede Minute genossen.«

Natürlich hatten sie ihr nicht geglaubt, diese Tölpel mit ihren dreckigen roten Kappen, die dem Wein zusprachen und schwarze, stinkende Pfeifen rauchten.

Aber diese Leute in der eindrucksvollen Residenz glaubten ihr. Sie verstanden sie. Besonders dieser hagere schlanke Mann, den sie Bürger Jacques nannten, schien ihre Bedürfnisse zu verstehen. Er war es gewesen, der ihr mit kräftigen Griffen diesen Lederhalskragen und den Harnisch angelegt hatte, der ihre Brüste zusammendrückte. Dabei hatte die ganze Zeit ein kaltes Lächeln um seine Mundwinkel gespielt, als wüsste er, wie der sanfte Kuss des schwarzen Leders ihre Haut erhitzte.

Im Dunkeln lag Nicole auf ihrem Bett. Von unten hörte sie gedämpfte Schreie, die lockenden Geräusche, die eine Frau bei einem langen, totalen Orgasmus von sich gibt. Nicole drückte die Hände gegen die Ohren, aber ihre Wangen brannten, und in ihrem Kopf spielten sich Szenen mit einer gefesselten Frau ab, die Jacques betören wollte.

Er musste die Aristokratie von Grund auf hassen, dass er sich diese Mühe gab, sie derart zu demütigen. Sie begriff nicht, was ihn trieb, sie verabscheute seine Mission, und doch begehrte sie ihn mit allen Fasern ihres Herzens.

Auch jetzt, da sie schon stundenlang auf dem Bett lag, war sie wild erregt und zitterte vor Verlangen. Ihr Seidenumhang klebte eng an ihrem Körper, dass er sie einschnürte, deshalb öffnete sie ihn mit fiebrigen Fingern und schob ihn von Brüsten und Schenkeln.

Mit beiden Händen umfasste sie ihre Brüste. Sie

versuchte, den Schmerz in den harten Nippeln zu lindern, aber sie erreichte nur, dass sie weitere Blitze des Verlangens zu ihrem Schoß schickte, der bereits glühte. In ihren Lenden brodelte es. Sie brauchte einen Mann, einen erigierten, harten Schaft, der ihre entflammte Spalte erforschte.

Sie biss sich verzweifelt auf die Lippen, richtete sich auf und wischte die losen Strähnen aus dem Gesicht. Sie ging auf die Kommode zu und zog die Schatulle aus Mahagoni heraus, die ihr Spielzeug aus Elfenbein enthielt. Nicole griff mit zittrigen Fingern den größten Stab heraus, ging langsam zu ihrem zerwühlten Bett zurück und legte sich hin, zog den Umhang bis zu den Hüften hoch und spreizte die Schenkel.

Sie zog die Knie an und fuhr mit der Elfenbeinspitze zwischen die feuchten, geschwollenen Labien, ehe sie zum harten kleinen Knopf strich. Ein Zucken durchlief ihren Körper, sie rieb leicht über die Klitoris und spürte, wie die Hitze in ihrem liebeshungrigen Körper noch anstieg. Sie sehnte sich schon danach, den harten, glatten Schaft tief in sich hineinzustoßen, aber sie wollte diesen Zeitpunkt noch hinausschieben, um die Vorfreude zu verlängern, um sich selbst noch ein wenig mehr zu quälen …

Da war ein leises Klopfen an der Zimmertür, und im nächsten Moment stand Marianne im Raum. »Nicole! Monsieur Jacques ist zurück und möchte dich sofort … oh!«

Sie brach mitten im Satz ab, weil sie Nicole fast nackt auf dem Bett liegen sah, das lohfarbene Haar auf dem Kissen ausgebreitet, die Wangen rot, die Augen verhangen vor sexuellem Verlangen. Mariannes Blick blieb auf dem aufregenden dicken Phallus aus Elfenbein haften, der noch zwischen Nicoles gespreizten Schenkeln steckte.

»Oh, Nicole«, stieß Marianne aus. »Wie schön du doch bist, *chérie*! Bitte, lass mich zu dir kommen. Ich habe dich vom ersten Tag an begehrt.«

Nicole überließ sich den Verlockungen von Mariannes süßem Mund, der sich über ihre sehnsüchtigen Nippel beugte. Sie nahm sie mit einfühlsamer Sanftheit in den Mund, speichelte sie ein und leckte mit der Zungenspitze darüber, während sie mit einer Hand zu dem großen Elfenbeinschaft griff und ihn langsam in die hungrige Vagina stieß.

Es war wunderbar. Die inneren Muskeln umklammerten den glatten Schaft. Nicole bäumte sich auf, hob das Becken an und stieß dem Schaft entgegen. Marianne hörte nicht auf, Nicoles Brüste zu kosen und die Tiefe ihrer Höhle zu erforschen, wobei sie eine Fingerkuppe über den geschwollenen Kitzler rieb.

Dann wurde sie vom Orgasmus überschwemmt, viel zu früh, dachte Nicole, als sie sich zurück in die Kissen fallen ließ. Sie wusste, woraus ihre Enttäuschung resultierte. Sie wollte einen Mann in den Armen halten, sie wollte von Jacques gefüllt werden und nicht von einem Elfenbeinstab.

Ja, sie wollte Jacques. Den gefährlichen, mächtigen, geheimnisumwitterten Jacques. Mit einem Seufzer wandte sie sich von Marianne ab, und ihr fiel ein, dass alle Jacques haben wollten, und jeder bekam ihn auch. Selbst diese lüsterne Frau da unten würde ihn in dieser Nacht genießen dürfen. Die Einzige, die er verlachte, war sie, Nicole.

Gut, Marianne war geschickt worden, um sie zu ihm zu führen, aber zweifellos plante er nichts anderes, als sie erneut wegen irgendeiner Lappalie zu tadeln.

Marianne spürte Nicoles stummes Elend; sie hatte den Phallus zur Seite gelegt und streichelte der Freundin zärtlich über die langen, weichen Haare. »Arme Nicole. Du siehst so blass und traurig aus. Was ist los mit dir? Soll ich Monsieur Jacques sagen, dass du zu müde bist?«

Nicole schluckte. Mit leiser Stimme sagte sie: »Ja, sage ihm das, Marianne. Ich will ihn nicht sehen.« Sie schlang den Umhang wieder enger um sich, betrachtete Marianne mit dunklen, gehetzt blickenden Augen und flüsterte: »Oh, Marianne, wo mag er diese letzten Tage nur gewesen sein? Warum sagt mir niemand, wer er wirklich ist? Warum sind alle nur so verschwiegen, wenn es um ihn geht?«

Marianne seufzte. »*Chérie*, wie ich dir schon vorher gesagt habe, weiß ich auch nur sehr wenig über ihn. Nichts über seine Vergangenheit und nur wenig über sein Netzwerk an Freunden in der Stadt. Aber eines weiß ich, und das musst du lernen zu akzeptieren: Wir sind alle nichts gegen ihn. Wir sind nur Teil seines Plans, das ist alles.«

»Du willst sagen, wir sind Teil seiner Vergeltung?« Nicole schüttelte sich. »Rache an allen Aristokraten, weil er ohne Gerichtsurteil in den Kerker geworfen wurde?«

Marianne zögerte. »Das ist nur ein Teil des Plans. Ich glaube, er wird am meisten von dem Ehrgeiz getrieben, die Frau zu finden, die dafür verantwortlich war, dass er in den Kerker geworfen wurde.«

»Die Frau, die ihn beschuldigte, sie vergewaltigt zu haben? Die Mätresse des Adligen in Marseilles?«

»Ja«, flüsterte Marianne. Sie hob die Augenbrauen, als sei sie sich nicht schlüssig, ob sie mehr erzählen sollte. »Es heißt, dass er immer noch besessen von ihr ist, selbst nach dieser langen Zeit. Er hat Gerüchte gehört, dass sie in Paris sein soll. Deshalb ist er im Frühjahr nach Paris gekommen. Er will sie finden.«

»Und was wird er mit ihr anstellen, wenn er sie gefunden hat?«, flüsterte Nicole. Unbewusst verdrehte sie die Finger beider Hände im Schoß. Sie musste an die Striemen auf Jacques' Rücken denken. »Welche Vergeltung wäre die angemessene Strafe für die Frau, die ihn beinahe vernichtet hätte?«

Marianne schüttelte energisch den Kopf. Sie legte eine Hand auf Nicoles Arm. »Nein, Nicole, du verstehst nicht. Er will keine Vergeltung. Er liebt sie immer noch.«

Nicole war, als setzte ihr Herz aus. Das Blut wich aus ihrem Gesicht. »Nein, das kann nicht sein«, sagte sie leise. »Nicht, nachdem sie ihm das angetan hat.«

Marianne nickte traurig. »Aber es stimmt. Sie muss wunderschön gewesen sein und hat ihn offenbar mit ihrer Schönheit verzaubert. Kurz nachdem wir hier eingezogen waren, haben sich Jacques und Armand fürchterlich betrunken, und dabei hat Jacques gesagt, diese Frau könnte einem toten Mann das Herz stehlen. Es scheint, dass sie ihn immer noch verfolgt. Nachdem er erfahren hat, dass sie in Paris sein soll, lässt er seine Freunde in den Gefängnissen nach ihr suchen, sie durchstöbern aber auch die Straßen und Gassen nach ihr. Kann sein, dass sie längst tot ist, aber er gibt nicht auf. Er ist besessen von ihr.«

Nicole flüsterte: »Und was ist, wenn er sie gefunden hat?«

»Ich nehme an, dann wird er Paris mit ihr verlassen und einen sicheren Ort aufsuchen. Ich glaube, es wird ihnen egal sein, wo sie sind – wichtig ist ihnen, zusammen zu sein.«

Nicole war plötzlich hellwach, sie fror am ganzen Leib und fühlte sich elend wie nie zuvor. Jetzt begriff sie alles, auch seine leidenschaftslose Lust, seine kühle Zurückhaltung. Er hatte die ganze Zeit an sie gedacht.

Ihr wurde erneut bewusst, mit welcher Innigkeit sie sich an ihn geklammert hatte, wie stark sie sich an ihn gebunden fühlte. Leise sagte sie: »Würdest du Jacques sagen, dass ich zu müde bin, ihn zu begrüßen?«

»Natürlich, meine Liebe. Ich werde Monsieur Jacques sagen, du hättest schon geschlafen. Ich lasse dich jetzt allein. Gute Nacht.« Marianne drückte einen leichten Kuss auf Nicoles Stirn, dann ging sie aus dem Zimmer.

Sobald die Tür sich hinter ihr geschlossen hatte, sprang Nicole vom Bett und suchte im Kleiderschrank nach den Sachen, in denen sie gekommen war. Sie lagen ganz unten, die verschlissenen Kleider, die sie in den Tagen vor Jacques getragen hatte. Sonst wollte sie nichts mitnehmen.

Sie war mit nichts gekommen und würde auch mit nichts gehen. Wichtig war, dass sie sich schnell verdrückte, bevor Jacques sie erwischte und wieder zum Bleiben überredete oder gar zwang. Wenn sie gegangen war, hatte sie nichts, was sie an ihn erinnerte – abgesehen von jenem unglaublichen ersten Abend, als er sie in seinen Bann gezogen hatte.

Plötzlich fiel ihr Blick auf das diamantene Halsband, das in der offenen Schatulle auf dem Tisch lag. Sie sah auf die kalte Schönheit der glitzernden

Diamanten und dachte, dass sie sich mit dem Geld, das jemand ihr für das Halsband gab, eine lange Zeit über Wasser halten würde. Sie griff danach, aber dann zögerte sie. Es war Diebstahl, und sie hatte sich geschworen, nichts von ihm mitzunehmen.

Sie hob die Schultern. Es geschah Jacques Recht, wenn sie die Diamanten an sich nahm. Schließlich hatte er sie von der Familie St. Maury gestohlen. Also gehörten sie ihm ebenso wenig wie ihr.

Sie hob das Halsband auf und steckte es in einen weichen Lederbeutel, den sie in die tiefe Tasche ihres Kleids fallen ließ. Sie würde die Diamanten als eine Art Versicherung bei sich tragen – für den Fall, dass alles schief lief und sie keine Arbeit fand.

Jetzt war es Zeit für die Flucht. Sie wollte die *Residenz St. Maury* und den Bürger Jacques hinter sich lassen, bevor beide sie vernichten würden.

Neuntes Kapitel

Am anderen Morgen war Armand noch früher auf als sonst. Ihm ging es darum, seine Arbeiten so schnell wie möglich zu erledigen, weil er mit Monsieur Jacques über Louise sprechen wollte. In jeder freien Minute musste er an Louise denken, selbst als er die Roste säuberte, die Scheite in die einzelnen Zimmer brachte und aufschichtete, die Treppen kehrte und Eimer mit Wasser füllte, das für Monsieur Jacques' Bad erhitzt werden musste.

Natürlich hatte er dafür gesorgt, dass Louise in Sicherheit war und mit dem Nötigsten versorgt wurde. Sie befand sich in einer kleinen versteckten Bude in der *Rue de Sèves*, aber nach drei Nächten begann sie zu klagen. Sie drohte, sich an einen anderen zu wenden, der sie zu Monsieur Jacques führen würde, wenn er es nicht schaffte. Aber Armand konnte es nicht ertragen, sie zu verlieren. Noch nicht. Er schüttelte sich vor Entsetzen, wenn er sich vorstellte, nie wieder diese Wonnen genießen zu dürfen, die sie ihm mit Mund, Lippen und geschickten Fingern bereitete.

Stirnrunzelnd hievte er eine Ladung Holzscheite vom Stapel auf, um sie hineinzutragen. Das Wetter war spürbar kühler geworden. Als er wieder ins Haus trat, wünschte er, es nicht getan zu haben, denn im Haus war die Hölle los.

Offenbar war Madame Nicole verschwunden, war einfach ohne ein Wort zu irgendeinem davongelaufen. Marianne schluchzte in ihre Schürze. Was würde nur

Monsieur Jacques sagen, jammerte sie, wenn er zum Frühstück kam und sie ihm die Nachricht übermitteln musste?

Armand strich über ihre feuchte Wange und fuhr mit den schwieligen Fingern über die dunklen welligen Haare. Sie war eine gute Frau, seine Marianne, und ihn quälte ein schlechtes Gewissen, wenn er daran dachte, was er jeden Tag mit Louise trieb, wenn er eigentlich zum Einkaufen außer Haus war.

»Vielleicht ist sie nur zu einem Spaziergang aufgebrochen«, meinte er. »Wahrscheinlich ist sie wieder zurück, ehe Monsieur aufgestanden ist.«

Marianne stampfte zornig mit dem Fuß auf und schob unwirsch seine Hand weg. »Sie ist für immer gegangen, du Dummkopf! Sie hat alle Kleider zurückgelassen und ist in ihren alten Klamotten aus dem Haus gegangen, auch wenn sie ziemlich zerrissen und verdreckt waren. Aber das Schlimmste ist, dass die Diamanten verschwunden sind. Das kostbare Halsband, das Monsieur Jacques ihr gegeben hat – die Schatulle liegt leer auf dem Tisch ...«

Armand war nicht mehr so sicher wie bisher, aber er sagte trotzdem: »Sie kommt zurück, du wirst es erleben ...«

Marianne warf sich plötzlich an seine breite Brust, ihr Gesicht bleich und nass von den Tränen. »Oh, Armand, ich wünschte, du hättest Recht.«

Dann hörten sie Jacques die Treppe herunterkommen. Summend ging er in die Küche.

Armand blieb dicht bei Marianne, obwohl er viel lieber ins Freie geflohen wäre. Marianne schenkte Monsieur Jacques Kaffee ein, stark und heiß und schwarz, wie er ihn am liebsten mochte.

»Wo ist Nicole, Marianne? Hast du ihr nicht gesagt, dass ich so schnell es geht mit ihr reden will?«

Mariannes Gesicht begann zu zittern. Stammelnd brachte sie heraus: »Sie … sie ist nicht da, Monsieur Jacques.«

Jacques führte die Tasse an seine Lippen und runzelte die Stirn. »Du meinst, sie liegt noch im Bett? Ist sie krank? Das wäre aber ärgerlich.«

Marianne blickte Hilfe heischend zu Armand, aber der sagte nichts. »Nein, Monsieur, Sie verstehen nicht. Ich meine, sie ist gar nicht mehr im Haus. Sie ist gegangen.«

Für ein paar Sekunden herrschte eisiges Schweigen. »Sie hat das Haus verlassen?«, fragte Jacques mit leiser Stimme, die nichts Gutes ahnen ließ.

»Ja, Monsieur«, antwortete Marianne ängstlich. »Vor etwa einer Stunde bin ich hoch auf ihr Zimmer gegangen, um ihr heißes Wasser zu bringen, aber von ihr war nichts zu sehen. Auf dem Boden lagen ihre Kleider verstreut, ihr Zimmer war ein fürchterliches Durcheinander, und dann fiel mir auf, dass die Kleider verschwunden waren, in denen sie hier eingetroffen ist. Sie ist weg, Monsieur Jacques! Und … und sie hat die Diamanten mitgenommen.«

»Die Diamanten?« Jacques starrte sie so intensiv an, dass Marianne sich unwillkürlich duckte. »Bist du sicher?«

»Oh, ja, Monsieur. Die Schatulle liegt da, aber sie ist leer …« Marianne brach in Tränen aus und rieb sich die Augen mit dem Handrücken. Noch nie hatte sie Monsieur Jacques so zornig gesehen. Sie hatte gar nicht vermutet, dass die Diamanten, kostbar, wie das Halsband auch war, ihm so sehr am Herzen lagen.

Abrupt stellte er die Kaffeetasse ab. Er blickte zu Armand und rief: »Verdammt, jemand muss doch wissen, wohin sie gegangen ist! Sie kann sich doch nicht in Luft aufgelöst haben!«

Armand hob die Schultern. »Ich weiß nichts, Monsieur.«

Jacques griff schon zu seinem Mantel. »Ich suche sie, Armand. Du passt auf das Haus auf, während ich weg bin. Niemandem darf ohne meine Erlaubnis Zutritt zum Haus gewährt werden, hast du mich verstanden? Absolut niemandem!«

Armand schluckte. »Monsieur, wann werden Sie wieder zurück sein?« Er hatte keine Zeit, an Nicole und das Diamanthalsband zu denken, seine Gedanken schwirrten immer noch nur um Louise. Er war besessen von ihr.

Jacques war schon an der Tür und drehte sich ungeduldig zu ihm um. »Wenn ich Nicole Chabrier gefunden habe, ganz egal, wie lange es dauert.«

»Monsieur, ich wollte Sie etwas fragen ...«

Aber Armand kam zu spät mit dem, was er fragen wollte, denn Jacques war schon aus dem Haus. Knallend fiel das Portal ins Schloss.

Mariannes Schluchzer ebbten allmählich ab, aber sie wrang immer noch die Hände auf der feuchten Schürze. »So habe ich ihn noch nie gesehen«, flüsterte sie. »Ich hätte auch nie für möglich gehalten, dass die liebe Nicole eine Diebin ist. Wieso hat sie es nur getan?« Plötzlich fuhr sie zu Armand herum. »Und wegen was hast du ihn so sehr belagert? Welche Frage wolltest du ihm stellen, die keinen Aufschub duldet?«

Armand errötete heftig, was man sogar trotz des Barts sehen konnte. Er musste an Louise denken, die in ihrer kleinen Bude ungeduldig auf ihn wartete. »Ach, nichts.« Er schenkte sich eine Tasse Kaffee ein. »Das hat Zeit.«

Morbleu, heute musste er Louise gestehen, dass sie nicht ins Haus kommen konnte, jedenfalls noch nicht. Aber Monsieur Jacques würde Nicole und die Diamanten mit Hilfe seines Netzwerks an Freunden bald gefunden haben, und danach würde wieder Ruhe einkehren. Wenn Monsieur erst einen Blick auf Louise geworfen hatte, würde er Armand dankbar sein, sie aus den Klauen des Pöbels gerettet zu haben.

Denn wer, dachte er verträumt, würde sich nicht an einem so entzückenden Wesen wie Louise de Lamartine berauschen?

Nicole wurde wach und streckte sich schläfrig. Zuerst glaube sie, in ihrem luxuriösen Bett in der *Residenz St. Maury* zu liegen. Dann hörte sie die heiseren Schreie der Straßenhändler, das Geräusch der Karren, die über das Kopfsteinpflaster rumpelten, und die Erinnerung kehrte zurück. Sie lag, eingehüllt in eine Decke, auf dem niedrigen Sofa in Anne-Maries kleiner voll gestopfter Wohnung.

Nicole schaute hinüber und sah, dass Anne-Marie noch zusammengekauert im Bett lag. Leise sprach sie ein Dankgebet, dass die Freundin sie aufgenommen hatte.

Als Nicole in der Nacht so hastig geflohen war, hatte sie nicht bedacht, wie spät es war und was sie auf den Pariser Straßen erwartete. Es war kalt und finster gewesen, der Wind fegte durch ihre Kleider, und sie hatte mehr Angst gehabt, als sie sich zugestehen wollte, Angst, weil sie allein unterwegs war, Angst vor den Blicken anderer Menschen. Es waren nur wenige normale Menschen zu sehen gewesen, einige Theater- oder Restaurantbesucher, aber sie waren in der Minderheit gegenüber der Anzahl finsterer Gestalten, die auf Krawall aus waren.

Irgendwie war es ihr gelungen, ohne Zwischenfall zu dem Haus zu gelangen, in dem sie früher ein Zimmer bewohnt hatte. Aber die Vermieterin hatte sie ziemlich feindselig angestarrt.

»Dein Zimmer?«, hatte die alte Madame Rimaud sie angeblafft. Eine weiße Schlafmütze bedeckte ihre Haare und fast die Hälfte ihres Gesichts. »Längst vermietet. Da wohnen jetzt eingezogene Soldaten aus Marseilles. Sie zahlen gut.«

»Aber meine ganzen Sachen!«

»Welche Sachen?« Madame Rimaud schnaufte verächtlich und schlug Nicole die Tür vor der Nase zu.

Als sie voller Verzweiflung auf der kalten, dunklen Straße gestanden hatte, war Nicole der Gedanke an Anne-Marie gekommen. Sie war eine alte Freundin, nur wenig älter als Nicole, aber eine erfahrene Schauspielerin, die Nicole ein wenig unter ihre Fittiche genommen hatte, als sie nach Paris gekommen war. Vielleicht, dachte Nicole, würde Anne-Marie ihr sogar helfen können, wieder beim Theater Arbeit zu finden.

Es war zwar schon spät gewesen, aber für das Theaterkind Anne-Marie würde die Nacht noch früh sein. Nicole betete inständig, dass die Freundin zu Hause war.

Endlich einmal schien sie Glück zu haben. Die freundliche Vermieterin, die zweifellos an Anne-Maries Strom von männlichen und weiblichen Besuchern gewöhnt war, ging mit Nicole die Treppe zu Anne-Maries Tür hinauf.

Auf Nicoles Klopfen hörte sie ein gedämpftes »Herein«, und als sie eintrat, sah sie Anne-Marie vorm Frisiertisch sitzen. Sie schminkte sich ab. Sie trug einen wunderschönen Morgenmantel aus grüner Seide, die zu ihrer Augenfarbe passte. Als sie Nicole im Spiegel sah, sprang sie auf und umarmte die Freundin voller Herzlichkeit.

»Aber natürlich kannst du bleiben«, hatte Anne-Marie gesagt. »Liebling, du kannst bleiben, so lange du willst.«

Als Anne-Marie sie schließlich losgelassen und ihr einen wärmenden roten Wein eingeschenkt hatte, setzte Nicole sich auf das abgeschabte Sofa in der einen Ecke des gemütlichen Zimmers.

»Ich habe nicht viel Geld«, hatte Nicole gesagt und dabei voller Scham an die kostbaren Diamanten in der Kleidertasche gedacht. »Aber sobald ich kann, werde ich mich an den Kosten beteiligen.«

»Unsinn, Liebling. Was bedeutet schon Geld? Was ist denn aus deinem schillernden Comte de Polignac geworden? Als du plötzlich aus der Theaterszene verschwunden bist, habe ich gedacht, du wärst mit ihm nach Österreich geflohen.«

»Er ist allein nach Österreich gegangen, dieser Schuft«, hatte Nicole geantwortet. »Ich musste mich verstecken, denn man hat mich denunziert – wegen mangelndem Bürgersinn. Alle wussten, dass ich seine Geliebte war. Und er hat mich ohne einen *Sou* verlassen.«

»Dieser Widerling. Ich wette, er war im Bett nicht mal zu gebrauchen.«

Nicole hatte sie mit großen Augen angesehen. »Ja, stimmt. Woher weißt du das?« Sie hatten laut lachen müssen, und bald war es wieder so wie früher gewesen, wenn sie beim guten Wein zusammengesessen und fröhlich geplaudert und gekichert hatten.

»Stehst du wieder auf der Bühne, Anne-Marie?«

»Ja, so ungefähr.«

»Oh, wie wunderbar. Ich wünschte, ich könnte auch zurück zum Theater.«

Es war eine kurze Pause entstanden, dann hatte Anne-Marie gesagt: »Das kannst du vielleicht auch, Nicole. Willst du wirklich wieder arbeiten?«

»Beim Theater, meinst du? Oh, ja.«

Anne-Marie hatte an ihrem Wein genippt und nachdenklich geantwortet: »Nun, das, was ich mache, ist beinahe so wie beim Theater. Da gibt es diesen Manager, der groß in Mode ist. Paul Vichy. Ich bin sicher, er würde dich gern kennen lernen, Nicole.«

»Oh, das wäre wunderbar. Wann? Morgen?«

»Bald.« Anne-Marie hatte über Nicoles Eifer gelacht. »Sehr bald, das verspreche ich dir.«

Sie hatten bis spät in die Nacht erzählt, ehe Anne-Marie eine warme Decke gefunden, die Kerzen ausgeblasen und Nicole eine gute Nacht gewünscht hatte.

Nicole war so erschöpft gewesen, dass sie fast sofort eingeschlafen war. Aber vorher hatte sie noch das Bild von Jacques vor sich gesehen.

Ob er schon herausgefunden hatte, dass sie gegangen war? Aber das war ihm wahrscheinlich egal.

Je länger sie darüber nachdachte, desto mehr redete sie sich ein, wie froh sie war, das diamantene Halsband mitgenommen zu haben. Das war auch eine Art Vergeltung an diesem verdammten Mann, dachte sie.

Die Bürgersteige waren überfüllt mit Menschen, die aus dem hell erleuchteten Theater strömten und ausschwärmten oder ausgelassen lachten und zu ihren Kutschen gingen. An diesem Abend hatte sich in Paris der große französische Sieg gegen die Preußen bei Valmy herumgesprochen. Nach Monaten unrühmlicher Niederlagen schien die Bedrohung einer Invasion der Feinde der Republik gebannt, was die Stimmung der Pariser Theaterbesucher merklich gehoben hatte. In der Pause hatten alle mit patriotischer Inbrunst den neuen Marsch gesungen, die *Marseillaise*.

Ein großer, dunkelhaariger Mann schritt in einem eleganten braunen Mantel und hellbraunen englischen Reitstiefeln durch die Menge. Viele Frauen blickten auf den gut aussehenden Mann und fragten sich, wer wohl die Glückliche war, mit der er sich verabredet hatte. Zweifellos würde es sich um eine der schönen Schauspielerinnen handeln.

Dann brach die Hauptdarstellerin, Gabrielle de Chaulnay, aus der Gruppe der schwatzenden, kichernden Kolleginnen aus und wäre fast mit ihm zusammengestoßen. Als er sich bei ihr murmelnd entschuldigen wollte, flüsterte eine ihrer Freundinnen ihr ins Ohr: »Das ist er, Gabrielle! Das ist der, der nach Nicole Chabrier gefragt hat!«

Gabrielle, zuerst wütend, weil sie glaubte, die Freundin wollte sich ihr bei dem gut aussehenden Mann in den Weg stellen, klopfte mit dem diamantenbesetzten Spazierstock aufs Straßenpflaster und sah in das scharf geschnittene Gesicht des Mannes. »Sie suchen jemanden, Bürger?«, fragte sie mit ihrer tiefen, heiseren Stimme, die sie zum Liebling der Pariser Gesellschaft gemacht hatte.

»Vielleicht«, sagte er und musterte die Frau ebenso intensiv, wie sie ihn musterte. Es überraschte sie nicht, dass seine Stimme so elegant klang, wie sie nach der Kleidung vermutet hatte.

Sophie, die ihr immer noch am Ärmel zupfte, flüsterte: »Er ist es ganz sicher! Er hat sich im ganzen Theater nach Nicole erkundigt, Gabrielle.«

Der Mann hatte das gehört und lächelte sie an. »Es trifft zu. Ich suche Nicole Chabrier. Haben Sie sie in letzter Zeit gesehen, Bürgerin? Sie hat bei Ihnen an der *Comédie* gearbeitet, nicht wahr?«

»Sie kennen mich also, Monsieur?«

Er verbeugte sich höflich. »Wer in Paris kennt Sie nicht, Bürgerin de Chaulnay?«

Sie lächelte geschmeichelt. »Warum wollen Sie Nicole finden?«

»Weil sie etwas von mir besitzt, und das möchte ich gern zurückhaben.«

Irgendwie faszinierte der Mann sie. »Wenn Sie Nicole suchen«, sagte sie, »könnte ich Ihnen vielleicht helfen.« Sie hatte plötzlich eine Karte mit Goldrand in der Hand. Ihr Name und die Adresse standen auf dem dicken Papier. »Sagen wir, Sie besuchen mich in einer Stunde?«

Er zögerte nur einen kurzen Moment, dann verbeugte er sich wieder. »Bürgerin, ich fühle mich geehrt.«

Genau eine Stunde später stieg der Mann die Treppe zu Gabrielle de Chaulnays Wohnung im noblen Wohngebiet der *Rue de Chanterreine* hoch, wo viele Schauspieler und Theaterdirektoren wohnten. Er klopfte, und im nächsten Moment wurde die Tür geöffnet, und er sah einen sanft vom Kerzenschein beleuchteten Raum vor sich, gefüllt mit gediegenen Möbelstücken, dicken Teppichen und edler Seide an den Wänden.

Es dauerte eine Zeit, bevor er sich an das flackernde Kerzenlicht, an die Parfümdüfte nach Zitrus und Moschus gewöhnt hatte, und die schwüle Wärme des Zimmers schnürte ihm zunächst die Luft ab.

Dann wurde die Tür hinter ihm geschlossen, und er sah, dass vier Frauen um ihn herum waren, darunter auch Gabrielle. Mit ihren langen Haaren und den durchsichtigen Umhängen sahen sie reizend aus, auch wenn sie ihn mit kalten Augen betrachteten. Es bestand für ihn kein Zweifel, dass sie ihm nicht wohlgesinnt waren.

»Ihr Name, Bürger?«

Es war Gabrielle selbst, die diese Frage stellte. Sie war die schönste dieser Frauen, die geringelten Locken ihrer vollen braunen Haare rahmten ihr Gesicht ein, dessen Teint sie mit Reispuder aufgehellt hatte. Rote Lippensalbe glänzte auf dem Mund. Sie fuhr sich mit der Zungenspitze über die Lippen, während sie auf seine Antwort wartete.

»Mein Name ist Jacques.«

»Sind Sie derjenige, der Bürger Jacques genannt wird? Der Bürger Jacques?«

»Bürgerin, viele Männer in Paris haben diesen Namen.«

»Spielen Sie nicht mit mir, mein Freund.« Ihre Stimme klang seiden und kalt. Sie fuhr mit einer beringten Hand über den wertvollen Spazierstock. »Sie sind der gefeierte Bürger Jacques, nicht wahr?

Wir haben interessante Geschichten über Sie gehört. Von ausschweifenden Festen in Ihrer geheimen Villa. Wir wollen wissen, ob diese Geschichten wahr sind.«

»Oh, nein.« Jacques lächelte und bewegte sich langsam rückwärts zur Tür. »Ich fürchte, man hat Sie in die Irre geleitet, Mesdames.«

Seine Hand griff zur Tür, aber da rief Gabrielle: »Oh, nein, das tun Sie nicht!«

Plötzlich zog sie eine dünne, rasiermesserscharfe Klinge aus ihrem Spazierstock und hielt sie ihm an den Hals. »Ich muss Ihnen sagen, Bürger Jacques, dass die Tür verriegelt ist. Von nun an werden Sie genau das tun, was ich Ihnen sage. Wenn nicht – nun, wir glauben, dass es gewisse Mitglieder des neuen Nationalkonvents gibt, die an Ihnen und Ihren Aktivitäten sehr interessiert sind.«

Sie drückte die Klingenspitze noch ein wenig härter gegen seine empfindsame Haut und sah sich in der Runde um. »Also, Mädchen, was sollen wir mit ihm anstellen? Warum würfeln wir nicht um seine Kleidung?«

Jacques lachte leise. Er hielt kapitulierend beide Hände hoch. »Ich fürchte, Madame, Sie werden enttäuscht sein.«

»Oh, das glaube ich nicht«, erwiderte Gabrielle und lächelte zurück. Die blauen Augen glänzten gierig. »Werden Sie gehorchen, oder wollen Sie es sich schwer machen?«

»Werden Sie mir sagen, wo Nicole Chabrier ist?«, fragte Jacques zurück.

»Welche Anhänglichkeit. Was Sie Ihnen genommen hat, muss sehr kostbar sein. Wenn Sie sich an meine Befehle halten, werde ich darüber nachdenken.«

Jacques nickte und bewegte sich blitzschnell. Er stieß die Klinge mit einer Faust weg und stürzte zur Tür. Aber zwei Frauen warfen sich gegen seine Beine, die beiden anderen klammerten sich an seinen Körper. Selbst unter diesen Umständen wäre ihm die Flucht gelungen, aber er wollte nicht so hart zuschlagen, wie er es getan hätte, wären seine Gegner Männer gewesen. Deshalb überwältigten sie ihn, denn die Frauen hatten keine Skrupel, ihn zu verletzen, als sie ihn auf den Boden warfen.

Jemand kam mit einem Stück Seidenkordel. Zwei Frauen rissen seinen Mantel von den Schultern und zogen ihn aus, dann ruckten sie seine Arme auf den Rücken und banden die Handgelenke zusammen.

Er wehrte sich immer noch, aber Gabrielle schob ihren Spazierstock auf dem Rücken unter seine gefesselten Arme, wodurch Jacques fast bewegungsunfähig wurde. Ihm stand der Schweiß auf der Stirn.

In der Zwischenzeit waren andere Frauen damit beschäftigt, sein weißes Seidenhemd und die hautengen Breeches auszuziehen. Wieder trat er um sich, als sie versuchten, seinen Phallus zu entblößen, aber Gabrielle ruckte den Stock höher, bis er unter seinen Achseln klemmte. Jacques schloss vor Schmerzen die Augen.

»Ihr könnt mit ihm tun, was ihr wollt, Mädchen«, sagte Gabrielle grinsend. »Ich glaube, er hat endlich gelernt, vernünftig zu sein.«

»Oh, er ist eine Pracht«, juchzte Sophie, die jüngste Frau in der Runde. Sie umfasste seine schweren Hoden und sah fasziniert zu, wie der Penis hilflos zuckend zu neuem Leben erwachte. »Wie sollen wir es tun, Gabrielle? Abwechselnd?«

Gabrielle dachte nach. Sie hasste Männer. Ihr ganzes Leben lang war sie von ihnen ausgenutzt, missbraucht und gedemütigt worden. Jetzt war sie selbst wohlhabend und erfolgreich, und sie nahm jede Gelegenheit wahr, sich an den Männern zu rächen. Aber dieser Mann war anders. Er schien alles mit einer stoischen Ruhe zu akzeptieren, auch den Schmerz, und sie fragte sich, welche Leiden er schon durchlitten haben musste.

Er sah gut aus, unglaublich gut, er hätte mit seinen feinen Gesichtszügen und dem grausamen, sinnlichen Mund durchaus von Adel sein können. Sein muskulöser Körper zeigte aber eine Kondition, die bei Adligen eher ungewöhnlich war. Auch sonst strahlte er eine Sicherheit aus, an der offenbar alles abprallte.

Sie wollte am eigenen Leib erfahren, wie er wirklich war und ob die Geschichten, die man sich über ihn erzählte, der Wahrheit entsprachen.

Sie befeuchtete die Lippen. »Natürlich nehmen wir ihn uns abwechselnd vor. Und ich werde beginnen.«

Bedächtig hob sie die zarten Musselinröcke hoch und grätschte über ihn. Sie wollte seine verkrampften Gesichtszüge sehen, wenn er seine Beherrschung verlor. Sein unterer Körper wollte zur Seite wegrutschen, dann versuchte er, die Beine anzuziehen, um sie dann gegen Gabrielle zu stoßen. Sie befahl zwei Frauen, ihn auf Schulterhöhe zu flankieren, um den Spazierstock, der seine Arme zur Bewegungslosigkeit verdammte, kräftiger anzuziehen, falls er sich nicht beruhigte.

Nach einigen fruchtlosen, schmerzhaften Versuchen gab Jacques endlich auf.

Gabrielles Geschlecht war schon nass und geschwollen und bereit für die Herausforderung. Mit köstlicher Langsamkeit ließ sie sich auf seinen zuckenden Penis nieder. Sie nahm ihn in die Tiefen ihres Schoßes auf, während die anderen Frauen näher traten und mit feurigen Augen zusahen.

Er fühlte sich gut an, so gut. Heiß und hart und kräftig. Gabrielle zischte ihre Befriedigung aus und hob und senkte sich auf ihm. Sie sah, dass er die Augen geschlossen hielt, als wollte er seine eigene wachsende Erregung nicht wahrhaben wollen. Das Gefühl, ihn so tief in sich zu spüren, war unglaublich intensiv. Glatt und warm, voller Leben und Kraft. Sie spürte ihre eigenen Säfte fließen, die seinen mächtigen Schaft ölten.

Mit zitternden Fingern rieb sie über ihre pochende Klitoris, während sie immer schneller auf ihm ritt und kleine spitze Schreie ausstieß, als sie von einem Höhepunkt geschüttelt wurde, den sie so schnell gar nicht erwartet hatte.

Sein hartes, gespanntes Gesicht zeigte keine Regung, seine Augen blieben geschlossen. Ihre Zuckungen ebbten ab und gingen in eine wohlige Wärme über. Gabrielle beugte sich über ihn, dankbar für die Lustgefühle, die er ihr beschert hatte. Sie strich mit den Händen über seinen nackten, muskulösen Brustkorb. »Wenn Sie uns alle befriedigen, mein feiner Bürger Jacques«, raunte sie, »dann werde ich Ihnen sagen, wo Sie Ihre Nicole finden.«

Er schlug die Augen auf, und für einen Moment trafen sich ihre Blicke. »Eine Herausforderung?«

»Ja, eine Herausforderung«, gab sie zurück und lachte glucksend, als sie den amüsierten Ausdruck in seinen Augen sah. Ja, dieser Mann war anders. Gabrielle de Chaulnay bewunderte Mut, und Mut hatte dieser Mann. Mut würde er auch brauchen, wenn sie mit ihm fertig war.

Langsam hob sie sich von seinem warmen Körper. Lächelnd sah sie, wie sein Penis in der Luft zuckte. Er glänzte von ihren Säften und schien nach weiteren weiblichen Höhlen zu gieren, die er erforschen wollte. Gabrielle wandte sich um. »Er gehört euch, Mädchen. Nehmt ihn, wie es euch gefällt.«

Von da an sah sie nur noch wenig von ihm, denn meist wurde er von mehreren Frauen zugedeckt. Gabrielle sah mit verengten Augen zu, wie eine nach der anderen auf seinem gefesselten Körper befriedigt wurde, und immer noch zeigte er keine Anzeichen, seine Selbstdisziplin zu verlieren.

Er war gut. Die Geschichten über ihn stimmten. Beinahe bereute sie es, ihn derart gedemütigt zu haben, aber jetzt konnte sie nicht mehr zurück.

Erst als sie sich zu viert um ihn bemühten, als sie ihn streichelten, quälten und verwöhnten, seinen Penis rieben, massierten und saugten, brach es aus ihm heraus; sein Körper bäumte sich auf, und dann explodierte er in Sophies gierigem Mund.

Jacques stieß einen lang gezogenen, heiseren Schrei aus, und die Frauen stöhnten und ächzten, verdutzt und triumphierend zugleich.

Gabrielle sah, wie der Mann zurück auf den Boden sank und sich endlich besiegt fühlte. Sie empfand fast Mitleid mit ihm und löste seine Handfessel. Dabei rutschte das Hemd den Rücken hoch, und sie sah die narbigen Striemen. Die Frauen wichen erschrocken zurück.

»Oh, der Arme!«, rief Sophie, eine Hand vor den Mund gedrückt.

»Er ist im Kerker gewesen«, flüsterte eine andere Frau und fuhr mit den Fingerspitzen leicht über die Narben. »Er ist ausgepeitscht worden. Seht mal, man hat ihm auch eine Nummer eingebrannt.«

Plötzlich bemühten sie sich um ihn, als wollten sie etwas wiedergutmachen, was andere an ihm begangen hatten. Jede Frau wollte die andere an Wohltaten und Freundlichkeiten übertreffen. Sie verwöhnten ihn mit köstlichen Häppchen und gutem Wein.

Normalerweise, sagten sie ihm, verlangten sie einhundert *Livres* für einen solchen Abend, aber für ihn wäre es kostenlos. Und falls er wiederkommen wollte, wäre er herzlich willkommen. Jacques lächelte und sagte, er fühle sich geschmeichelt.

Als er sagte, er müsste jetzt gehen, teilte Gabrielle ihm mit, dass Nicole Chabrier in zwei Tagen an Paul Vichys Party teilnehmen würde. Er nahm diese Nachricht ohne sichtbare Regung hin.

Sie standen alle an der Tür und herzten und küssten ihn zum Abschied.

»Wunderbar war es«, raunte ihm eine der Frauen ins Ohr, und Sophie seufzte, als Jacques gegangen war: »Diese Nicole Chabrier muss eine glückliche Frau sein.«

»Da bin ich mir nicht so sicher«, meinte Gabrielle de Chaulnay nachdenklich. »Ich bin Männern wie Bürger Jacques schon begegnet. Wenn man nicht höllisch aufpasst, vernichten sie dich.«

Zehntes Kapitel

Leuchtende Fackeln brannten vor Paul Vichys moderner Villa in der *Rue Chantereine*. Die Kutschen drängten im Gewühl aneinander und kämpften um Platz. Nicole hatte Mühe, mit Anne-Marie Schritt zu halten, als sie sich durch die Menge zur Eingangstür drängten. Es fiel Nicole schwer zu verstehen, dass sich das Leben in Paris so kurz nach den Massakern in den Kerkern schon wieder normalisiert hatte.

Sie hatte mit Anne-Marie darüber gesprochen, doch die Freundin hatte nur die Schultern gehoben. »Die royalistischen Verräter haben es nicht anders verdient. Sie hätten der österreichischen Armee die Stadttore geöffnet, wenn man sie dafür freigelassen hätte, deshalb musste schnell gehandelt werden. Vergiss nicht, dass wir im Krieg leben. Du hättest Dantons Rede letzte Woche im Nationalkonvent hören sollen. Er sprach über den Überlebenskampf in Paris und beschwor das Volk, für den Sieg zu kämpfen. Er war großartig, und alle, selbst seine Gegner, haben applaudiert. Oh, wo habe ich meine Handschuhe? Ich denke, ich werde dieses gestreifte Kleid zur Party anziehen, was meinst du, *chérie*?«

Jetzt waren sie endlich da. Sie gingen die Treppe zum Portal hoch, vor dem zwei mit Perücken und albernen Uniformen ausgestattete Lakaien standen, die sie mit einer Verbeugung begrüßten und ihre Mäntel nahmen.

Anne-Marie hatte Nicole eines ihrer Kleider geliehen, im modischen Stil, aus cremefarbenem

Musselin mit breiter Schärpe und bauschigen Röcken. Nicole strich sie glatt und ertastete den Lederbeutel mit den Diamanten, die sie heimlich eingesteckt hatte.

Einer der Lakaien war von schwarzer Hautfarbe. Vielleicht ist er einer der befreiten Sklaven aus der französischen Kolonie St. Domingue, dachte Nicole. Es war in der Hauptstadt Mode geworden, seine Liberalität dadurch zu demonstrieren, einen Schwarzen in den Haushalt aufzunehmen. Nicole wich seinen starrenden Blicken aus und folgte Anne-Marie in die überfüllte Halle.

Anne-Marie hatte an dem Abend keine Vorstellung gehabt, deshalb hatten sie sich gemeinsam die Premiere einer langweiligen römischen Tragödie angesehen. Solche Stücke waren in diesen Tagen gern gesehen, weil sie den republikanischen Gedanken transportierten.

Nicole fragte sich, warum ihre fröhliche, lebenslustige Freundin sich so etwas Langweiliges ansah, aber offenbar musste man sich bei solchen Aufführungen sehen lassen.

»Es ist eine von Paul Vichys Produktionen«, hatte Anne-Marie ihr in der Pause zugeflüstert, weil sie Nicoles Verwunderung wohl bemerkt hatte. »Es wäre unhöflich, nicht hinzugehen, da wir doch anschließend zu seiner Party eingeladen sind.«

Die Party. In ihrem früheren Leben war Nicole jeden Abend zu der einen oder anderen Nach-Theater-Party gegangen, aber seitdem schien sich alles verändert zu haben, und sie fühlte sich nervös, wieder Teil der normalen Gesellschaft zu sein. »Wer wird alles da sein?«, fragte sie die Freundin.

Anne-Marie lachte. »Du wirst bestimmt überrascht

sein, meine Liebe. Einige der bedeutendsten Männer von Paris werden unter den Gästen sein, aber die meisten ziehen es vor, anonym zu bleiben. Du wirst sie ja bald sehen.«

»Und wieso sind wir eingeladen?«

»Auch das wirst du bald sehen. Die Unterhaltung, die Paul für den heutigen Abend geplant hat, wird etwas ganz Neues für dich sein.«

Nicole verstand kein Wort. »Wird Monsieur Vichy mir Arbeit anbieten?«

»Das, Nicole, liegt an deinem Probeauftritt heute Abend«, sagte Anne-Marie, führte das aber nicht weiter aus.

Probeauftritt. Nicole runzelte die Stirn, wenn sie an Anne-Maries viel sagenden Satz dachte. War das eine Art Vorsprechen, um in einem der neuen Stücke mitzuarbeiten, die Monsieur Vichy produzierte?

Nicole und Anne-Marie wurden in einen kleinen Raum geführt, weit weg von den anderen Gästen, und in dem Raum befanden sich bereits vier wunderschöne Frauen, die sich umgezogen hatten und aufgeregt kicherten.

Nicole erkannte die Kostüme der Frauen sofort, denn sie hatte sie in der römischen Tragödie gesehen. Es waren nicht die Kostüme der Hauptdarsteller, sondern die kurzen, knielangen Tuniken der Sklaven. Die vier Frauen begrüßten die Neuankömmlinge freundlich.

Anne-Marie kannte sie offenbar alle. Nicole wurde zwar auch herzlich begrüßt, aber sie fühlte sich scheu und allein.

»Was sollen wir darstellen?«, fragte sie. »Und was ist mit meinem Text?«

Die anderen kicherten, und Anne-Marie sagte schnell: »Du wirst es bald erfahren. Keine Sorge, du brauchst keinen Text zu lernen.«

»Du musst nur die beste Vorstellung deines Lebens abliefern«, sagte eine andere Frau, und die anderen lachten ausgelassen.

Nicole fühlte sich sehr unbehaglich. Sie spürte die seltsame, schwüle Atmosphäre, die sie an die ausschweifenden Feste bei Gerard erinnerte. Sie war sicher, dass sie eigentlich nicht dabei sein wollte.

Zögerlich griff sie nach einem Kostüm. Ihr wurde ganz heiß, als sie an die Diamanten in ihrer Kleidertasche dachte. In der hauchdünnen kurzen Tunika gab es keine Möglichkeit, den Schatz zu verstecken. Anne-Marie, die von Nicoles kostbarem Halsband nichts wusste, versicherte ihr, dass sie alles bedenkenlos zurücklassen konnte.

Weil ihre Gedanken bei den Diamanten waren, musste sie an Jacques denken. Ein schmerzhafter Stich durchzuckte sie, ein Schmerz, der nicht weichen wollte. Sie hasste ihn, denn selbst hier war sie nicht frei von ihm. Sie schlüpfte in Tunika und offene Riemchensandalen und schaute an sich hinab. Die Tunika bedeckte so gerade ihre Knie. Voller Scham gewahrte sie, dass sie nichts darunter trug, aber dann rief sie sich in Erinnerung, dass sie eine Schauspielerin war – alles ein Spiel, nichts war real.

Die Tür öffnete sich, und zwei breite, stämmige Männer in kurzen Tuniken, die ihre muskulösen Körper kaum bedeckten, traten ein. Der eine war blond und leicht gebräunt, der andere war schwarz wie die

Nacht, und Nicole sah, dass es die beiden Lakaien waren, die zur Begrüßung an der Tür gestanden hatten. Ohne Perücken und Uniformen hatte sie sie zunächst nicht erkannt. Sie hielten kurze Stricke in der Hand.

»Kommt schon, ihr Schlampen, setzt euch in Bewegung.«

Anne-Marie schüttelte sich. Die anderen Frauen kicherten. Nicole, völlig verunsichert, wandte sich an die Freundin. »Bist du sicher, hier geht es um ein Vorsprechen?«

Statt einer Antwort zerrte Anne-Marie sie zu den beiden stämmigen Männern, die allerdings zunächst damit beschäftigt waren, die Hand- und Fußgelenke der anderen Frauen zu fesseln.

»Sei nicht so langweilig, liebe Nicole! Du willst doch wieder als Schauspielerin arbeiten, oder? Nun, in den letzten Wochen hat sich die Theaterwelt verändert. Heute Abend wirst du Gelegenheit haben, sie alle zu beeindrucken. Oh, schau hin! Ist er nicht wunderbar?«

Eine der anderen Frauen hatte sich an den Schwarzen herangemacht und küsste ihn gierig. Er fuhr mit seiner kräftigen Hand über ihre Brüste, aber dann stieß er sie weg. »Beherrsche dich, Schlampe.«

Die junge Frau leckte sich die Lippen, während er ihre Handgelenke auf den Rücken fesselte, wobei sie versuchte, ihre Brüste an ihm zu reiben.

Nicole, die aufgeregt zusah, fühlte, wie ihr Blut sich erhitzte. In der spärlichen Tunika – ohne Wäsche – kam sie sich sehr verletzlich vor. Ihre Nippel verhärteten sich deutlich, und sie sah, wie der weiße Türsteher sie offenen Mundes anstarrte.

»Wir haben heute Abend also eine Neue«, stellte er fest. »Das kann ja interessant werden.«

Nicole versuchte, seine Hände abzuschütteln. Dies war kein Spiel, dies war Wirklichkeit. »Nimm deine Hände von mir«, zischte sie.

Die anderen Frauen sahen sie bewundernd an. »Sie wird sie in den Wahnsinn treiben«, flüsterte eine von ihnen. »Was für eine Schauspielerin.«

Erst allmählich dämmerte ihr, in welcher Falle sie steckte. Wenn sie sich gegen etwas sträubte, was die Männer von ihr verlangten, dann glaubten sie, das wäre Schauspielerei, und der Beifall würde noch größer sein.

Jetzt hatten die beiden Männer sie gepackt, und rasch war sie so gefesselt wie die anderen Frauen. Hintereinander wurden sie hinaus in einen Korridor geführt, dann einige Treppen hoch und in einen nur schwach beleuchteten Raum, der an einer Seite mit einem dicken Vorhang begrenzt wurde.

Im nächsten Moment schwang der Vorhang zurück, und Nicole sah, dass sie sich auf einer kleinen Bühne befanden. Das Publikum saß in völliger Dunkelheit, aber Nicole wusste, dass die Zuschauer dort saßen, denn sie konnte sie atmen und hüsteln und zischen und murmeln hören, als ihnen die halb nackten Frauen präsentiert wurden.

Nicole starrte blind in die Menge. Allmählich schälten sich die Gesichter in den einzelnen Reihe aus der Dunkelheit. Nur Männer saßen im Publikum. Hilflos wandte sie sich an Anne-Marie. »Was passiert jetzt?«

Die Freundin betrachtete sie mit einem Anflug von Ungeduld. »Nicole, meine Liebe, willst du mir sagen, dass du es immer noch nicht begriffen hast? Dieses trockene, langweilige römische Stück war nur der Auftakt. Das hier ist die Unterhaltung, für die unsere Gäste bezahlen.« Sie blickte mit eifernden Augen ins Publikum. »Da unten sitzen einige der einflussreichsten Männer von Paris, Nicole. Du befindest dich in deinem aufregendsten Stück, das kannst du mir glauben.«

»Ruhe, da drüben! Stellt euch auf, ihr Schlampen, und bleibt still stehen!« Die beiden Wärter zerrten grob an ihnen herum, und die Frauen senkten demütig den Kopf, doch Nicole entging nicht, wie sie auch immer wieder unter den gesenkten Lidern herausfordernde Blicke ins Publikum warfen.

Der blonde Wärter trat nach vorn, die Beine gespreizt, die Hände in die Hüften gestemmt, und sagte in das gespannte Schweigen hinein: »Jetzt, meine verehrten Bürger, können Sie sehen, was wir heute für Sie im Angebot haben. Welches Gebot höre ich für die erste Dirne?« Rasch packte er die rothaarige Frau und zog sie nach vorn.

»Was ist denn ihre Spezialität?«, rief jemand aus dem Publikum. »Wie sollen wir für etwas zahlen, was wir nicht sehen können?«

Der Wärter grinste. »Was wollen Sie sehen, Bürger? Bedenken Sie, Sie müssen für alles zahlen, was Sie sehen.«

»Fünfzig *Livres* für einen Kuss!«, rief jemand. Nicole blickte mit klopfendem Herzen verständnislos in die Zuschauermenge, in der es zunehmend unruhiger wurde.

Der Wärter wandte sich um und ging wieder zu der Rothaarigen. »Also gut, zeige uns, was du drauf hast, Schlampe«, sagte er leise. Die Hände der Frau waren noch auf dem Rücken festgebunden. Er packte sie an den langen Haaren und zwang sie vor ihm auf die Knie. Dann zog er seine kurze Tunika hoch, und durch das Publikum ging ein Raunen, denn darunter wurde ein praller schwarzer Lederbeutel sichtbar, der seine Genitalien verdeckte. Er rieb dicht vor dem Gesicht der Frau einige Male über die Schwellung, dann beugte die Rothaarige sich vor.

Ihre Augen leuchteten vor Erregung, während sie mit der Zunge über die kräftigen, behaarten Muskeln seiner Oberschenkel glitt. Als sie mit den Lippen am schwarzen Lederbeutel nibbelte, konnten die Zuschauer das Zucken und Pochen darunter sehen. Grunzend öffnete der Wärter die Schnüre und zog den Beutel ab. Der Penis lag schwer über dem Hodensack und richtete sich langsam auf. Die junge Frau lächelte und nahm das Glied in den Mund.

Es wurde wieder still im Raum, als die Rothaarige begann, den Kopf nach vorn und zurück zu bewegen. Mit der Zunge glitt sie neckend über die gespannte Eichel. Der blonde Wärter spreizte sich, stellte sich breitbeinig hin und knirschte mit den Zähnen, während er die köstlichen Attacken der Frau hinnahm. Die Rothaarige blickte lächelnd zu ihm auf und zog die Lippen zurück, damit die Zuschauer den harten, pulsierenden Schaft sehen konnten, dessen pflaumenartige Spitze blindlings zuckte. Aus dem Publikum drang erregtes Raunen und Stöhnen bis zur Bühne, und die Unruhe verstärkte sich noch, als die Frau erneut den Mund öffnete und das glühende Instrument tief in sich aufnahm. Der Wärter schloss die Augen und schüttelte sich vor kaum zu ertragender Lust.

Nicole schluckte hart und spürte, wie ihre eigene Erregung angesichts des Spektakels wuchs. Würde sie so etwas auch tun müssen? Vor all diesen Menschen? Der Gedanke war ihr widerwärtig, und doch spürte sie, wie ihre geheime Stelle anschwoll und nass wurde. Sie konnte den Blick nicht von der prallen Eichel wenden, nicht vom dicken Stamm des blonden Mannes, der sich so lustvoll präsentierte, während die Frau genüsslich saugte.

Nicole schüttelte sich und fuhr mit der Zunge über ihre Lippen, wobei sie sich vorstellte, dass sie den Schaft im Mund hatte. Sie trat von einem Fuß auf den anderen. Zwischen den Schenkeln brannte es. In ihren Gedanken drängte ihr der blonde Wärter seine Männlichkeit auf.

Auf einen harschen Befehl des Wärters hin bewegte die Rothaarige den Kopf schneller auf dem harten Penis hin und her. Der Wärter warf den Kopf in den Nacken und schloss die Augen, während er den Schaft tiefer in sie hinein ruckte, mitten in das Gesicht der Frau. Sie leckte eifrig seinen Saft auf, der in ihre bereitwillige Kehle schoss.

Es entstand eine kurze, fast unheimliche Stille im Saal, die erst durch das halbherzige Klatschen einiger Zuschauer durchbrochen wurde.

Was geschah wohl als Nächstes?, dachte Nicole.

Es dauerte nicht lange, bis sie das herausfand. »Fünfzig *Livres*, wenn der Schwarze eine dieser Schlampen besteigt! Am liebsten diesen Unschuldsengel mit den lohfarbenen Haaren!«, rief eine lüsterne Stimme.

Der Schwarze starrte in unverhohlener Geilheit auf Nicoles Formen. Nicole schüttelte sich unwillkürlich, als sie die Lust in seinen Augen sah und die Schwellung in seiner Hose. Aber noch bevor sie Gelegenheit hatte, gegen die Forderung des Zuschauers zu protestieren, trat Anne-Marie vor.

Ihre grünen Augen glänzten vor Vorfreude. »Ich, oh, bitte – ich«, flüsterte sie.

Der Schwarze nickte kühl und schlenderte hinüber zu ihr. Er öffnete den Strick, ließ aber ihre Hände gefesselt, und führte Anne-Marie zur Bühnenmitte. Sie musste sich auf den Boden kauern und sich auf Knie und Ellenbogen niederlassen. Die seidigen schwarzen Haare lagen wie ein Vorhang vor ihrem Gesicht.

Der Mann zog grob an der Tunika, bis Anne-Maries weißes Gesäß entblößt war. Dann starrte er sie schweigend an.

Nicole keuchte ob der Erniedrigung ihrer Freundin, aber zugleich spürte sie auch ihr eigenes sexuelles Verlangen, das sich durch ein zuckendes Zusammenziehen ihrer inneren Muskeln bemerkbar machte. Die Innenseiten ihrer Schenkel waren klamm und klebrig von ihrer eigenen schamlosen Gier. Aber nicht so, bitte! Nicht vor all diesen geilen Kerlen!

Dann stockte ihr der Atem, denn der schwarze Mann hatte langsam seine Tunika nach oben geschoben und den Lederbeutel entfernt, der seine geschwollenen Genitalien so notdürftig bedeckt hatte. Der dunkle pulsierende Schaft ragte starr und stolz aus den schlanken Lenden.

Er fuhr mit den Fingern an seinem seidigen Penis entlang, und einige der Frauen stöhnten verhalten auf, neidisch auf die am Boden kauernde Anne-Marie, die sehr bald in den Genuss dieses feinen Instruments gelangen würde. Anne-Marie spürte instinktiv die Erregung der anderen Frauen und drehte neugierig den Kopf. Sie stieß einen kleinen spitzen Schrei der Erregung aus.

Der Wärter rieb seine Hand noch einige Male über den massiven Schaft und präsentierte ihn stolz dem staunenden Publikum. Dann ging er hinter Anne-Marie auf die Knie. Er erkundete mit der Spitze die Kerbe zwischen den Backen, ehe er mit der Hand in ihre nassen Falten fuhr. Er stellte fest, dass sie keines Vorspiels mehr bedurfte, setzte den Schaft an und stieß mit einem zügigen Streich in sie hinein. Sein dunkles Gesicht verzog sich ekstatisch.

Anne-Marie ließ ein hohes Schluchzen hören, als sie den heißen Stab in ihrem Inneren spürte. Sie befand sich schon am Rand des Höhepunkts, seit sie seine erste Berührung gespürt hatte, jetzt klammerten sich ihre Muskeln um den Fleischesschaft, der sie ausfüllte und weitete. Der schwarze Mann beugte sich weit über sie. Seine Lenden pumpten in schöner Gleichmäßigkeit, während er die Tunika von ihren Schultern zog, damit er die sanften Brüste streicheln konnte. Als er ihre Nippel zwickte, brach Anne-Maries Orgasmus aus; sie schrie auf und schüttelte sich unter ihm, und während er weiter in sie hineinstieß, gingen ihre Schreie in ein leises, gesättigtes Wimmern über.

Das Publikum klatschte begeistert, und Nicole schloss die Augen, geschwächt von ihrem starken Verlangen. Einerseits lechzte sie danach, die nächste Frau zu sein, die ausgewählt wurde, andererseits bebte sie vor Scham. Wenn sie wirklich jetzt an die Reihe kam, würde sie nicht lange Widerstand leisten können, das wusste sie, denn dafür war die Gier in ihr zu groß, diesen prallen dunklen Schaft zu spüren, wie er tief in ihr pulsierendes Geschlecht stieß.

In diesem Moment rief ein kleiner Mann in der ersten Reihe – er hatte schmierig schwarze Haare und einen Schmiss auf der Wange – mit durchdringender Stimme: »Was ist mit dieser lohfarbenen Hexe? Sie hält sich den ganzen Abend schon zurück. Ich zahle fünf *Livres,* wenn ich sehen kann, was sie versteckt hält!«

»Nein!«

Nicoles Aufschrei war nutzlos. Sie konnte sich mit ihren gefesselten Händen gar nicht sträuben, als der kräftige Schwarze sie aus der Reihe der anderen Frauen wegzog und zu dem blonden Wärter führte, der ihr mit einem verächtlichen Grinsen die Tunika vom Körper riss.

Die Schande, vor den lüsternen Augen der Zuschauer nackt zu stehen, wusch wie eine Schockwelle über sie. Verzweifelt presste Nicole die Augen zu, aber damit hatte sie das Raunen und Zischen der Männer noch nicht ausgeschaltet. Sie konnte die gierigen Blicke auf ihrer nackten Haut spüren, auf den hoch angesetzten vollen Brüsten und auf ihrer gut sichtbaren Scham.

Ungeduldig zerrte der Schwarze sie nach vorn, bis sie dicht am Bühnenrand stand. Sie stolperte und wäre beinahe hinuntergestürzt. Ihre Haare fielen lose über die Schultern, aber sie waren nicht lang genug, um die Brüste zu bedecken, deren rosige Spitzen sich verräterisch aufgerichtet hatten und ihre heimliche Erregung verkündeten.

»Bleib still stehen, Schlampe!« Der Blonde legte eine Hand unter ihr Kinn und hob den Kopf an, während der Schwarze ihre Beine gewaltsam spreizte, damit man ihr Geschlecht besser sehen konnte. Die Labien, feucht und geschwollen vor Lust, lugten aus dem Dreieck der blonden Härchen hervor.

Aus der Menge waren ächzende und stöhnende Laute zu hören, und den Wärtern wurde klar, dass diese Novizin der Erfolg des Abends werden konnte. Der Blonde übertönte den Lärm im Publikum mit seiner sonoren Stimme.

»Fünfhundert *Livres* für Bürgerin Nicole! Fünfhundert *Livres,* und sie gehört Ihnen für den Rest der Nacht, Bürger!«

Nicole erschauerte. Sie konnte es nicht glauben. Sie waren dabei, sie zu verkaufen! Sie zerrte an ihrem Strick. Der Blonde zog sie näher an sich heran und zischte in ihr Ohr: »Verdammt, du Hexe! Was, zum Teufel, hast du hier zu suchen, wenn du nicht mitmachen willst?«

»Ich habe nichts davon gewusst«, schluchzte Nicole. »Ich hatte keine Ahnung, dass es um so etwas geht.«

»Willst du damit sagen, dass du noch nichts von Bürger Vichys speziellen Nach-Theater-Abenden gehört hast?«, fragte er knurrig. »Du bist entweder eine einfältige Unschuld oder eine wunderbare Schauspielerin. Was auch immer – jetzt ist es zu spät.« Er wandte sich wieder dem Publikum zu. Nicole sah die Gier in den leuchtenden Augen der Männer. Ihr wurde fast übel. »Höre ich ein höheres Gebot?«, rief der Wärter. »Wer bietet mehr als fünfhundert *Livres*?«

»Sechshundert«, rief jemand.

»Siebenhundert!«

Der Wärter grinste. »Das könnte ein interessanter

Abend werden.« Er zupfte an Nicoles Nippeln und zog sie lang. Sie schloss die Augen. »Siebenhundert *Livres*? Ist das alles, was Sie bieten möchten, Bürger, wo Sie doch diese seltene Schönheit in ihrer ganzen Nacktheit vor sich sehen? Sehen Sie die köstlichen Brüste, den flachen Bauch und die schlanken Schenkel.«

Ohne Vorwarnung griff er mit seiner breiten Hand an ihren erhitzten Schoß. Nicole stöhnte laut auf. Ein dicker Finger drang forschend in sie ein. Nicole wusste, dass ihre Vulva nass und geschwollen war, denn die liederlichen Szenen, die sie beobachtet hatte, waren ihr unter die Haut gegangen. Der Zeigefinger des blonden Wärters spornte sie weiter an und erkundete die Tiefe ihrer Höhle.

»Eintausend *Livres*!«

Der kleine untersetzte Mann mit den schmierigen schwarzen Haaren und dem Schmiss auf der Wange gab dieses Gebot ab. Er lehnte sich in seinem Stuhl weit vor, und sein Gesicht troff vor Gier und Grausamkeit. Er hatte die dunkle Haut eines Südfranzosen, vielleicht aus der Provinz, aus der auch Jacques stammte, dachte Nicole, aber sonst gab es nichts Gemeinsames bei diesen Männern.

»Eintausend *Livres*? *Morbleu*!«, rief jemand. »Sie müssen eine fette Brieftasche haben, Bürger Saltier. Das kann ich mir nicht leisten, selbst dann nicht, wenn es um eine so reife kleine Schönheit geht.«

Der Wärter begann, die Fessel von ihren Händen zu lösen. Der Mann mit der Narbe erhob sich und ging mit schwankenden Schritten in Richtung Bühne, um seinen Preis in Empfang zu nehmen. Nicole wandte sich zur Seite, unverhohlenes Entsetzen im Gesicht.

Nein, das konnte ihr doch nicht zustoßen! Aber der Mann kam immer näher, die Augen klein und brutal. Dies war kein Spiel mehr, jetzt war es bitterer Ernst.

Tausend *Livres* hatte er für sie geboten, das war mehr, als ein normaler Handwerker in einem ganzen Jahr verdiente. Sie schüttelte sich angewidert, als der Mann sich näherte und die Hand schon nach ihr ausstreckte.

Plötzlich meldete sich aus dem hinteren Teil des Saals eine klare, tiefe Stimme, die wie ein Messer durch das Schweigen schnitt. »Zwölfhundert *Livres*!«

Der Mann mit der Narbe im Gesicht zog die Augen zusammen und starrte ins Dunkel. »Verdammt, die Versteigerung ist beendet! Sie gehört mir!«

Aber der blonde Wärter schob Saltier von Nicole zurück. »Es sieht so aus, Bürger Saltier, dass höhere Gebote noch entgegengenommen werden.«

Saltier, das Gesicht vor Wut verzerrt, brachte knirschend heraus: »Dreizehnhundert.«

»Fünfzehnhundert.« Wieder die anonyme Stimme.

Saltier fuhr herum und starrte wieder in die Dunkelheit. »Verdammt seien Sie, wer immer Sie sind!«, fluchte er vor verbitterter Enttäuschung. »Kein Weib ist so viel Geld wert! Ich wünsche, Sie verbrennen sich die Finger an ihr, Bürger! Damit verdrückte er sich wütend in die Schatten.

Nicoles Herz hämmerte vor Scham und Schmerz, als ihr bewusst wurde, dass sie wie eine Sklavin verkauft worden war. Ihre Beine schwankten so sehr, dass sie hilflos zitternd zu Boden gefallen wäre, wenn der Wärter sie nicht festgehalten hätte. Er reichte ihr eine neue Tunika, um ihren nackten Körper wieder zu bedecken.

Anne-Marie trat zu ihr und flüsterte: »Gut gemacht, Nicole. Du hast einen reichen Gönner gefunden!«

Nicole wich voller Enttäuschung vor der vermeintlichen Freundin zurück. Anne-Marie, der sie vertraut hatte, war mit ihrem Gerede von Partys und Vorsprechen Schuld daran, dass sie in diese Falle getappt war. Aber vielleicht war es auch ihre eigene Schuld, weil sie so dumm und naiv gewesen war.

Der blonde Wärter half ihr beim Anziehen der frischen Tunika und sagte bewundernd: »Fünfzehnhundert *Livres* – großartig. Bürger Vichy wird dich bestimmt wieder zu seinen Partys einladen, glaube ich.«

Wütende Rebellion kam in ihr hoch. Für wen hielten sich diese widerlichen Kerle, die sie als seelenloses sexuelles Spielzeug behandelten? Sie warf den Kopf herum, um die Haare aus dem Gesicht zu wischen, und zischte laut: »Nein, das wird er nicht!«

Mit einem kräftigen Stoß warf sie den überrumpelten Wärter aus dem Weg. Er fluchte hinter ihr her, während Nicole den direkten Weg zur Tür suchte, ehe der unbekannte Narr, der fünfzehnhundert *Livres* für sie geboten hatte, sie schnappen konnte. Niemand, dachte sie, kann Nicole Chabrier kaufen!

Sie hatte fast die Tür erreicht, aber plötzlich wurde sie von hinten gepackt. Sie schlug mit beiden Armen wild um sich. »Lassen Sie mich los!«

Der Angreifer wirbelte sie herum und hielt sie schmerzvoll an den Oberarmen fest. Dabei schaute Nicole in das vertraute Gesicht von Bürger Jacques.

Nicole mochte es kaum glauben. Sie schüttelte den Kopf. »Verdammt, Jacques, lass mich los! Ich will raus aus dieser Hölle!«

Seine Finger sanken noch tiefer in die Haut ihrer Arme, und sie spürte, wie ihre Beine nachgaben. Ihr Herz schlug bis zum Hals durch seine unerwartete Nähe. Sein Gesicht war dicht vor ihrem. »Ich soll dich loslassen? Obwohl ich gerade fünfzehnhundert *Livres* für dich bezahlt habe? Nun komm schon, kleine Nicolette, ist das fair?«

Sie befeuchtete ihre trockenen Lippen. Die braunen Augen wurden kugelrund. »Du hast dieses Geld geboten?«

Er nickte. »Ja, das war ich. Natürlich bin ich ein Narr. Kommt, wir müssen nach Hause.« Er schob sie durch die Tür in einen trübe beleuchteten Korridor.

Nach Hause. In die große Residenz in St. Germain. Sie wusste, es war dumm und unlogisch, aber die Erleichterung strömte wie eine wärmende Welle durch sie. Aber das würde sie ihn nie wissen lassen.

Als sie den Saal verlassen hatten, blieb Nicole stehen und starrte Jacques zornig an. »Hast du es jetzt schon nötig, für deine Frauen zu bezahlen, Bürger Jacques? Ich gehe nicht mit dir. Niemals!«

Er lachte kalt und hielt sie am Arm gepackt. »Würdest du lieber hier bleiben und diese Schmach jeden Abend erleben, Nicole?«

»Anne-Marie sagt, dass die Partys von Bürger Vichy vom halben Nationalkonvent besucht werden. Sie sagt, sie hat viele einflussreiche Freunde und Gönner hier getroffen.«

Um Jacques' dünnen Mund zuckte es. Er blickte zurück zum Saal, in dem laut gejohlt wurde; wahrscheinlich fand gerade ein neues Spektakel statt. »Kann sein, dass sie Recht hat. Diese einflussreichen Leute sind wohl tatsächlich da drinnen. Trunkenbolde und Sittenstrolche, die geeigneten Führer des Pariser Pöbels.«

»Wie kannst du dir herausnehmen, sie zu kritisieren?«, fuhr Nicole ihn an. »Du redest wie ein hochgeborener Aristokrat, nicht wie ein Emporkömmling, der seine Karriere als Sträfling begonnen hat.«

Jacques' Gesicht verzerrte sich vor blanker Wut, und Nicole zuckte unter seinem Blick zusammen. Wie konnte sie nur so gedankenlos sein? Wenn Jacques jetzt ging, war sie verloren. »Ich glaube, es gibt schlimmere Dinge, als in dieser Stadt ein Aristokrat zu sein. Komm, wir müssen hier raus.«

Er griff sie wieder am Arm und führte sie durch den langen Korridor. Diesmal sträubte sie sich nicht.

»Wie hast du mich gefunden?«, fragte sie leise.

Er sah sie ausdruckslos an. »Mir fiel ein, dass du als Schauspielerin gearbeitet hast. Deshalb habe ich mich im Umkreis der Pariser Theater umgehört.«

Sie hatte Mühe, mit ihm Schritt zu halten. »Ich möchte gern wissen, warum du mich überhaupt gesucht hast.«

»Ich wollte meine geschickte Komplizin zurückhaben. Erinnerst du dich an unsere Abmachung? Außerdem habe ich dich gesucht, weil mir aufgefallen ist, dass es nicht zu deinen Stärken gehört, auf dich selbst aufzupassen. Hier, nimm meinen Mantel. Es regnet.«

»Ich kann sehr wohl auf mich selbst aufpassen!«

Er sah sie nur an, als er vor ihr stand und ihr den Mantel über die nackten Schultern legte. Vor stummer Dankbarkeit bekam sie feuchte Augen.

Sie standen endlich draußen. Die Straße, die bei

Nicoles Ankunft mit Kutschen und Menschen überfüllt gewesen war, lag jetzt ausgestorben und dunkel da. Es fiel ein feiner Nieselregen. Jacques zog den Kopf zwischen die Schultern und ging die Straße mit weit ausholenden Schritten hinunter. Nicole schaffte es kaum, auf einer Höhe mit ihm zu bleiben. Sie rannte in seinem warmen, schweren Mantel hinter ihm her und dachte über seine Behauptung nach, dass sie nicht selbst auf sich aufpassen könne, als sie hinter sich einen heiseren Schrei hörte.

»He, nicht so schnell, meine Freunde! Ich glaube, diese Hure gehört mir!«

Nicole sah sich gehetzt um und erkannte Narbengesicht Saltier, der dicht hinter ihr aus den Schatten getreten war. In seiner Hand glänzte der Stahl einer Klinge.

Jacques packte Nicole und schob sie grob hinter sich. Sie stolperte mit der Schulter gegen eine Hausmauer und schürfte sich die Haut auf. Sie ließ sich an der Mauer hinabrutschen und schluchzte vor Angst.

Saltier lachte gehässig, umkreiste Jacques und ließ sein Messer von einer Hand in die andere fliegen. Er hatte die Knie gebeugt wie eine sprungbereite Katze. Jacques bewegte sich kaum, aber Nicole konnte sehen, dass seine Muskeln unter dem weißen Hemd angespannt waren wie eine Feder. Er sagte leise: »Sie scheinen die Regeln nicht zu begreifen, mein Freund. Ich habe für sie bezahlt, nicht Sie.«

Saltier knurrte wütend und zeigte seine schiefen gelben Zähne. »Dreckiger *aristo*! Kann sein Geld aus dem Fenster werfen! Für euch hat sich nichts geändert, was?« Im selben Moment setzte er zum Angriff an und stieß die Hand mit dem Messer schnell wie ein Pfeil in Richtung von Jacques' Herz. Nicole stieß einen entsetzten Schrei aus.

Aber Jacques war schneller, irgendwie gelang es ihm, dem Stoß auszuweichen, und weniger als eine Sekunde später flog das Messer durch die Luft. Mit der rechten Faust setzte Jacques nach und erwischte Saltier am stoppeligen Kinn. Er stürzte in die gefüllte Regenrinne.

Nicole lief zu Jacques, ihr Gesicht bleich vor Angst. »Schnell, wir müssen hier weg!«

Saltier rappelte sich fluchend und prustend aus der Gosse auf und wischte sich das Blut aus dem Mundwinkel. Seine Augen glänzten schwarz, als er Jacques giftig anstarrte. »He«, stieß er plötzlich hervor, und dabei verengten sich seine kleinen Augen, »he, *aristo*, ich kenne dich von irgendwoher.«

Nicole hörte dann nichts mehr, denn Jacques hatte sie auf die Arme genommen und trug sie die Straße hinunter, weg von Bürger Vichys Villa und seinen berüchtigten Partys.

Saltier torkelte unsicher auf den Eingang zu und fluchte lauthals. Einer seiner Freunde wartete dort auf ihn, ein Bündel Frauenkleider über dem Arm. »Hier«, sagte er, »die Kleine hat ihre feinen Kleider dagelassen. Du kannst sie mitnehmen, denn sie kommt bestimmt nicht zurück, um sie abzuholen. Für Kleid und Mantel kriegst du bestimmt ein paar *Livres*.«

Saltier grunzte und griff nach dem Bündel, ohne genau hinzusehen. »Er kommt mir bekannt vor«, murmelte er. »Ich kenne ihn, und wenn ich ihn aufgespürt habe, wird der Bastard bereuen, sich mit mir angelegt zu haben.«

Seine kurzen, dicken Finger tasteten den Musselinstoff ab, und dabei fühlte er etwas Hartes in der tiefen Tasche. Er wartete, bis der Freund zurück ins Haus gegangen war, dann schob er eine Hand in die Tasche und zog einen kleinen Lederbeutel heraus. Er sah hinein und starrte auf den sensationellen Fund: Ein Halsband mit Diamanten.

Nicole zitterte unkontrolliert in Jacques' starken Armen. Sie hatte die Arme um seinen Hals geschlungen. Ihre Wange rieb sich an seinem Seidenhemd. So warm, so kräftig. Sie schloss die Augen. Der hilflose Schmerz ihres Verlangens nach ihm jagte durch ihre zitternden Glieder.

In einer dunklen Straße wartete eine Kutsche auf ihn. Jacques hob Nicole auf den Sitz, dann stieg er ein und setzte sich neben sie. Er nannte dem Kutscher das Fahrtziel, dann legte Jacques einen Arm um Nicoles Schultern, während die Kutsche über die Straße rumpelte.

»Nicole, was hast du denn?«

»Dieser Mann«, flüsterte sie. »Er war so schrecklich. Und er schien dich zu kennen.«

Jacques' regennasses Gesicht spannte sich. »Unsinn«, sagte er. »Woher soll er mich kennen?«

Nicole wandte sich ihm zu und blickte in sein Gesicht, aber dann kuschelte sie sich wieder an ihn; es war einfach zu verführerisch. »Und das Geld, Jacques! Fünfzehnhundert *Livres*! Du hast es nicht wirklich bezahlen müssen?«

»Doch, natürlich! Sonst wärst du jetzt nicht hier, *chérie*.«

Fünfzehnhundert *Livres*! Das war ein Vermögen. Nicole schaute aus dem Fenster auf die dunkel glänzende Straße. Die eisernen Wagenräder ratterten über das Pflaster. Hilflos sagte sie: »Du könntest morgen hingehen und das Geld zurückfordern.«

Er fasste sie an den Schultern an und drehte sie herum, dass sie ihn ansehen musste. Sie blickte in seine dunklen Augen.

»Ich werde das Geld nicht zurückfordern, *chérie*«, sagte er weich. »Ich habe vor, mir das zu nehmen, wofür ich gezahlt habe. Ich will den Gegenwert für jeden einzelnen *Sou*.«

Er legte die Hände in ihren Nacken und kraulte ihre zerzausten Haare, ehe er ihr Gesicht heranzog und sie küsste.

Nicole taumelte von der Intensität seines Kusses. Es hätte sie nicht überrascht, wenn sie ohnmächtig geworden wäre. Es war ein süßer, betörender Kuss, bei dem seine Zunge ihren Mund erforschte. Der Mantel rutschte von ihren Schultern, darunter trug sie nur die knappe Tunika. Sie schlang die nackten Arme um seinen Nacken und spürte, wie sich das Blut in ihren Adern erhitzte.

Mitten im Kuss hob er sie an und setzte sie rittlings auf seine Schenkel. Immer noch ließ sein Mund nicht von ihrem ab, während eine Hand an ihrer Tunika fummelte. Nicole bemerkte kaum, wie ihr einziges Kleidungsstück von den Schultern glitt, sie gewahrte das erst, als Jacques sich hinunte beugte und abwechselnd ihre Nippel in den Mund nahm.

Es war, als hätte er ein Feuer in ihr entflammt. Nicole warf den Kopf in den Nacken, als sein Mund die empfindlichen Brustwarzen saugte. Unter der

Tunika war sie nackt. Als er sie auf seinen Schoß gehoben hatte, waren ihre Beine gespreizt. Durch das Rumpeln der Kutsche rieb sich ihr glühendes Geschlecht an ihm.

Jacques packte ihre Backen mit beiden kühlen Händen, um sie noch mehr an sich zu schmiegen. Ihre Labien wetzten gegen den festen Stoff seiner Breeches. Sie keuchte laut auf, als sie den aufrecht stehenden Schaft seines Penis fühlte, der in seiner Hose zuckte.

Instinktiv ruckte sie die Hüften vor und zurück, während Jacques immer noch ihre Brüste saugte. Oh, auf diese Weise würde sie in wenigen Atemzügen zum Orgasmus kommen. Sie brauchte nur einen Finger auf die strotzende Klitoris zu legen und sich weiter an seinem steifen Schaft zu reiben.

Er hob den Kopf und löste den Mund von ihren Nippeln. Nicole stöhnte vor Enttäuschung. Die steifen Brustwarzen waren plötzlich der Kälte im Innern der Kutsche ausgesetzt. Unwillkürlich drückte sie ihm ihre Brüste entgegen.

»Langsam, meine Nicolette«, flüsterte er in ihr Ohr und nagte am weichen Ohrläppchen. »Geduld, meine kleine Wildkatze.«

Aber auch er war für sie entflammt, bemerkte sie. Sie rutschte weiter auf seinen harten Schenkeln hin und her, dann beugte sie sich hinab und machte sich an seiner Hose zu schaffen. Sie juchzte begeistert auf, als es ihr endlich gelang, den Verschluss zu öffnen und den erigierten, federnden Phallus aus dem Gefängnis zu befreien.

Stark und stolz erhob er sich aus dem Nest dunkler Haare. Die purpurne Eichel glänzte hungrig. Nicole spürte, wie ihre inneren Muskeln vibrierten. Sie wollte diesen harten Stab in sich haben, wollte den ziehenden Schmerz in ihrem Schoß lindern.

Sie beugte sich vor und küsste seinen schönen Mund. Mit der kleinen Zunge stieß sie in die warme Höhle und genoss seinen maskulinen Geschmack. Ihre Hände streichelten begierig über das Seidenhemd; sie öffnete die Knöpfe und stöhnte, als ihre Finger über seine harten Brustwarzen glitten. Sie zwickte sie, zog an ihnen und hörte voller Genugtuung, wie auch Jacques zu stöhnen begann.

Sein harter Penis drängte sich ungeduldig gegen ihren Bauch. Sie wand sich hin und her und fühlte den fleischigen Schaft, wie er zwischen ihren saftigen Labien rieb. Ihre Klitoris pochte, denn bei jeder Bewegung rieb die ganze harte Länge gegen ihre Lustknospe. Oh, Himmel, sie war ganz nah, ganz nah.

Sie spreizte die Schenkel noch weiter und drückte die Knie auf den Sitz. Langsam, mit köstlicher Anspannung, ließ sie sich auf seinen heißen, pulsierenden Phallus hinab. Als die samtene Spitze zwischen ihre glitschigen Labien glitt, schrie sie vor Entzücken auf, sie schlang die Arme um seinen Nacken und rieb ihre vollen Brüste gegen seinen harten Brustkorb.

Das Gefühl seines kräftigen Schafts, der bis in ihr Innerstes vordrang, der ihr lüsternes Fleisch ausfüllte, war so exquisit, dass sie seinen Namen laut rief. Die Emotionen wirbelten in ihrem Körper.

Sein Mund badete ihre Brüste mit seinem Speichel, Zunge und Zähne neckten und nagten. Der geschwollene Penis trieb tief in sie hinein. Seine Hände hielten ihre Backen und hoben sie bei jedem Stoß leicht an, dann beschleunigte er seine Stöße und hörte ihre leidenschaftlichen Schreie.

Dann glitt Jacques mit einer Hand zwischen ihre Körper, hinunter in das weiche, feuchte Schamhaar, und noch etwas tiefer in die heißen, saftigen Falten. Er fand ihre zuckende Klitoris und strich sanft darüber.

Mit einem Laut, der halb Schluchzer, halb Schrei war, versenkte Nicole ihre Finger in seine Schultern, während sie sich auf ihm immer heftiger, immer schneller bewegte. Sie pfählte sich mit glühender Intensität auf dem heißen Fleischspieß und klammerte sich voller verzweifelter Lust an ihn, als Welle auf Welle der wunderbarsten Gefühle sie überfluteten.

Das Pulsieren wollte gar nicht mehr aufhören, denn Jacques stieß weiter zu, oh, es war köstlich. Dann pumpte er in sie hinein, heiß, spritzig und labend wie ein Schauer nach einer langen Dürre. Sie drückte Küsse auf sein Gesicht, außer sich vor Glückseligkeit.

Er streichelte ihre Haare und hielt sie eng umschlungen. Er hatte die Augen geschlossen, und sein Penis pochte noch in ihr, ein gesättigtes, sanftes Zucken, während das letzte Beben abebbte. Nicole barg ihr erhitztes Gesicht an seiner Schulter, erfüllt von ihrer unendlichen Liebe. Jacques hatte die Straßen von Paris durchkämmt, um sie wiederzufinden.

Wie durch einen trüben Schleier huschten draußen die dunklen, unfreundlichen Straßen vorbei. Nicole nahm Jacques' Hand und küsste die langen Finger einzeln. An der linken Hand trug er einen feinen goldenen Siegelring, den sie vorher schon bei ihm gesehen hatte; im schwachen Schein der Straßenlaternen sah sie, dass eine kleine Rose mit fünf Blütenblättern eingraviert war, genau wie bei dem Emblem über der Tür der Residenz. Das Wappen der geheimnisvolle Familie St. Maury.

Kein Zweifel, er hatte den Ring an sich genommen, dachte sie lächelnd. Wie er sich auch andere Dinge angeeignet hatte … zum Beispiel das diamantene Halsband …

Sie drückte eine Hand gegen ihren Mund und keuchte entsetzt. »Oh, nein!«, rief sie. »Das Halsband! Jacques, dein Halsband! Ich habe es verloren.«

Er lächelte resigniert. »Ich nehme an, *chérie*, du hast es verkaufen müssen, um am Leben zu bleiben.«

»Nein! Ich habe es nicht verkauft. Das hätte ich nie getan! Ich habe es im Haus zurückgelassen.«

Es entstand ein kurzes Schweigen, dann fragte er: »In Paul Vichys Haus?«

»Ja! Ich hatte es in meinem Kleid mitgenommen, weil es mir zu kostbar war, es in Anne-Maries Wohnung zu lassen.« Sie sah ihm ins Gesicht. »Aber vielleicht ist es ja doch keine Katastrophe, denn es gehörte dir ja nicht.«

Er seufzte und strich wieder über ihre Haare. »Meine Nicolette, du ruinierst mich noch, weißt du das?«

Sie fühlte sich enorm erleichtert, dass er nicht wirklich böse auf sie war, denn sein Ton hörte sich eher amüsiert an. Aber sie sah auch, dass sich seine Augen für einen kurzen Moment zusammenzogen und verdunkelten, was im Gegensatz zu seinen lässigen Worten stand. Ängstlich beobachtete sie ihn weiter, aber dann küsste er sie wieder, und sie verdrängte ihre alberne Angst und ließ sich glücklich und zufrieden in seine Arme fallen.

Elftes Kapitel

Nicole lag dösend in der goldenen Oktobersonne. Die Luft um sie herum war vom Duft der Rosen des Laubengangs geschwängert. Wie eine zufrieden schnurrende Katze lag sie auf einem Bett aus weichen Kissen. Es war früher Nachmittag, und das einzige Geräusch in dem wunderschönen Garten war das schwache Plätschern des alten Steinbrunnens. Nicole seufzte glücklich, wohlig satt nach dem köstlichen Essen und vom kühlen Weißwein. Sie konnte sich nicht erinnern, jemals in ihrem Leben so glücklich gewesen zu sein.

Seit über einer Woche war sie wieder in der *Residenz St. Maury*, und die ganze Zeit war Jacques lieb und zuvorkommend gewesen. Er schlief immer noch nicht in ihrem Zimmer, und Nicole spürte auch noch seine eigenartige Zurückhaltung, sein ausweichendes Verhalten. Aber ihre unterschwelligen Ängste wurden weggefegt, wenn sie sich liebten, was in dieser Woche oft geschehen war, und immer mit einer leidenschaftlichen Heftigkeit, die ihr Innerstes zum Schmelzen brachte. Nicole hatte auch bemerkt, dass Jacques jetzt kaum noch aus dem Haus ging. Es schien, als ob die Unruhe, von der er getrieben worden war, von ihm gewichen war.

Heute allerdings hatte er das Haus verlassen. Er wollte eine Möglichkeit erkunden, Paris zu verlassen und irgendwo aufs Land zu ziehen, hatte er ihr gesagt. Wo es ruhig war, wo es keine Auswirkungen von Krieg oder Revolution gab. Die neue Welle der Gewalt in der Stadt, ausgelöst von der hitzigen Debatte im Nationalkonvent über das Schicksal des Königs – hinrichten oder nicht – hatte Jacques tief bewegt.

Gestern beim Abendessen, als sie bei Kerzenschein noch zusammengesessen hatten, schien er mit seinen Gedanken weit weg gewesen zu sein. »Es gibt Leute, die sagen, der König hätte den Tod verdient«, hatte Nicole begonnen. »Wegen all dem Leid, das er seinem Volk angetan hat.«

Stirnrunzelnd hatte Jacques geantwortet: »Oh, er ist töricht und lässt sich schnell in die Irre führen, aber wenn sie ihn töten, werden sie einen Märtyrer aus ihm machen. Und wer wird dann Frankreich führen? Die Armee? Irgendein machthungriger Diktator aus dem Militär, der ganz Europa gegen uns aufbringt?«

Nicole hatte ihn lange angesehen und dann leise gesagt: »Es ist kein Spiel mehr, nicht wahr, Jacques?«

»*Non, ma chére*. Die Zeit der Spiele ist vorbei, fürchte ich.«

Er hatte ihr besorgtes Gesicht gesehen und ihre Ängste weggeküsst, dann hatte er sie hinüber zum samtbezogenen Sofa getragen und jeden Zentimeter ihres Körpers gestreichelt, bis sie in Lust vergangen war. Er hatte sie mit kurzen, schnellen Zügen geliebt, und für Nicole war es der Himmel auf Erden gewesen. Sie hatte sich an ihn geklammert, als wollte sie ihn nie wieder freigeben.

Sie lächelte weich, als sie sich an den gestrigen Abend erinnerte. Sie musste dann in der Sonne eingeschlafen sein, denn sie wurde von leisen Stimmen ganz in der Nähe wach. Verdutzt richtete sie sich auf. Ob Jacques schon zurück war? Nein, dafür war es noch zu früh.

Plötzlich lief ein kalter Schauer über ihren Rücken. Nicole hastete zur breiten Terrasse auf der Vorderseite des Hauses. Sie sah Armand den Weg hinaufgehen, und an seinem Arm hielt sich eine Frau, eine Fremde in einem schäbigen grauen Umhang. Nicole strich instinktiv ihren zerknitterten Rock glatt. Ihr Herz schlug rasend schnell, als witterte sie Gefahr.

Armand flüsterte der Frau etwas zu, dann streifte sie die Kapuze ab. Nicole stockte der Atem. Vor ihr stand die schönste Frau, die sie je gesehen hatte.

Sie hatte langes, silberblondes Haar, das in kleinen Ringellöckchen bis auf ihre Schultern fiel. Ihr Gesicht war herzförmig; es wurde von den weit auseinander liegenden violetten Augen beherrscht, in denen ungeweinte Tränen glänzten. Sie sah noch jung aus, sehr blass und schien überwältigt zu sein. Nicole empfand impulsiv sehr stark für die schöne Frau. Sie ging die Treppe hinunter und blieb vor ihr stehen.

»Wer ist das, Armand?«

Trotz des Bartes konnte sie sehen, dass Armand errötete. »Ich habe sie gefunden, Madame Nicole. Die arme Louise wurde vom Pöbel gejagt, und ich habe sie gerettet. Ich habe sie hergebracht, weil sie nicht wusste, wohin sie sonst gehen sollte.«

»Aber Armand, du kennst die Regeln«, sagte Nicole und fühlte sich viel unsicherer, als sie sich anhörte. »Niemand darf sich ohne Monsieur Jacques' Genehmigung hier aufhalten.«

Sie sah, wie das schöne Gesicht der Frau sich sorgenvoll verdunkelte und wie sie ihre kleine zierliche Hand in die breite Pranke Armands legte. Ein stummer, verzweifelter Hilferuf. Armand sah liebevoll auf die zitternde Gestalt.

»Das weiß ich doch, Madame Nicole«, sagte er mit seiner tiefen Stimme. »Aber sehen Sie doch selbst, wie nötig Louise unsere Hilfe hat.«

Louise blickte Nicole flehentlich an. »Ich bin ganz allein auf der Welt, Madame, ohne Familie und ohne Freunde. Ich habe keine Papiere, kein Geld. Mein armer Mann ist vor einigen Monaten hingerichtet worden. Ich hatte gehört, dass Bürger Jacques mir vielleicht die Flucht aus Paris ermöglichen könnte. Er ist meine letzte Hoffnung.«

Nicole sah in das bleiche, verweinte Gesicht. »Natürlich müssen Sie bleiben.« Sie trat noch einen Schritt vor und nahm die feinen zitternden Hände der Frau in ihre eigenen. »Ich bin sicher, dass Jacques Ihnen helfen möchte. Armand, richte Marianne aus, dass sie der armen Louise ein Zimmer bereiten soll. Sie soll alles haben, was sie braucht. Es ist auch besser, wenn du mich mit Jacques reden lässt. Ich werde ihm die Situation erläutern, aber ich warte den richtigen Moment ab, um ihm zu sagen, dass wir einen Überraschungsgast haben.«

Armands Gesicht hellte sich freudig auf. »Gott segne Sie, Madame Nicole.«

»Danke, oh, ich danke Ihnen sehr«, hauchte Louise inbrünstig.

Der arme Armand ist ihr schon fast verfallen, dachte Nicole plötzlich. Aber wer kann ihm das schon verübeln? Louise sieht mit diesen silberblonden Haaren wie ein Engel aus.

Sie sah den beiden nach. Wie ein Beschützer führte Armand die Frau zum Portal. Nicole wollte sich abwenden, aber dann fiel es ihr wie Schuppen von den Augen …

Sie hatte eine Locke von diesem silberblonden Haar in einer Schublade ihres Schlafzimmers. Sie hatte es längst vergessen, auch die Nachricht, die dazugehörte: Richten Sie Jacques aus, dass eine Frau ihn sucht, und geben Sie ihm das. Er wird den Sinn der Botschaft verstehen …

Sie bemühte sich, das Gefühl einer Bedrohung weit von sich zu schieben. Jetzt war es zu spät, Jacques die Botschaft zukommen zu lassen. Das mit der Locke konnte purer Zufall sein. Warum sollte einer von Jacques' schwarz gekleideten Helfern ihn vor einer armen, zierlichen Witwe, die vom Pöbel gejagt wurde, warnen?

Weder Armand noch Nicole sahen den boshaften, glitzernden Triumph in Louise de Lamartines Augen, als sie die Stufen zum Portal erstieg und das Wappen der Familie St. Maury über der Tür entdeckte.

Ich hatte Recht, dachte sie, als sie die Rose mit den fünf Blütenblättern sah. Es ist das richtige Haus. Also muss es auch der richtige Bürger Jacques sein.

Stunden später lag Louise in der Wanne mit dem heißen, duftenden Wasser, das Armand bereitwillig die Treppen hochgeschleppt hatte. Sie streichelte mit schaumbedeckten Händen über ihre cremigen Brüste und die schlanken Schenkel. Sie mochte es noch gar nicht glauben. Sie hatten alles geschluckt, was sie ihnen aufgetischt hatte, selbst die rührselige Geschichte, dass sie ihren armen aristokratischen Gatten unter der Guillotine auf dem *Place du Carousel* hatte enden sehen.

Vorher, als sie Louise im Schlaf wähnten, war sie

auf Zehenspitzen durchs ganze Haus geschlichen und auf Entdeckungsreise gegangen. Es war das Haus ihrer Träume. Ob sein derzeitiger Besitzer dazupasste?

Beim Gedanken an Jacques presste sie ihre Schenkel zusammen und spürte, wie es in ihrem Schoß zu kribbeln begann. Bald würde er hier sein, dann würde sie genau wissen, ob er der Mann war, den sie schon so lange gesucht hatte.

Sie hatte schon ernsthaft befürchtet, nie zu ihm zu finden. Zu lange hatte sie in der schäbigen Behausung ausharren müssen, die Armand ihr besorgt hatte. Sie war entsetzlich ungeduldig mit Armand geworden, der sich immer nur langsam bewegte und ebenso langsam dachte. In den letzten Tagen war ihr sogar der Verdacht gekommen, ob er sie aus egoistischen Gründen hinhielt – aber eine solche Bösartigkeit hatte sie ihm nicht wirklich zugetraut.

Aber jetzt war sie hier, und alles würde gut ausgehen. Obwohl die Anwesenheit von Nicole ein Schock für sie gewesen war. Armand hatte ihr erzählt, Monsieur Jacques hätte zwei Wochen lang nach ihr gesucht, und Louise musste zugeben, dass sie mit ihren lohfarbenen Haaren und der makellosen glatten Haut wirklich eine Schönheit war.

Louise war sicher, dass sie sich dieser Nicole schnell würde entledigen können. Schließlich hatte sie, Louise, den Vorteil, dass man sie für eine arme, unschuldige Witwe hielt. Armand wusste natürlich, dass sie so unschuldig nicht war, aber er würde nie gestehen, dass er Wachs in ihren Händen war.

Ihr Herz klopfte, wenn sie daran dachte, dass sie bald endlich auf Jacques treffen würde. Das Blut stieg langsam in ihren Kopf, und ein Finger stahl sich zwischen die geheimen Falten ihres Geschlechts, das vom warmen Wasser umspült war. Louise spürte, dass sie schon heiß erregt war; ihre Nippel schmerzten und streckten sich verlangend, als sie einen Finger genüsslich durch die Spalte gleiten ließ. Sie wusste, dass sie sich auf der Stelle einen leichten Höhepunkt verschaffen konnte. Aber nein. Sie würde auf etwas Besseres warten.

Als sie vor gut einer Stunde das Haus auf eigene Faust erforscht hatte, als die Narren da unten sie im Schlaf geglaubt hatten, war sie auch in Nicoles Zimmer gewesen, und voller Neid hatte sie die großzügige Einrichtung gesehen. In diesem Augenblick hatte sie sich geschworen, Nicole innerhalb von vierundzwanzig Stunden aus dem Haus vertrieben zu haben.

Im Zimmer des Bürgers Jacques hatte sie voller Vorfreude auf das hohe Bett mit den Damastvorhängen geschaut. Sie hatte den männlichen Geruch des Zimmers eingesogen; eine Mischung des Leders seiner Reitstiefel und des Rasierwassers, das er benutzte. Sie hatte ein wenig geschnüffelt. Zitrusöl und Bergamottöl, schätzte sie. Als sie die Tür wieder leise geschlossen hatte, stellte sie sich die dunklen Gelüste vor, die sie sehr bald schon in diesem Zimmer erleben würde.

Sie hatte sich nicht getraut, die Räume im Erdgeschoss zu erforschen, denn dort saßen sie alle: Armand und Nicole, die sie bereits hasste, sowie das dralle schwarzhaarige Dienstmädchen Marianne, die sich ihr gegenüber sehr zurückhaltend gegeben und sie immer wieder beobachtet hatte, wenn sie glaubte,

Louise würde es nicht bemerken. Louise fand, dass Marianne durchaus viel versprechend war.

Eine Treppe höher hatte sie eine Reihe leerer Zimmer gesehen, dazu einige Mansardenzimmer, die mit allem möglichen Gerümpel voll gestellt waren. Es war später Nachmittag gewesen, aber in diesem Teil des Hauses war es dunkel und kalt. Louise hätte sich eine Kerze gewünscht, die ihr den Weg hätte weisen können, als sie die letzte schmale Treppe zum Turmzimmer erklommen hatte.

Sie war unendlich begeistert gewesen von dem, was sie dort vorgefunden hatte.

Zitternd vor Erregung war sie die Wände des geheimnisvollen Raums abgegangen, mit den Fingerspitzen hatte sie die düsteren Gegenstände berührt, die dort lagerten oder ausgestellt waren. Vor allem dieses Zimmer bestätigte ihre Vermutung, dass sie sich im richtigen Haus befand.

Sie spürte auch jetzt noch ihren schnelleren Herzschlag, als sie in der Wanne lag und an die verschiedenen Peitschen dachte, an die seltsamen Harnische, die weichen Ledermasken. In trägem Genuss schloss sie die Augen. Bald würden sie erkennen, dass Louise de Lamartine nicht die unschuldige arme Witwe war, aber dann würde es schon zu spät sein.

Marianne stand zögernd vor Louises' Zimmertür, ein Tablett mit frischen Badetüchern in den Händen, damit der neue Gast sich abtrocknen konnte. Sie wusste nicht warum, aber Madame Louise behagte ihr nicht. Vielleicht lag es daran, dass Armand der zierlichen Witwe wie ein lechzendes Hündchen folgte.

Sie klopfte an die Tür und hörte die leise, süße Stimme von innen: »Herein.«

Marianne legte die Badetücher aus Leinen aufs Bett und wollte sich rasch verdrücken, aber Louise bettelte: »Bitte, Marianne, würdest du mir helfen, mich zu waschen? Ich finde es so viel leichter, wenn jemand da ist, der hilft, nicht wahr?«

Marianne zögerte. Unten gab es genug zu tun, aber der Anblick, wie Louise in der Wanne lag, wie die Brüste aus dem Wasser ragten und die silberblonden Locken auf ihre Schultern fielen, zog sie in ihren Bann. Kein Wunder, dass der Narr Armand von ihr hypnotisiert war.

»Oh, bitte«, murmelte Louise. »Es dauert höchstens ein paar Minuten, liebste Marianne.«

Die Wangen des Dienstmädchens glühten. Marianne trat vor und versuchte, nicht auf die steifen Nippel zu starren, die durch den Schaum zu sehen waren. »Wenn Sie sich ein wenig nach vorn beugen, Madame, kann ich Ihnen den Rücken waschen.«

Louise seufzte. Sie hatte die Augen halb geschlossen und umschloss ihre Brüste mit beiden Händen. Ihre Finger glitten über die harten Warzen. »Wasche meine Brüste zuerst, Marianne«, befahl sie. »Halt sie fest, streichle sie und schäume sie gut ein.«

Marianne hielt die Luft an und wollte zurückweichen, aber Louise packte ihre Hand, lächelte das verunsicherte Dienstmädchen an und drückte deren Finger auf die festen Brüste.

Das Blut rann heiß durch Mariannes Körper. Sie schämte sich ihrer Lust, aber sie zögerte nicht mehr länger und fuhr mit der duftenden Seife über Louises' pralle Brüste. Die Warzen schienen sich durch ihre

Finger zu drängen. Ihre eigene Erregung wuchs mit jedem Herzschlag, als sie die Nippel mit der flachen Hand streichelte.

Louise gab leise stöhnende Laute von sich und hob die Knie ein wenig an. Sie strich unter dem Wasser über ihren Venusberg, und Marianne sah, was eigentlich unmöglich war – Louise war da unten völlig glatt und unbehaart.

Louise hatte den Blick aus den großen Augen bemerkt und fragte raunend: »Gefällt dir mein Körper, Marianne? Du kannst ihn mit deinen sanften Händen erkunden, wenn du möchtest. Oh, ich möchte gern von dir gestreichelt werden.«

Marianne schluckte schwer und spürte, wie es in ihren eigenen Brüsten kribbelte, wie sie gegen das feste Mieder drückten. Louise hob eine Hand und streichelte Mariannes Brüste durch den groben Baumwollstoff. Marianne stöhnte laut und genoss die verbotene Berührung. Louise lachte gurrend und zog Mariannes Hand unter Wasser.

»Streichle mich, Marianne. Ich glühe für dich. Deine sanften Finger werden mich noch heißer machen.«

Ganz benommen vom Gefühl der weichen Falten des nackten Fleisches schob Marianne die Labien behutsam auseinander. Die Haut war so weich, so delikat. Sachte fuhr sie mit den Fingerspitzen über die geschwollenen Lippen, dann glitt sie probeweise über den harten Kopf der Klitoris. Louise stöhnte wohlig, und Marianne fühlte sich an die lustvollen Nächte mit ihrer Freundin Jeannette erinnert.

Mit einem Schrei griff Louise nach der Hand, drückte sie unter Wasser und mahlte den Unterleib gierig gegen Mariannes Finger. Das Dienstmädchen errötete heftig, selbst nass vor Erregung, und fühlte die pulsierende Vulva der Frau unter den forschenden Fingern. Gehorsam stieß sie tiefer in das zuckende Fleisch hinein, bis Louise mit süßen, kleinen schmelzenden Schreien zusammensackte, das schöne Gesicht in einem leuchtenden Rosé.

»Oh, dank dir, Marianne«, flüsterte sie erschöpft. »Ah, das habe ich dringend gebraucht.«

Marianne empfand plötzlich Scham über das, was sie getan hatte. Ihre Hand zuckte zurück, als hätte sie sich verbrannt. Wieder fühlte sie dieses Unbehagen in Gegenwart der Frau. »Aber Sie lassen meinen Armand in Ruhe, ja?«, fragte sie, als sie wieder auf die Füße kam. »Er ist ein guter, einfacher Mann, und er ist an Frauen wie Sie nicht gewöhnt.«

Louise hatte sich erhoben und trocknete sich mit den frischen Tüchern ab. Sie lächelte Marianne süß an. »Dein Armand hat mich schon viele Male ergötzt, liebe Marianne. Er ist sensationell bestückt, nicht wahr?«

Marianne riss den Mund weit auf. »Aber das ist unmöglich! Sie sind doch eben erst bei uns eingetroffen!«

»Ah«, sagte Louise leise, »aber es war eine lange Reise. Arme Marianne, dein Kleid ist ganz nass geworden. Ich muss dich bespritzt haben. Komm, ich ziehe deine nassen Sachen aus.«

Marianne stand wie gelähmt in der Mitte des Zimmers, während Louise die Knöpfe ihres Mieders öffnete und das Kleid zu Boden fallen ließ. Sie beugte den Kopf und leckte über die prallen Brüste. Bald schon stöhnte Marianne unruhig, sie stöhnte ihre Lust hinaus und ließ sich von Louise zum Bett führen, wo sie von der erfahrenen Frau mit der Zunge verwöhnt wurde.

Louise hob den Kopf, das Gesicht glänzte von Mariannes Säften.

»Dein Armand«, sagte sie, »ist ein hungriger, ausgefuchster Mann. Du bist ein Glückskind, Marianne. Nimmt er dich jeden Abend in seine kräftigen Arme, und steckt er jeden Abend sein stolzes Organ in dich rein, bis du vor Lust dahinschmilzt?«

»Ja«, flüsterte Marianne völlig aufgelöst. »Ja, das tut er. Bitte, nicht aufhören.«

Louise senkte wieder den Kopf, und wieder spürte Marianne die heiße, harte Zungenspitze, die tief in ihre Kaverne stieß. Mit beiden Händen zwirbelte Louise an Mariannes strotzenden Brustwarzen. Marianne bäumte sich auf, außer sich vor Verlangen.

»Stört es dich, wenn wir ihn uns teilen, Marianne?«, flüsterte Louise. »Möchtest du zusehen, wie sich Armands feiner Schaft in mich versenkt? Wie ich mich unter ihm vor Geilheit drehe und wende, wenn er mich mit diesem herrlichen Gerät pfählt?«

»Ja, ja«, stöhnte Marianne, ihr Gesicht vor Lust verzerrt. »Ja, ja …«

»Und du versprichst, genau das zu tun, was ich dir sage? Und du wirst auch Armand dazu bringen, genau das zu tun, was ich sage?«

»Ja, alles! Aber, bitte, lassen Sie mich nicht so hängen, Madame …«

Mit einem befriedigten Grinsen tauchte Louise wieder hinab, und sie ließ nicht eher von ihr ab, bis Marianne sich in Ekstase wand und die Zuckungen des Orgasmus ihren Körper schüttelten.

Louise hob den Kopf. »Liebste Marianne, das war

hervorragend. Und du versprichst mir, dass auch Armand alle meine Befehle ausführt?«

Marianne lag noch wie ausgepumpt auf dem Bett, ihr schwarzes Haar feucht und glänzend ums rote Gesicht. »Ja«, keuchte sie, »ja, natürlich.«

Louises' Augen funkelten. »Dieses Zimmer oben im Turm«, sagte sie. »Erzähle mir alles darüber. Und dann erzählst du mir alles, was du über Bürger Jacques weißt.«

Schwere schwarze Wolken hatten sich am Nachmittag zusammengebraut und die Sonne verbannt. Am frühen Abend, als Jacques zurückkehrte, prasselte der Regen und zupfte am Laub der Bäume.

Nicole hörte, wie das Portal geöffnet wurde, hörte die vertrauten Schritte in der Halle und lief hinaus, ihn zu begrüßen. Im großen Haus war es seltsam still, und Nicoles Stimmung war in den letzten Stunden gesunken. Seit ein paar Stunden hatte sie weder Armand noch Marianne gesehen. Die erschöpfte Witwe lag wahrscheinlich noch im Schlummer.

Jacques schüttelte den langen nassen Mantel von den Schultern und strich mit beiden Händen durch das glänzende schwarze Haar. Er sah müde aus. Ernst sagte er: »Wir werden Paris bald verlassen, Nicole. Ich habe deine Papiere dabei.«

Nicole lehnte sich mit dem Gesicht an seine warme Brust und hielt ihn umarmt. »Wohin werden wir gehen, Jacques?«

»Wohin möchtest du, meine Nicolette?«, fragte er lächelnd und strich ihr über die Haare.

»Mir ist es egal«, gab sie zurück und hob ihr

Gesicht, um ihm in die dunklen Augen sehen zu können. »Es ist mir egal, so lange ich bei dir sein kann.«

Einen kurzen Moment lang schien sich ein Schatten auf sein Gesicht zu legen. Es schien, als wollte er etwas sagen, aber dann schüttelte er kaum merklich den Kopf und folgte ihr in die warme Küche, wo ein Hammelragout auf dem Herd langsam garte.

Zum Glück ist Marianne eine begnadete Köchin, dachte Nicole, als sie das würzige Mahl servierte. Fleisch war in den letzten Tagen noch knapper geworden, weil der Krieg gegen die Österreicher an Stoßkraft gewann. Aber bisher hatte Armand immer noch etwas auftreiben können.

Jacques schien abwesend zu sein, als ob seine Gedanken mit etwas Unerfreulichem beschäftigt wären. Er stocherte auf seinem Teller herum. Nicole beobachtete ihn und spürte, dass Unheil in der Luft lag. Etwas bedrückte ihn, aber er wollte es ihr nicht sagen. Vielleicht hatte es etwas mit dem Krieg zu tun, oder mit einem unerfreulichen Erlebnis in den Pariser Straßen.

Sie hatte gerade zu essen begonnen, als Jacques die Gabel neben den Teller legte. »Wo sind Armand und Marianne? Ich dachte, sie würden mit uns essen.«

Plötzlich fiel ihr Louise wieder ein, und sie fragte sich, wieso sie die Fremde hatte vergessen können. Sie platzte heraus: »Oh, Jacques! Ich hätte fast vergessen, es dir zu sagen! Armand hat heute einen neuen Gast mitgebracht.«

Jacques' Gesicht wurde hart. »Ich habe ausdrücklich gesagt, das niemals zu tun«, sagte er barsch. »Niemand darf jemanden ohne bestimmte Sicherheitsvorkehrungen mitbringen.«

Sein Befehlston forderte ihren Widerspruch heraus. »Sie ist eine hilflose Witwe, Jacques! Sie hat gesehen, wie ihr Ehemann durch die Guillotine gestorben ist. Armand hat sie heute Morgen vor dem Pöbel gerettet. Was hätte er denn tun sollen? Zusehen, wie sie in Stücke gerissen wird? Jacques, du hast vielen zweifelhaften Gestalten Zuflucht gewährt und ihnen zur Flucht aus Paris verholfen. Warum nicht auch ihr?«

Er schob seinen Stuhl zurück und erhob sich. »Nichts und niemand in Paris ist, was er zu sein vorgibt, Nicole. Niemand. Selbst ich nicht.«

Ein Schauer lief über Nicoles Rücken. Verängstigt sah sie ihn an, und wieder wurde ihr bewusst, wie wenig sie von ihm wusste. Ihr Mund war so trocken, dass sie nur leise sprechen konnte. »Willst du mir damit sagen, Jacques, dass ich auch dir nicht trauen kann?«

Er fuhr mit einer Hand über seine Stirn. »Ja, kann sein, dass ich dir das sagen will. Wo ist dieser neue Gast?«

»Wir haben ihr eines der Zimmer im zweiten Stockwerk gegeben«, sagte Nicole, aber ihre Gedanken waren noch bei seiner geheimnisvollen Aussage. »Ich nehme an, sie ruht noch, denn ich habe sie seither noch nicht gesehen.«

Sein Mund verzog sich zu einem dünnen Strich. »Du lässt ihr also freie Hand in diesem Haus? Ich finde das unglaublich.«

Nicole sprang auf, die Augen glitzerten trotzig ob seines Tadels. »Welchen Schaden kann schon eine hilflose Witwe anrichten?«

»Das werden wir ja noch sehen«, erwiderte er grimmig. Er schritt aus der Küche und knallte die Tür hinter sich zu. Die Kerzen flackerten und wären beinahe ausgegangen.

Nicole setzte sich wieder, krank vor Enttäuschung über seinen unerklärlichen Ausbruch. Ihr war der Appetit vergangen, aber sie blieb sitzen, weil sie nicht wusste, wohin sie sonst gehen sollte.

Jacques schritt mit einer brennenden Ungeduld die Treppe hoch. Im zweiten Stockwerk, hatte Nicole gesagt. Nicole. In ihren Augen hatten plötzlich Tränen geglitzert, als er sie getadelt hatte. Er hatte zu spät begriffen, wie verletzlich sie unter dem scheinbaren Panzer aus Trotz war.

Sie hatte die Lektion noch nicht gelernt, dass es gefährlich war, einem anderen Menschen zu vertrauen, auch wenn man ihn liebte. Gerade, wenn man ihn liebte. Das wusste niemand besser als Jacques. Er hatte Narben auf dem Rücken, die das bewiesen.

Eine Kerze brannte in einem der oberen Zimmer. Er riss die bereits geöffnete Tür weit auf und trat ein. Dies musste das Zimmer sein, in dem der Gast geruht hatte, denn Jacques sah die Unordnung mit verschiedenen weiblichen Utensilien. Das Bett war ein einziges Durcheinander; die Frau musste unruhig geschlafen haben. Der Wasser in der breiten Holzwanne war kalt, und im Kamin waren die Scheite fast abgebrannt.

Dann erkannte er den Duft.

Das ganze Zimmer war von einem sanften, durchdringenden Aroma erfüllt, das wie ein halb vergessener Schmerz in seine Sinne drang und die Erinnerung an die alte, dunkle Verzweiflung der Jahre in

Toulon aufwühlte. Benommen fuhr er sich mit einer Hand über die Augen. Nein, er musste sich irren. Vielleicht spielten seine Sinne verrückt, oder es war ein schrecklicher Zufall. Und doch, der verlockende, zu Kopf gehende Duft von Sandelholz und Moschus füllte seine Nase und rief die endlosen Alpträume ins Leben zurück.

Eines stand jedenfalls fest; die Frau befand sich nicht mehr im Zimmer. Er begann das Haus zu durchsuchen.

Ein schwaches Licht schimmerte von der schmalen Treppe, die zum Turmzimmer führte, dem höchstgelegenen Raum im ganzen Haus. Jacques stellte sich auf den Treppenabsatz und lauschte. Er hörte ein leises Frauenlachen, das sein Blut gefrieren ließ. Marianne und Armand, dachte er. Sie haben sich heimlich ins Turmzimmer geschlichen und vergnügen sich mit den düsteren Spielsachen, die dort lagern. Aber wo war die zierliche Schönheit, von der Nicole so mitfühlend berichtet hatte? Die Frau, deren Duft ihn betörte? Sie konnte unmöglich bei den beiden sein. Unmöglich.

Jacques ging leise die Treppe hinauf und drückte die Tür ein Stück weit auf.

In einer Ecke brannte eine Kerze, die einen langen flackernden Schatten der Personen an die Wände warf, als wären sie Geister. Jacques sah Armand zuerst. Er hockte auf Händen und Knien auf dem harten Bett und trug nichts außer einem schwarzen Lederharnisch, der seinen erigierten Penis und den Hodensack umfasste. Er hatte den Kopf in den Nacken geworfen, um seinen Gefühlen Ausdruck zu geben. Marianne kniete hinter ihm; ihre Brüste hingen lüstern aus dem zerknautschten Kleid heraus, und auch auf ihrem Gesicht spiegelte sich die Lust. In einer Hand hielt sie eine große Lederpeitsche, mit der sie zärtlich über Armands Gesäß wischte.

Dann kam eine leise, qualvoll vertraute Stimme aus der im Schatten liegenden Ecke des Zimmers, und Jacques sah die Frau das erste Mal nach all den Jahren.

»Schneller«, sagte sie. »Härter, Marianne! Zeige mir, wie schnell du ihn zum Höhepunkt bringen kannst!«

Sie lehnte lässig an der Wand, eine schöne Frau, deren mondsilbernes Haar auf ihre nackten Schultern fiel. Sie trug nichts außer weißen Strümpfen und einem schwarzen Korsett, das ihre festen Brüste nach oben drückte. Ihr Gesicht war von einer schwarzen Ledermaske verdeckt, mit Schlitzen für Augen und Mund. Schließlich bemerkte Jacques noch, dass ihre Scham völlig unbehaart war.

Sie sah Jacques in der Tür stehen und lächelte katzengleich. Wie eine Verschwörerin legte sie einen Finger über die Lippen, dann wies sie auf die beiden Gestalten auf dem Bett.

Armand war dem Ende nahe. Marianne schlug noch einige Male kräftig zu, ehe sie mit dem sanften Leder wieder über das zuckende Gesäß streichelte. Plötzlich griff sie zwischen seinen Beinen hindurch und drückte seine dicken Hoden. Mit einem lauten Stöhnen entlud er sich mit langen, zitternden Schüben aus dem zuckenden Glied.

Die silberblonde Frau trat aus dem Schatten, ging am Bett vorbei, ohne Marianne und Armand zu beachten und blieb einen Moment lang reglos vor Jacques stehen. Erst nach einer Weile sagte sie mit dieser raunenden Stimme, die sein Blut zu Eis verwandelte: »Oh, Jacques. Ich habe gewusst, dass du es sein würdest. Weißt du, ich habe dich schon lange gesucht.«

Statt einer Antwort wandte sich Jacques an Armand und Marianne, die erschöpft auf dem Bett lagen und verängstigt zu ihm aufblickten. Er sagte leise und ausdruckslos: »Verschwindet.« Sie griffen ihre Kleider und flohen aus dem Zimmer.

Die Frau hatte ihn gefunden. Sie rieb ihre hohen festen Brüste kurz gegen seinen Brustkorb und begann die Perlknöpfe seines Seidenhemds zu öffnen. Er hörte, wie sie zischend die Luft einsog, während sie mit den Fingerspitzen über seinen sehnigen, gebräunten Oberkörper strich, dann streifte sie ihm langsam das Hemd von den Schultern. Mit den Handflächen strich sie über die harten Muskeln seiner Brust und über die kleinen dunklen Warzen, die sich aufgerichtet hatten. Als sie mit den Händen über seinen Rücken fuhr, fühlte sie die Narben. Sie trat einen halben Schritt zurück und sah sich die tiefen vernarbten Striemen seines Rückens an.

»Mein armer Jacques«, sagte sie mitfühlend, und sogleich schossen die Tränen in ihre violetten Augen, »was haben sie mit dir gemacht?«

»Das solltest ausgerechnet du doch wissen, Louise«, sagte er, die Zähne zusammengebissen. Er hielt sich immer noch aufrecht und steif, obwohl sie damit begonnen hatte, den Schlitz seiner Hose zu öffnen und den harten Penis mit den Fingern zu kosen. Er bewegte sich erst, als sie sich nach unten beugte und das maskierte Gesicht auf einer Höhe mit seinem zuckenden Schaft lag. Sie küsste die samtene Spitze, und ihre Haare fielen wie ein schimmernder Vorhang auf seinen Schoß.

Sie blickte hoch zu ihm. Durch die Lederschlitze konnte er ihre sanften, tränengefüllten Augen sehen und die Rosenknospe ihres Mundes.

»Du bist stark«, hauchte sie. »Noch stärker, noch schöner als früher. Oh, Jacques. Ich habe so wunderschöne Erinnerungen an uns, mein Liebster.«

Er packte ihre Schultern und schüttelte sie durch. Sie liebte seine manchmal grobe Art und rieb ihre Brüste wieder gegen seinen Torso. Sie atmete schneller, und die Nippel versteiften sich vor Erregung.

»Ich habe auch Erinnerungen«, sagte er zwischen zusammengebissenen Zähnen. »Erinnerungen an zwei Jahre, die ich im Kerker in Toulon verbracht habe. Wohin du mich geschickt hast, Louise.«

Er riss ihr die Maske vom Gesicht und warf Louise aufs Bett. Bereitwillig spreizte sie die schlanken Schenkel, so dass er seinen aufgerichteten Penis tief in sie versenken konnte. Es war, als wollte er instinktiv den harten Schmerz seiner Erinnerungen lindern.

Ah, war sie schön. So schön wie früher. Eine Hexe. Eine silberblonde Hexe. Ihre Hände wuselten in seinen dunklen Haaren und zogen seinen Kopf herunter. Sie küsste ihm die Seele aus dem Leib, und als sie ihren Mund von seinem löste, wölbten sich ihm ihre vollkommenen Brüste entgegen, und sie fütterte seinen gierigen Mund damit.

Ihre inneren Muskeln schmiegten sich um seinen Penis, ihr warmes, schmelzendes Fleisch koste ihn und drückte seinen heißen Schaft mit einer sinnesbetäubenden Sinnlichkeit, bis er spürte, wie sich in seinen Lenden die Muskeln anspannten.

Mit einem verzweifelten Aufschrei krümmte sich sein straffer Körper hoch über ihr, während er Zug um

Zug zwischen die saftigen geschwollenen Labien stieß.

Sie bebte und wand sich unter ihm, krallte sich in seinem Rücken fest und stöhnte seinen Namen, als er den Höhepunkt nicht mehr aufhalten konnte. »Oh, Jacques, mein schöner, Jacques, meine Liebe. Du kannst mit mir tun, was du willst.«

»Was ich will? Alles?«

Ihre Augen glitzerten. »Alles.«

Zwölftes Kapitel

Als Jacques scheinbar keine Anstalten traf, zurück an den Tisch zu kommen, wo sein Essen kalt geworden war, räumte Nicole ab. Sie hörte, wie der Regen gegen die hohen Fenster trommelte. Es war, als hätten sich alle in Luft aufgelöst, als wären sie von der Weitläufigkeit des Hauses geschluckt worden. Die Unruhe in ihr stieg, und dann hielt sie es nicht länger aus und begann Jacques zu suchen.

Was sie nach oben lockte, in diesen dunklen, unheimlichen Raum im Turm, hätte sie auch später nicht sagen können. Aber aus irgendeinem Grund stieg sie die enge, gewundene Treppe hinauf. Ihr Herz pochte schwer. Die Tür war nur angelehnt, und trotz der schwachen Beleuchtung konnte sie genug sehen.

Auf dem Bett lag Louise, nackt bis auf ein obszön enges Mieder. Sie hockte auf Händen und Knien; die silberblonden Haare verdeckten ihr Gesicht. Sie stieß kleine stöhnende Laut des Protests aus, denn Jacques sprang so derb und sogar brutal mit ihr um, wie sie es bei ihm noch nie gesehen hatte.

Er hatte nur seine engen Breeches und die Reitstiefel an; das Hemd lag auf dem Boden. Nicole konnte deutlich die weißen Narben auf dem braunen Rücken sehen. Er war dabei, Louise mit dicken Lederschlaufen an die vier Bettpfosten zu fesseln. Der weiße straffe Po ragte hoch in die Luft. Mit tiefer, leiser Stimme, in der eine starke Erregung mitschwang, sagte er: »So magst du es doch, nicht wahr, Louise? Jetzt bist du meine Gefangene. Wie gefällt dir das?«

Noch nie hatte sie Jacques so wild und unbeherrscht gesehen, so verbittert, dachte Louise. Sie klammerte sich am Türrahmen fest. Am liebsten wäre sie ins Zimmer gestürzt und hätte ihn an den Haaren gezogen, bis er von der Frau abließ. Er hatte kein Recht, eine unschuldige Witwe so zu foltern.

Wenige Augenblicke später wich das Blut aus Nicoles Gesicht, als sie die Wahrheit erkannte.

Louise, die unschuldige, unterwürfige Louise, befand sich im Tumult sexueller Ekstase. Ihre geschwollenen Nippel waren dunkel und steif vor Lust. Sie senkte den Oberkörper, um die Brustwarzen an der groben Matratze zu reiben. Als Jacques über ihre Gesäßbacken strich, schwenkte sie den Po hin und her, eine Einladung zu weiteren Liebkosungen.

Nein, unschuldig war die Witwe Louise nicht, eher ein lüsternes, perverses Wesen, das Jacques jetzt aufforderte, es ihr zu besorgen, ›hart und heftig wie früher‹, und als er seine Hose öffnete, juchzte sie vor Vorfreude.

Nicole stieß die Knöchel einer Hand gegen ihren Mund. Sie wusste, dass sie gehen sollte, aber sie konnte sich nicht von der Stelle bewegen. Jacques hielt seinen harten langen Schaft in der Hand, kniete sich hinter die stöhnende Frau und setzte die Spitze – zu Nicoles Entsetzen – an die obere Öffnung der zierlichen Frau. Sie wimmerte wie im Delirium, als Jacques mit einem Ruck in die geheime Passage eindrang.

Nicole hörte mehr, als sie sah. Sie rutschte vor Schwäche am Türrahmen entlang, bis sie auf dem Boden hockte. Sie schloss die Augen und fürchtete, sich übergeben zu müssen.

Wie wenig sie Jacques doch kannte. Wie Recht er hatte, dass sie ihm nicht vertrauen sollte. Sie hatte gedacht, die Zeit der Spiele wäre vorbei. Aber es hatte sich nichts geändert.

Als sie sich langsam wieder aufrappelte, war Jacques dabei, Louise von den Fesseln zu befreien.

»Oh, Jacques! So großartig wie immer, vielleicht sogar noch großartiger. Du hast viel mehr Kraft nach den Jahren im Gefängnis. Ich glaube, ich habe nie aufgehört, dich zu lieben, denn ich habe nie wieder einen Mann wie dich gehabt. Jacques, du musst mir glauben. Sie haben mich gezwungen, gegen dich auszusagen. Phillippe und seine aristokratischen Freunde. Sie haben mich zu der Aussage gezwungen, du hättest mich vergewaltigt. Ich geriet in Panik und wusste nicht mehr ein noch aus. Ich hatte doch keine Ahnung, was das für dich bedeutete, und als es mir endlich klar wurde, war es zu spät. Oh, meine Liebe, ich habe doch nie geglaubt, dass sie dich so brutal behandeln würden! Dein armer Rücken. Wie sehr musst du gelitten haben.«

Mit sanften Fingern fuhr sie über seine Narben und über die eingebrannte Nummer an seinem Handgelenk.

Sie schmiegte sich an ihn und rieb ihre vollen Brüste gegen seinen harten Brustkorb. Immer noch sagte Jacques nichts, aber sein Phallus begann sich wieder zu regen, und Louise griff freudig zum samtenen Glied.

»Oh, Jacques«, stieß sie erregt hervor. »Ich wusste, ich würde dich eines Tages finden. Hast du mich auch gesucht, so, wie ich dich gesucht habe?«

Dann hörte Nicole ihn nach langer Zeit wieder

sprechen. Mit einer Stimme, die vor Intensität brannte, sagte er: »Glaube mir, Louise, ich habe nicht aufgehört, dich zu suchen.«

Das war genug. Irgendwie gelang es Nicole, den Schrei in ihrer Kehle zu ersticken. Sie lief die Treppe hinunter, weg von diesem schrecklichen Zimmer, weg von Louise, weg von Jacques.

Das war also die Frau, die Jacques so verzweifelt geliebt hatte, die Mätresse des Aristokraten Phillippe. Durch ihre Falschaussage hatte Jacques zwei Jahre lang die Hölle erlebt. Er und seine Männer hatten sie auf den Straßen und in den Gefängnissen gesucht. Die silberblonde Locke, die der Kurier ihr ausgehändigt hatte, war keine Warnung gewesen, sondern ein Vorbote, ein Versprechen, dass Jacques' lange Suche bald ein Ende haben würde.

Er begehrte sie immer noch. Marianne hatte es ihr von Anfang an gesagt. Nicole begriff, dass jede andere Frau, mit der er geschlafen hatte, nichts als ein schemenhafter Ersatz für Louises' einmalige Schönheit gewesen war, eine vorübergehende Linderung seiner Sucht. Diese Erkenntnis versetzte ihr einen schmerz-haften Stich mitten ins Herz.

Sie kam sich wie eine nutzlose Lauscherin vor, als sie mit schwankenden Schritten die letzten Stufen nahm und zu ihrem Zimmer lief. Wie ein weidwundes Tier, das Schutz in seiner Höhle sucht. Sie hasste ihn für das, was er ihr angetan hatte.

Plötzlich erinnerte sie sich.

Er hatte ihr bei seiner Rückkehr gesagt, dass er die Papiere hätte, um aus Paris fortgehen zu können. Wo hatte er dieses *certificat de civisme*? Sie wollte nicht mehr bei ihm bleiben, wollte sich nicht länger demütigen lassen. Sie wollte das Papier finden, das er wahrscheinlich in seinem Zimmer aufbewahrte, ein bisschen Geld nehmen und davonrennen. Als er sie das letzte Mal gefunden hatte, war sie nicht weit genug gerannt.

Diesen Fehler würde sie dieses Mal nicht begehen.

Louise lag auf dem Bett und schnurrte befriedigt, während ihre Finger über die harten Muskeln von Jacques' Oberarmen glitten. Sie hatten beide nicht die Schritte auf der Treppe gehört.

»Oh, Jacques«, murmelte Louise, »wenn ich doch nur schon früher erfahren hätte, wo du wohnst. Es hat so lange gedauert, bis ich dich gefunden habe.«

Jacques' gut geschnittenes Gesicht war angespannt und unergründlich. »Wie schade für dich, dass deine Suche eigentlich eine Zeitverschwendung war«, sagte er. »Denn du wirst nicht bleiben.«

»Du meinst, wir verlassen Paris, Liebster?«

»Nein, das meine ich nicht.«

Louises' violette Augen zuckten alarmiert, aber dann entspannte sie ich wieder und fuhr fort, seinen Körper zu streicheln. Sie glitt über seinen Bauch und hinunter in die weichen schwarzen Schamhaare. Sein Penis rührte sich wieder. »Mein Jacques«, gurrte sie. »Du warst vorher schon großartig, aber das Gefängnis hat dich zu einem Tiger gemacht.« Sie lächelte zu ihm auf. »Ich glaube, du hast mich nicht verstanden«, sagte sie. »Mir ist es egal, wohin ich gehe. Ich will nur bei dir sein.«

Jacques hob ihre Hand von seinem hart gewordenen Fleisch. Er zog die Breeches hoch, wobei Louise verdutzt zusah. »Nein«, sagte er, »du bist es, die nichts versteht. Wie ich schon sagte, wirst du nicht hier bleiben. Du gehst wieder. Jetzt.«

Aus Louises' Gesicht wich alle Farbe. Der verträumte Blick verschwand, und ihre Augen blickten kalt und hart wie purpurne Amethyste. »Wie meinst du das?«

Er knöpfte sein Hemd zu, und sein hartes Gesicht ängstigte sie mehr als Worte. Er stand turmhoch über ihr, und Louise war sich bewusst, dass er nie besser, eindrucksvoller und mächtiger ausgesehen hatte, nie begehrenswerter war, dieser eigenartige Mann, auf den sie alle Hoffnung gesetzt hatte.

Sein dünner Mund zuckte zynisch. »Ich meine, meine kleine *poule*«, sagte er trocken, »dass du, wie andere auch, die dieses Haus durchlaufen, Papiere erhalten wirst, die es dir ermöglichen, Paris zu verlassen. Meine Männer werden dir dabei helfen. Ich gebe dir auch etwas Geld, wenn du es brauchst.«

Er zog einen dicken Lederbeutel aus einer Schublade und warf ihn zu ihr aufs Bett. »Ist das genug für deinen Service? Oder verlangst du heutzutage mehr?«

Sie fegte den Beutel vom Bett und sprang Jacques an. Gift sprühte aus ihren Augen. »Verdammt, Jacques! Ich glaube es nicht! Wie kannst du es wagen, mich so zu beleidigen?«

Er sah sie mit großen Augen an, sein Gesicht ein Bild der vorgetäuschten Unschuld. »Ach, ist es nicht genug für dich? Dann entschuldige ich mich, Louise. Natürlich, alle Preise sind gestiegen.« Er langte wieder in die Schublade und zog noch einen Beutel heraus und warf ihn zu dem anderen auf den Boden.

Jetzt wuchs die Angst in Louise. Eine kalte Leere leuchtete in diesen dunklen Augen. Sie stand vor ihm, hob die Arme und schlang sie langsam um seinen Hals. Sie zog seinen Kopf herab und küsste ihn, während sie ihren Körper an ihn schmiegte.

Er reagierte nicht. Louise war plötzlich sehr kalt. »Oh, mein Jacques«, flüsterte sie. »Du hast nichts mehr für mich übrig?«

»Du hast mich schon einmal beinahe vernichtet, Louise. Glaubst du nicht auch, dass das genügt?«

Er schob sie von sich, nicht hart, eher lässig, als ob ein Möbelstück in seinem Weg stünde. Er ging zur Tür und drehte sich noch einmal um. »Du ziehst dich besser an. In ein paar Minuten kommt Armand und bringt dir deine Papiere. Er und einige Freunde werden dich bis zu den Barrikaden bringen. Wenn du meinen Rat annimmst, wirst du dich weit weg von Paris begeben.«

»Verdammt seist du, Jacques!« Jetzt zeigte sie ihr wahres Gesicht. »Verdammt auch deine unerträgliche Arroganz. Eines Tages wirst du das bereuen.«

»Louise«, sagte er, »ich habe zwei Jahre im Kerker von Toulon verbracht, und jede Minute habe ich den Tag verflucht, an dem ich dich kennen gelernt habe. Reicht das nicht?« Dann ging er hinaus und hörte noch, wie sie ihn in ihrer ohnmächtigen Wut beschimpfte.

Eines stand für Louise fest: Wenn sie ihn nicht haben konnte, würde ihn auch diese lohfarbene Schlampe Nicole Chabrier nicht bekommen.

Nicole war noch nie in Jacques' Zimmer gewesen. Es war nicht abgeschlossen, aber das wäre auch nicht nötig gewesen, denn für sie war das asketische, maskulin anmutende Zimmer wie ein verbotenes Heiligtum. Noch ein Teil von ihm, zu dem ihr nie Zugang gewährt worden war.

Sie begriff, dass sie ihn wirklich nicht kannte. Welche Geheimnisse hatte er sonst noch vor ihr zurückgehalten? Nichts und niemand ist, was er zu sein scheint. Nicht einmal ich.

Vielleicht würde Louise in dieser Nacht hier schlafen. In seinen Armen. Der Gedanke fuhr wie ein Messer durch sie hindurch. Sie rieb sich die dummen Tränen aus den Augen, zündete eine Kerze an und begann mit der Suche. Sobald sie den Passierschein hatte, konnte sie aus diesem Haus flüchten, aus Paris, aus dem zerstörerischen Magnetfeld um Jacques.

Sie atmete kräftig durch, um sich zu beruhigen, sah sich um und entdeckte einen *secrétaire* aus Walnuss mit Intarsienarbeiten in einer Ecke. Sie nahm an, dass er dort die Papiere aufbewahrte, öffnete ihn und wühlte in den Unterlagen. Ein Papier flatterte zu Boden, sie hob es auf und wollte es wieder zurück legen, als ihr die schöne Handschrift auffiel.

Es war ein Brief, der an den Marquis de St. Maury gerichtet war, geschrieben im Mai dieses Jahres. Stirnrunzelnd sah Nicole auf das Datum. Das war doch unmöglich. Die Familie St. Maury war schon vor langer Zeit geflohen und hatte Haus und Wertsachen zurücklassen müssen. Marianne hatte es ihr gesagt. Und Jacques, der heimliche Hausbesetzer, wohnte schon seit April in der Residenz.

Sie zögerte und wollte den Brief wieder einsortieren, aber sie wusste nicht, auf welchem Stapel er gelegen hatte. Im *secrétaire* schien alles seine Ordnung zu haben, jeder Stapel lag adrett neben dem anderen. Es war unmöglich zu sagen, welcher Stapel die Papiere enthielt, die sie so verzweifelt suchte, um Paris verlassen zu können.

Nicole sah sich ratlos im Zimmer um, wo auch alles fein geordnet war. Das Bett war so glatt, als hätte noch nie einer drin geschlafen.

Plötzlich wallte Zorn in ihr auf; geboren aus blinder Wut, tiefer Verzweiflung und der schmerzlichen Enttäuschung, seit sie Jacques bei Louise gesehen hatte. Verdammt, o verdammt. Er war über alles erhaben. So unverletzlich. Dieses Zimmer legte beredtes Zeugnis ab von seiner Gefühlskälte. Seine kühle spöttische Art hallte in ihr nach. Meine Nicole, Häuslichkeit ist wohl nicht deine Stärke, was?

Ihr Zorn entlud sich von einer Sekunde zur nächsten. Sie riss einige Schubladen mit ordentlich gestapelten Hemden auf. Zischend nahm sie ein Bündel heraus, zog sie auseinander und warf sie auf den Boden. Feine Seide lag wie mehrere helle Pfützen zu ihren Füßen. Mit knirschenden Zähnen stand Nicole da, griff sich wahllos ein Hemd, nahm es in beide Hände und zerriss es. Dann nahm sie sich die seidenen Krawatten vor und ruinierte sie mit sturer Entschlossenheit. Sie keuchte von der Anstrengung und murmelte: »Werden mal sehen, wie häuslich deine schöne Louise ist. Mal sehen, ob sie diesem Durcheinander gewachsen ist, ob sie deine Hemden wäscht und näht.«

So schnell der Anfall gekommen war, so schnell war er auch vorüber. Von irgendwo nahm sie seinen Duft wahr, den männlichen Duft nach Zitrus und Moschus. Ihre Wut verrauchte und ließ sie erschöpft und schwach zurück.

Sie sank auf sein Bett, presste ihr Gesicht in eines seiner Hemden und weinte sich das Herz aus dem Leib.

Endlich hatte Jacques getan, was er hatte tun müssen. Der bittere Nachgeschmack in seinem Mund blieb, nachdem er Armand und zwei stumme Helfer beauftragt hatte, Louise de Lamartine aus Paris hinauszubringen. Marianne ging auch mit; sie sollte sich als Louises' Dienstmädchen ausgeben. Jacques hatte beschlossen, dass auch Armand und Marianne Paris verlassen sollten; in der Hauptstadt waren sie nicht mehr in Sicherheit. Niemand war mehr sicher.

Bevor die kleine Eskorte sich auf den Weg durch den Regen zur Westbarrikade begeben hatte, ausgerüstet mit Papieren und Schmiergeldern für die Wächter, die um diese Uhrzeit wahrscheinlich längst betrunken waren, hatte Jacques mit seinen Männern gesprochen und sie vor Louise und ihren Tricks gewarnt. Ihm war nicht entgangen, wie die Schamröte in Armands Gesicht geschossen war; da hatte Jacques gewusst, dass er wenigstens Armand nichts mehr über Louises' Fähigkeiten erzählen musste.

Jacques schaute ihnen nach. Louise hatte ihre Hasstiraden gegen ihn immer noch nicht beendet.

Er seufzte. Louise würde von nun an eine bedeutende Gefahr für ihn sein. Sie war zu einer viel größeren Vergeltung in der Lage, als ihn nur für zwei Jahre in den Kerker zu schicken. Sobald sie hinter dem

Tor verschwunden waren, ging er zurück in den Hof und dann hinüber zur Wasserpumpe.

Er zog sich völlig nackt aus und pumpte das Wasser hoch, das eiskalt auf ihn prasselte. Er wusch Louises' Geruch von sich ab. Das Wasser tat seinem vernarbten Rücken gut. Nach dem ersten Schock spürte er die Kälte nicht mehr.

Er zog sich wieder an und ging zurück ins Haus. Wo war Nicole?

Sie war nie weit aus seinen Gedanken entfernt. Seit einigen Wochen schon wollte er ihr sagen, dass sie Paris verlassen sollte, aber ohne ihn. Heute Abend musste er es tun. Er suchte sie mit zunehmender Unruhe, und als er sie endlich gefunden hatte, wie sie schluchzend im entsetzlichen Durcheinander seines Zimmers lag, spürte er sein Herz, das sich ihr öffnete. Sie sah so verletzlich aus, wie sie zusammengekauert auf seinem Bett lag, das Gesicht umgeben von den weichen lohfarbenen Haaren.

Er trat ein wenig näher und sah die Spuren der Tränen auf ihren Wangen. Stirnrunzelnd trat er noch einen Schritt näher. Hatte sie die Szene mit Louise mitbekommen? Er schüttelte den Kopf, dann betrachtete er das Durcheinander in seinem Zimmer. Ja, sie wusste vom Geschehen im Turmzimmer. Er ging hinaus, um eine Kerze zu holen.

Es dauerte einige Momente, bis der flackernde Schein der Kerze in Nicoles verstörte Träume drang, und noch länger dauerte es, bis sie gewahrte, dass jemand im Zimmer war.

»Nicole«, hörte sie ihn sagen. Sie ruckte hoch und

hielt sein Seidenhemd noch immer an ihre Brust gedrückt. Er stand am Fußende des Betts, die Haare streng nach hinten gekämmt, das Gesicht undurchdringlich.

»Geh«, stöhnte sie.

»Du kannst mich nicht wegschicken«, sagte er gelassen, »denn dies ist mein Zimmer. Jedenfalls glaube ich, dass es mein Zimmer ist, auch wenn es anders aussieht als sonst.« Er wies auf die verstreut herumliegenden Hemden und Krawatten. Er trat um das Bett herum und achtete nicht darauf, dass er auf seine Kleidungsstücke trat. Er beugte sich über ihre gekrümmte Gestalt und fragte: »Hast du mir was zu sagen, *chérie*?«

Nicole verstärkte den Griff um das Seidenhemd in ihren Händen. »Du wirfst mir immer vor, wie unordentlich ich bin. Nun, diesmal solltest du wirklich einen Grund haben, mich zu beschimpfen, damit du siehst, dass du Recht hast – wie immer.«

Jacques blickte auf die ruinierten Hemden und stieß mit den Stiefelspitzen dagegen. »Ich hätte dir auch so geglaubt, meine Nicolette, du hättest es mir gar nicht erst beweisen müssen. Aber du hast dich nie mit halben Sachen begnügt, nicht wahr? Dieses Mal hast du dich selbst übertroffen.«

»Deine wunderbare Louise kann ja für Ordnung sorgen«, zischte sie wütend.

Seine dunklen Augen blickten nachsichtig. »Ah, ich verstehe. Du hast gelauscht, nicht wahr?«

»Das war nicht schwierig. Sie ist es, nicht wahr? Die Frau, die du gesucht hast ...« Sie sog zitternd die Luft ein. »Du bist bei eurer Wiedervereinigungsfeier nicht gerade leise gewesen, und sie auch nicht. Ich möchte so schnell wie möglich gehen, Jacques. Deshalb bin ich in dein Zimmer gegangen. Ich wollte meine Papiere finden. Ich bin sicher, dass auch Louise sich freut, wenn ich weg bin.«

Er sah sie stirnrunzelnd an. »Du meinst, du könntest mich in diesem Durcheinander allein lassen?«

Sie schwang sich vom Bett und stellte sich auf die Füße. Sie stemmte die Hände in die Hüften und kämpfte gegen ihr Zittern an. Sie zwang sich zu einem trockenen Lachen. »Das wird dir gut tun! Du bist wirklich ein Spießer, mein armer Jacques. Du wirst dich nie daran gewöhnen, wie ein richtiger Aristokrat zu leben, die kümmern sich nicht um Ordnung, weil nämlich dienstbare Geister hinter ihnen aufräumen.«

Er nickte traurig. »War denn der Comte de Polignac ein richtiger Aristokrat? Er hat nie hinter sich aufgeräumt, was? Deshalb hat er auch nicht gesehen, dass er dich vergessen hat, als er Paris so überstürzt verlassen musste.«

Nicole stieß einen zischenden Laut aus und sprang ihn an. Er fing sie mühelos ab und lachte. »Oh, meine köstliche kleine Wildkatze. Du bist eine Augenweide, wenn du so wütend bist. Soll ich dir sagen, was ich jetzt tun möchte?«

»Was?« Sie wehrte sich noch in seinem Griff.

»Das.« Er packte die Spitze ihres Mieders mit seinen kräftigen Fingern und riss es ihr vom Körper. Die Schönheit ihrer hohen runden Brüste lag vor ihm. »Jetzt ist Zeit für meine Vergeltung, *ma chère*.«

Sie keuchte laut. Farbe stieg in ihre blassen Wangen. Er begann ihre festen Brüste zu streicheln und zog mit feinfühligen Fingern an den rosigen Spitzen, bis die Gier durch ihren Körper strömte, die Gier nach ihm.

»Warum musst du mir so wehtun?«, fragte sie mit zittriger Stimme. »Hast du noch nicht genug angerichtet? Ich denke, du hast deine Spiele mit mir beendet, da jetzt Louise da ist.«

»Louise ist nicht da.« Er sagte es sehr ruhig und sah ihr dabei ins Gesicht, während die Finger immer noch mit ihren steifen, pochenden Nippeln spielten, bis sie glaubte, vor Wonne ohnmächtig zu werden.

»Wo ist sie denn? Sage mir nicht, dass sie schon genug von dir hat! Aus dem, was ich gesehen habe, schließe ich, es wird einige Tage dauern, bis ihr wieder voneinander lassen könnt.«

Sein Gesicht verspannte sich. »Nicole, hör mir zu. Louise ist nicht da, sie ist nicht mehr im Haus, ich habe sie weggeschickt, weg aus Paris.«

Nicole stockte der Atem. »Du hast sie weggeschickt?«

»Ja. Ist das so schwer zu begreifen?« Er hob die Schultern. »Sie hat mein Leben einmal ruiniert. Ich will ihr nicht die Gelegenheit bieten, das noch einmal zu versuchen.«

Nicole stammelte: »Aber du hast sie gesucht. Ich habe dich sagen hören, dass du nicht aufgehört hast, sie zu suchen. Warum?«

»Für meine Vergeltung, Nicole.« Die kalte Schärfe in seiner Stimme ließ sie erschauern. »Ich wollte sie finden, denn sie sollte ebenso leiden wie ich. Aber jetzt will ich sie nur aus meinem Leben verbannen.«

Nicole schüttelte langsam den Kopf. Jacques' Hände lagen locker auf ihren nackten Schultern. »Aber sie ist eine solche Schönheit«, flüsterte sie. »Ich habe dich oben mit ihr gesehen, Jacques. Sie hatte dich in ihrem Bann.«

Sein Gesicht spannte sich noch mehr an. »Ja, stimmt. Aber heute Abend hat die Teufelsaustreibung stattgefunden. Ich habe sie aus meinen Gedanken und von meinem Körper gewaschen. Für immer.«

Mit sanften Händen schob er ihr zerrissenes Kleid vom Körper, und sie stand dicht vor ihm, die Augen groß und verhangen, und bebte vor Verlangen.

Jacques entledigte sich hastig der eigenen Kleidung, nahm Nicole auf die Arme und trug sie zurück zum Bett. Er strich zärtlich über ihren heißen, pochenden Leib, sog die Brüste in seinen Mund und labte sich an den strotzenden Nippeln mit Zunge und Zähnen.

Nicole spürte, wie er mit einer Hand ihre willigen Schenkel spreizte, und als die samtene Spitze seiner Männlichkeit in ihr nasses Fleisch eindrang, stöhnte sie glücklich auf. Nach dem ersten tiefen Stoß verhielt er sich ganz still und ließ sie kurz vor der Erlösung bebend zurück, aber die Wellen der Lust wogten durch ihren sensibilisierten Körper.

Hilflos keuchte sie unter ihm. Ihre inneren Muskeln spannten sich um ihn, pumpten die seidige Länge des ruhenden Penis und badeten ihn in ihren Säften.

Als Jacques sich wieder zu bewegen anfing, tat er es ganz langsam. Er wollte sie necken und bis zum Äußersten reizen. Stöhnend schlang sie die Arme um seinen Rücken, um ihn enger an sich zu ziehen. Wortlos rollte er auf seinen Rücken und zog sie mit sich.

Sie saß jetzt auf ihm und ritt ihn voller Begeisterung, während er ihre hüpfenden Brüste koste. Sie wollte es in die Länge ziehen, aber ihr Verlangen war zu groß. Sie warf den Kopf in den Nacken und ritt immer wilder, immer zügelloser auf diesem wunderbaren Schaft, der sie so einzigartig ausfüllte.

Jacques schob eine Hand hinunter und rieb über die Klitoris, und in diesem Moment explodierte sie mit einem spitzen Schrei in einem Wirbel durchschüttelnder Lust. Sie ließ sich über ihn fallen, und er nahm sie in seine starken Arme, den Schaft noch tief in ihr versenkt.

Er lächelte sie im sanften Kerzenlicht an und strich ihr über das feuchte Haar. »Hast du das auch mit Gerard getan?«

Sie bewegte sich leicht und blickte in sein hageres Gesicht. Lächelnd antwortete sie: »Nein, der arme Gerard hätte so etwas nicht einmal eine Minute durchgehalten.«

»Dann hatte dein aristokratischer Geliebter als so doch den einen oder anderen Schwachpunkt.«

Nicole rieb ihre Wange an seiner harten Brust. Sie hörte den Schlag seines Herzens. »Im Bett«, murmelte sie schläfrig, »war er nutzlos.« Ihre Hand glitt zwischen ihre Körper, und mit den Fingerspitzen stieß sie gegen den Schaft, der sich wieder zu regen begann.

Sie sah Jacques schelmisch an, rutsche an ihm hinunter und nahm ihn in ihren Mund auf. Sie fuhr mit der Zunge wie mit einem nassen Lappen um die Eichel und saugte, während sie den Stamm mit kundiger Hand rieb, bis er zu neuem Leben erwachte. Die Testikel nahm sie einzeln in den Mund und lutschte liebevoll daran, ehe sie zur Spitze zurückkehrte und dann fast den ganzen Schaft aufnahm.

Er stöhnte laut auf, und der Penis zuckte gegen ihren Gaumen. Nicole lächelte.

Er gehörte ihr. Endlich gehörte er ihr.

Nicole fiel in seinen Armen in einen tiefen, glückseligen Schlaf. Nur einmal wachte sie auf, weil Jacques im Schlaf murmelte, das Gesicht dunkel und sorgenverzerrt. Sie wiegte ihn sanft und strich über seine Haare. Seine Haut war feucht vom Schwitzen. Er kam ihr plötzlich so verletzlich vor. Er wachte nicht auf, und sie hielt ihn fest, bis sein Traum vorbei war und er sich wieder beruhigt hatte.

Sie fragte sich, ob er oft so träumte und was es war, was ihn im Schlaf so quälte.

Als sie das nächste Mal aufwachte, war es draußen noch dunkel, aber sie wusste, dass die Morgendämmerung nicht mehr lange auf sich warten ließ, denn Jacques war bereits aufgestanden und zog sich gerade an. Sie richtete sich auf, die Arme um die angezogenen Knie geschlungen, und beobachtete ihn voller Verliebtheit im Schein einer Kerze.

Er sah sie an. »*Chérie*, heute musst du Paris verlassen. Ich habe alle Vorbereitungen getroffen.«

Furcht klammerte sich um ihr Herz. »Und du? Du kommst nicht mit mir, nicht wahr, Jacques?«

Sie sah, wie er zögerte, und am liebsten hätte sie aufgeschrien. Aber dann lächelte er. »Ich werde nicht weit weg sein. Nicole, könntest du vielleicht noch ein klein wenig Ordnung in dieses Zimmer bringen, während ich uns Kaffee aufschütte?«

Er trat ans Bett, nahm ihre Hand und küsste sie, dann ging er aus dem Zimmer.

Nicole blieb noch einen Moment reglos sitzen. Sie verdrängte ihre bösen Vorahnungen. Er hatte gesagt, er würde nicht weit weg von ihr sein. Er würde sie nicht im Stich lassen, jetzt nicht mehr.

Sie trippelte in ihr Zimmer, um sich zu waschen

und anzuziehen, dann kehrte sie zu Jacques' Zimmer zurück und sammelte die verstreut herumliegenden Kleidungsstücke ein. Sie hoffte, dass sie nicht zu viele Hemden und Krawatten ruiniert hatte.

Als sie den Brief sah, den sie gestern Abend vom Boden aufgehoben hatte, wollte sie ihn eigentlich nicht lesen, sie wollte ihn nur glätten und in den Sekretär legen, bevor Jacques mit dem Kaffee kam.

Aber dann glättete sie den Brief, und ihre Augen wurden vom Text magisch angezogen.

An Jacques Lamont, ci-devant
Marquis de St. Maury
15. Mai 1792

Mein lieber Jacques,
angesichts des tragischen Todes Ihres älteren Bruders Phillippe im Kampf gegen die Armee der Royalisten bei Verdun obliegt mir die Pflicht, Sie davon in Kenntnis zu setzen, dass Besitzungen und Titel von St. Maury nun in Ihren Besitz übergehen.

Jedoch fürchte ich, dass die gegenwärtigen Umstände den Wert Ihres Besitzes erheblich gemindert haben. Wie Sie wissen, ist das Schloss St. Maury in der Provinz LeVar während der dortigen Rebellion dem Erdboden gleichgemacht worden.

Das Stadthaus in St. Germain des Prés befindet sich noch in einem guten Zustand, für den Ihr Bruder gesorgt hat, ehe er sich in Österreich der Royalistischen Armee angeschlossen hat. Aber als Eigentum eines Emigranten ist es an die

Republik gefallen, und ich gehe davon aus, dass es nur eine Frage der Zeit ist, bis es geplündert wird.

Die Schlüssel zum Haus liegen in einem Bankfach, zusammen mit dem Schmuck der St. Maurys und einer beträchtlichen Geldsumme.

Melden Sie sich bei mir, wenn Sie Ihr Erbe oder auch Teile davon in Empfang nehmen wollen.

Ihr

Giles Campan

Gauthier's Bank, Faubourg St. Honoré.

Nicole saß reglos auf dem Bettrand. Sie hielt den Brief noch in den Händen und schaute wie benommen darauf. Die Buchstaben tanzten vor ihren Augen.

Nein. Das konnte nicht sein. Es konnte nicht sein, dass Jacques der Marquis de St. Maury war, Besitzer dieses fantastischen Hauses, dieser wunderbaren Diamanten. Sie hatte ihn beschuldigt, sie gestohlen zu haben. O weh.

Sie starrte blind gegen die geschlossenen Fensterläden und sah, wie sich das Grau des Morgens langsam einschlich. Ein französischer Marquis, der zwei Jahre im Kerker verbracht hatte?

Aber sie wusste, dass solche Dinge geschahen. Der Comte de Mirabeau, eines der prominentesten Mitglieder des Nationalkonvents, war von seinem eigenen Vater wegen krimineller Ausschweifungen angezeigt worden. Auch er war ohne Gerichtsverhandlung im Kerker gelandet, genau wie Jacques.

Sie schloss die Augen. Dieses Haus hatte also Jacques' älterem Bruder Phillippe gehört, der die erotische Atmosphäre in diesem Haus geschaffen hatte. Und noch etwas begriff sie nun – Jacques war auf Betreiben seines eigenen Bruders verhaftet und in den Kerker geworfen worden.

Sie hielt den Brief so fest umklammert, dass die Knöchel ihrer Hand weiß wurden.

Nach und nach verstand sie alle Einzelheiten. Louise de Lamartine war die Mätresse Phillippes gewesen, der mit ihr auf dem Schloss in LeVar gelebt hatte. Louise hatte törichterweise eine Affäre mit Jacques begonnen, und als die Affäre ruchbar geworden war, hatte sie Jacques aus lauter Angst der Vergewaltigung beschuldigt.

Phillippe hatte den bitteren Tränen seiner Geliebten geglaubt, das war ihm bestimmt leichter gefallen, als sich einzugestehen, dass er von der Mätresse mit dem eigenen Bruder betrogen worden war.

Nun war also Jacques, endlich aus dem Kerker befreit, der Marquis de St. Maury. Sein Bruder war im Kampf für die Royalisten gefallen, das machte aus Jacques, seinem Erben, einen natürlichen Feind des Volkes. Wenn er verhaftet wurde, drohte ihm die Todesstrafe.

In diesem Augenblick hörte Nicole ein gedämpftes Geräusch im Garten. Langsam ging sie zum Fenster und drückte einen Laden auf.

Sie rieb sich die Augen, noch benommen von der erstaunlichen neuen Wirklichkeit, die sie eben erst erfahren hatte. Sie schaute hinaus in das kalte Grau des Gartens und sah die Soldaten.

Dreizehntes Kapitel

Im grauen Dunst sahen sie wie Gespenster aus, nicht greifbar und unwirklich wie die Schatten. Nur die Abzeichen der Trikolore auf ihren roten Kappen und die glänzenden Läufe ihrer Musketen schienen real zu sein. Sie stiegen nun die Stufen der breiten Steintreppe hoch. Nicole klammerte sich an der Fensterbank fest, schwach vor Angst. Sie wusste, dass sie gekommen waren, um den Marquis de St. Maury zu verhaften.

Sie rannte die breite Treppe hinunter. Er stand unten in der Halle, fasste sie an den Schultern an und drehte sie vom Portal weg, an das jetzt die Musketen klopften.

»Nicole«, sagte Jacques gepresst. »Wenn du auch nur einen Funken Vertrauen in mich hast, dann musst du mir jetzt genau zuhören und das tun, was ich dir sage.«

»Ich lasse dich nicht allein. Ich bleibe bei dir.«

Er schüttelte sie fest. »Nur dieses eine Mal, *ma chérie*, wirst du mir gehorchen, ob es dir gefällt oder nicht. Du kennst die Keller unter der Küche? Hinter den Weinfässern befindet sich eine verriegelte Tür.«

Sie nickte dumpf, die Augen vor Angst geweitet, während das Klopfen gegen die Tür anhielt. Jacques fuhr fort: »Die Tür führt zu einem unterirdischen Gang, der dich in Sicherheit bringt. Dahinter wirst du einige wichtige Dinge finden, deine Papiere, eine Pistole und ein wenig Geld. Dazu noch die Wegbeschreibung zu einem sicheren Versteck außerhalb von Paris. Jetzt laufe, aber schnell!«

Die schweren Portalflügel bebten schon unter den Schlägen der Soldaten, und Nicole klammerte sich immer noch an Jacques. »Nein, nein! Ich werde nicht gehen, Jacques! Du musst mit mir kommen.«

»Für uns beide reicht die Zeit nicht, verdammt! Wenn ich sie ein wenig aufhalten kann, hast du eine Chance zu entkommen. Lauf, Nicole, lauf!« Er rang mit ihr, versuchte mit aller Kraft, sie von sich zu schieben, aber in diesem Moment zersplitterte das Portal, und plötzlich war die Halle mit der bedrohlichen, boshaften Gegenwart eines Dutzends Soldaten gefüllt. Kampfeslustig hatten sie ihre Musketen erhoben. Nicole drückte sich zitternd an Jacques' Seite.

Der Sergeant, ein gedrungener Mann mit einer Augenklappe, trat vor.

»Vielleicht können Sie uns helfen, Bürger. Wir suchen einen Jacques Lamont, *ci-devant* Marquis de St. Maury. Er wird wegen Verbrechen gegen das Bürgertum gesucht.«

In äußerster Verzweiflung warf sich Nicole vor Jacques und rief: »Er ist nicht hier. Die Familie St. Maury hat Frankreich schon lange verlassen.«

»Einer von ihnen ist gegangen, Bürgerin«, schniefte der Sergeant. »Phillippe de St. Maury, der Volksfeind, hat sich der verräterischen Royalistenarmee angeschlossen und hat dort den verdienten Tod gefunden. Wir suchen seinen Erben, und wir glauben, wir haben ihn gefunden.«

Jacques packte Nicole wieder an den Schultern und schob sie zur Seite. »Und wenn ich es abstreite?«

Der Sergeant stemmte die Hände auf die Hüften und starrte Jacques an. »Sie haben keine Chance mit dem Leugnen, denn Sie sind dem Vigilantenkomitee angezeigt worden, Bürger Lamont.«

»Von wem, wenn ich bitten darf?«

»Von einer Dame namens Louise de Lamartine. Sie hat gestern Abend prächtig mit meinen Männern an der Westbarrikade kooperiert.« Er lachte. »Sie haben versucht, sie wegzuschicken, nicht wahr? Ein Weib zu viel, schätze ich, Bürger, obwohl ich sagen muss, dass ich Ihren Geschmack bewundere.«

Während er gierig auf Nicole blickte, sagte Jacques ruhig: »Die Beschuldigung einer Person reicht als Beweis nicht aus, dass ich der Marquis de St. Maury bin. Sie müssen mehr Beweise vorlegen.«

»Die habe ich.« Frohlockend zerrte der Sergeant aus der hinteren Reihe der Soldaten einen Mann nach vorn. Nicole erkannte ihn sofort, und ihr wurde beinahe übel, als sie das hässliche Narbengesicht von Saltier sah, der sie auf der Party bei Paul Vichy ersteigert und dann geschworen hatte, es Jacques heimzuzahlen.

»Das ist sie!«, rief Saltier aufgeregt. »Und er ist der Marquis! Das arrogante Schwein hat mir die kleine Nutte vor der Nase weggeschnappt. Erst danach habe ich ihn wiedererkannt, und seither war ich auf der Suche nach ihm. Wisst ihr, ich habe für seinen Vater gearbeitet, den alten Marquis, und die Gesichter der beiden Söhne sind in meinem Gehirn eingebrannt.«

Jacques fuhr den Sergeant an: »Sie glauben, dieses Hörensagen sei ein Beweis?«

»Es geht nicht nur um Hörensagen!«, rief Saltier höhnisch. »Erinnern Sie sich an das diamantene Halsband, mein feiner Marquis? Nun, ich habe es im Kleid Ihrer Mätresse gefunden. Das Wappen der St. Maurys ist in den Verschluss eingraviert. Deshalb wusste ich sofort, dass es Ihnen gehört. Haben die Diamanten der Familie Ihrer Nutte ge…«

Er brach mitten im Wort ab, denn plötzlich lagen zwei Pistolen in Jacques' Händen. Er richtete sie auf die zurückweichenden Soldaten. »Also«, sagte Jacques, »ich bin der Marquis de St. Maury. Und wer auch nur einen Finger gegen mich oder meine Begleiterin erhebt, wird dieses Haus nicht lebend verlassen.«

Der Sergeant blaffte: »Sie können nicht wirklich glauben, dass Sie uns alle mit zwei Pistolen in Schach halten, Bürger.«

»Vielleicht nicht. Aber einige von euch nehme ich mit.« Die Soldaten wichen bis zur Tür zurück. Jacques zischte: »Nicole, um Himmels willen, lauf! Siehst du nicht, dass du alles nur noch schlimmer machst?«

Einer der Soldaten wollte besonders mutig sein und stürzte nach vorn. Jacques feuerte, und Nicole sah das helle Blut auf dem Rock des Soldaten und floh entsetzt in die Küche. Blindlings stolperte sie die Treppe hinunter in den dunklen, kalten Keller. Es dauerte eine Weile, bis sich ihre Augen an die Dunkelheit gewöhnt hatten, erst dann konnte sie zur Tür hinter den Weinfässern vordringen. Sie musste ihre ganze verzweifelte Kraft einsetzen, um die Tür zu entriegeln. Im nächsten Moment stand sie in dem Geheimgang. Sie verriegelte die Tür von der anderen Seite, lehnte sich mit dem Rücken dagegen und blieb erschöpft stehen.

Tränen rollten über ihre Wangen. Jacques hatte Recht. Sie hatte alles nur noch schlimmer gemacht. Sein Ausflug in das Haus von Paul Vichy am Abend der garstigen Party war der Anfang vom Ende gewesen. Sie hatte sogar die kostbaren Diamanten zurückgelassen, und jetzt wurden sie von seinen Feinden gegen ihn verwandt. Schließlich hatte sie Louise ins Haus gelassen, und sie war jetzt für den Untergang verantwortlich.

In dem Gewölbe glaubte sie, Schreie und Schüsse zu hören. Sie konnte es nicht ertragen.

Es war dunkel in *La Force*, abgesehen von einem schmalen Lichtstreifen, der sich durch ein winziges Rost oben in der Mauer stahl. Der Gestank des verdreckten Strohs war nicht zu beschreiben. Jacques war überzeugt, dass es dieser Gestank war, der ihn aus seiner Bewusstlosigkeit geholt hatte.

Er richtete sich auf und sah sich um.

Sie hatten ihn in eine ganz gewöhnliche Gemeinschaftszelle mit anderen neuen Gefangenen geworfen. Neben Räubern und Mördern lagen oder standen auch jene Männer und Frauen, die das Unglück hatten, einen noblen Namen zu tragen. Jacques verzog das Gesicht, als er an das Motto der Revolution dachte: *Liberté, Egalité, Fraternité*.

Er saß in einer dunklen Ecke, den Rücken an die feuchtkalte Mauer gelehnt. Er bemühte sich, die vielen verstohlenen Blicke zu ignorieren. In einer Ecke kauerten Frauen. Sie sahen wie Pariser Fischweiber aus. Sie betrachteten ihn neugierig, stießen sich gegenseitig an und kicherten.

Jacques fragte sich, was sie getan haben mochten, um mit dem Gesetz in Konflikt geraten zu sein. Sie sahen eher wie Frauen aus, die an der Spitze des Pöbels durch die Straßen zogen, oder die mit leuchtenden Augen auf dem *Place du Caroussel* standen, um dem Wirken der Guillotine zuzusehen, wenn die nächsten Opfer enthauptet wurden.

Eine Gruppe grimmig aussehender Männer beschäftigte sich in einer anderen Ecke mit dem Würfelspiel, und hinter ihnen befummelte sich ein hitziges Pärchen. Jacques dachte darüber nach, wie die Aussicht auf den drohenden Tod offenbar die letzten Hemmungen beseitigte.

Er musste an Nicole denken und an den gepeinigten Ausdruck in ihren schönen Augen, als ihr bewusst geworden war, dass sie es war, die ihn der Rache von Saltier und Louise ausgesetzt hatte. Er hätte ihr noch sagen wollen, dass ihre Selbstvorwürfe nicht gerechtfertigt und überflüssig waren – irgendwann hätte man ihn ohnehin aufgespürt.

Eine der Frauen, besser aussehend als ihre Freundinnen, mit krausen schwarzen Haaren und dunklen Augen, schlenderte ihm entgegen, die Hände lässig auf den Hüften. Ihre vergoldeten Ohrringe blinkten. »Ich bin Thérèse«, sagte sie. »Wie wär's mit einem Fick, Bürger Lamont?«

»Ich hätte nichts dagegen, wenn ich hier eine halbwegs passable Frau sehen könnte«, sagte er rücksichtslos, lächelte sie dabei aber an.

Sie stieß empört einige Obszönitäten aus. »Das wirst du noch bereuen«, drohte sie.

Nach etwa einer Stunde brachten sie eine neue Gefangene, eine junge Frau mit dunklen Haaren und großen Augen. Das hübsche Gesicht war bleich vor Angst. Als die Wärter unter dem Vorwand, sie nach Waffen zu durchsuchen, ihre Kleider zerrissen und ihre Brüste begrapschten, schrie die junge Frau auf.

Jacques blickte auf und erkannte sie. Marianne. Er

fluchte leise. Sie hatten sie mit Louise geschnappt. Er stand auf und sagte mit seiner ruhigen Stimme: »Lasst sie los, Bürger.«

Eine entsetzende Stille legte sich über die Gemeinschaftszelle. Marianne rief: »Nein, Monsieur Jacques, tun Sie es nicht!« Sie wurde von einem der Wärter in eine Ecke gedrückt, der sie an sich zog und in einer Parodie des Geschlechtsverkehrs die Hüften vor und zurück stieß. »Sie ist nur ein gewöhnliches Dienstmädchen«, höhnte er. »Wir probieren mal aus, wie gut sie ihre neue Herrschaft bedient.«

Jacques war mit zwei Schritten bei ihm, packte ihn mit einer Hand an der Schulter und fällte ihn mit einem Schlag gegen sein Stoppelkinn. Die anderen Wärter fielen brüllend und mit brutalen Fäusten über Jacques her, schleppten ihn über das stinkende Stroh durch die Zelle und ketteten seine Hand- und Fußgelenke an breite Ringe, die in die Mauer eingelassen waren.

Er sah, dass Thérèse sich an einen der Wärter schmiegte. Sie flüsterte ihm zu: »Überlässt du ihn uns für eine Weile, ja, Bürger?«

Der Wärter grinste. »Eine gute Idee. Was hast du mit ihm vor?«

Thérèse drehte sich nach Jacques um, der breitbeinig und hilflos gefesselt an der Mauer stand. Ihre Freundinnen umringten ihn schon. »Nun«, sagte sie, »unser Freund, der Marquis de St. Maury, ist ein wenig zu gut gekleidet für dieses Haus, oder? Wie sieht er wohl ohne seine feinen Kleider aus, meine Freundinnen?«

Marianne sah voller Entsetzen, wie Thérèse und die anderen Weiber langsam ihre Beute umringten.

Nicole hatte alles gefunden, was Jacques versprochen hatte: Geld, Papiere, Pistole, sogar einen alten Umhang, in den sie sich hüllen konnte. Sie fand auch eine alte Landkarte, auf der ein einsamer Bauernhof mit einem Kreuz gekennzeichnet war, etwa acht Meilen vom Zentrum entfernt. Erschüttert hielt sie die Karte in den Händen. Jacques musste erst an diesem Morgen alles für sie vorbereitet haben, während sie noch in seinem Zimmer gewesen war. Er hatte gewusst, dass sie an diesem Tag fliehen musste. Und er hatte auch gewusst, dass er nicht bei ihr sein würde.

Am liebsten wäre sie zu ihm zurückgelaufen. Aber ihr war bewusst, dass sie ihm bisher kein Glück gebracht hatte. Deshalb folgte sie dem unterirdischen Gang. Er endete abrupt in einer schmalen, dunklen Gasse nahe der Seine. Nicole blinzelte, als sie ins Tageslicht schaute und brauchte eine Weile, ehe sie ungefähr wusste, wo sie sich befand.

Sie begab sich zur nächsten Barrikade. Ihre Angst schnürte ihr fast die Kehle zu, als sie die Wachen in ihren roten Kappen sah. Was würde geschehen, wenn man sie erkannte? Ihr Mund fühlte sich wie ausgetrocknet an, als sie sich in die lange Schlange vor dem Übergang eingliederte.

Die meisten Menschen, die mit ihr in der Schlange standen und darauf warteten, durchgelassen zu werden, waren Bauern vom Pariser Stadtrand. Sie waren beim ersten Tageslicht nach Paris gekommen, um ihre Produkte auf den Märkten zu verkaufen. Jetzt wollten sie mit ihren leeren Karren zurück. Eine der Bäuerinnen, eine freundliche nette Frau mit einem baufälligen Karren, empfand Mitleid, als sie die junge verängstigte Frau bemerkte.

»Komm mit uns, meine Liebe«, sagte sie. »Ich schätze, gemeinsam kommen wir gegen die grimmigen Grenzer an, glaubst du nicht auch? Hast du Papiere?«

»Oh, ja«, sagte Nicole rasch und schloss sich der freundlichen Bäuerin an. »Danke, Bürgerin.«

Die Wachen kannten die Bäuerin, weil sie täglich zur gleichen Stunde einreiste und ein paar Stunden später zurück auf den Bauernhof wollte. Deshalb warfen sie nur einen flüchtigen Blick auf Nicoles Papiere, als Madame sagte, sie wäre eine Nichte von ihr.

Auf in die Freiheit, dachte Nicole auf der anderen Seite der Barrikade. Von nun an würde sie an nichts anderes denken als an das Wiedersehen mit Jacques, Marquis de St. Maury. Aber allzu groß war ihre Hoffnung nicht.

Die alte Bäuerin sah sie von der Seite an. »Nur Mut, mein Kind. So lange man lebt, darf man hoffen.«

Nicole nickte und dachte: Eigentlich kann ich nicht einmal hoffen, dass Jacques überhaupt noch lebt.

Marianne konnte nicht mehr hinsehen. Die Weiber hatten ihren Spaß mit Monsieur Jacques, und nach jedem Kleidungsstück, das sie ihm auszogen, kamen die Wärter mit ihren Peitschen.

Plötzlich öffnete sich die Tür, und der Chef der Wärter betrat die Zelle. »*Diable*!«, rief er aus. »Was ist denn hier los?«

Er war ein großer, beeindruckender Mann, dem alle Wärter ihren Respekt zollten. Mit hoch gehaltener Laterne sah er sich in der Zelle um und leuchtete in die Schatten. Die Gefangenen kauerten ängstlich zusammen, auch die Frauen, die sich an Jacques' Demütigung beteiligt hatten. Nur der halb nackte Gefangene, die Augen verbunden, mit Händen und Füßen an die Ringe in der Mauer gefesselt, verhielt sich still. Er kniete auf dem Boden und hatte den Kopf gesenkt.

Der Aufseher der Wärter drehte sich zu seinen Kollegen um. »Wer ist das denn?«

Einer der Wärter trat vor. »Jacques Lamont, zukünftiger Marquis de St. Maury, Bürger. Verhaftet wegen Verbrechen gegen das Bürgertum. Ein zurückgekehrter Emigrant, deshalb erwartet ihn die Todesstrafe.«

Der Aufseher winkte ab. Er starrte auf Jacques' entblößten Rücken und auf die tiefen Narben von den Striemen der Peitsche. Das Gesicht des Aufsehers wurde hart.

»Verdammt!«, stieß er hervor. »Ihr sagt, dieser Mann ist ein Marquis? Eher ein verurteilter und vielleicht geflohener Sträfling! Dreh dich um, Bürger Marquis!«

Jacques hob langsam das Gesicht. Er erwartete weitere Peitschenhiebe.

Der Aufseher riss ihm die Augenbinde ab und starrte ihn an. »Verdammt!«, keuchte er. »Nehmt diesen Verbrecher in Einzelhaft. Morgen wird er der Erste unter der Guillotine sein.«

Verzweifelt rannte Marianne zu Jacques und schlang die Arme um seinen Nacken. »Monsieur«, flüsterte sie, »Monsieur Jacques! Es war meine Schuld. Ich hätte diesen Narren Armand daran hindern sollen, Louise ins Haus zu bringen. Es tut mir Leid – können Sie mir verzeihen?«

Sie wollte ihn küssen, aber der Aufseher riss sie von Jacques los. »Du!«, fauchte er Marianne an. »Du gehörst auch in Einzelhaft. Du bist der Unruhestifter hier!«

Nicole starrte verzweifelt aus dem Fenster des verlassenen Bauernhofs. Es war später Nachmittag, die Dunkelheit setzte ein, und Nicoles Hoffnungen fielen auf den Nullpunkt.

Eine einsame Nacht hatte sie schon in diesem Haus verbracht, und wahrscheinlich würden noch viele einsame Nächte folgen.

Aber nicht in diesem Bauernhof. Morgen früh würde sie weiterziehen, denn Jacques hatte auf die Landkarte geschrieben: »Falls ich nicht innerhalb von vierundzwanzig Stunden bei Dir bin, reise weiter. Diesmal musst Du mir gehorchen.«

Die alte, freundliche Bäuerin hatte sie in ihrem Karren mitgenommen, an einigen Dörfern und verlassenen Höfen vorbei. Überall war die Armut der Bevölkerung zu sehen. An der Kreuzung in Beauvais musste Nicole sich von der Bäuerin verabschieden, wie ein Blick auf die Landkarte zeigte.

Sie fand den Bauernhof, den Jacques auf der Karte markiert hatte. Er lag mitten in abgeernteten Feldern, auf denen jetzt das Unkraut wucherte.

In der Kälte schlang sie den Umhang enger um sich und ging zu Fuß zu dem Haus, das wenigstens eine Nacht ihr Refugium sein sollte. Es sah aus, als wäre es schon seit längerem verlassen.

Jetzt drohte ihr eine zweite Nacht in diesem Haus. Morgen würde sie wieder unterwegs sein. In ihrem Lederbeutel, den Jacques ihr zu den anderen Sachen gelegt hatte, befand sich genug Geld, um sie eine Zeit lang über Wasser zu halten.

In der beginnenden Abenddämmerung hörte sie plötzlich rhythmischen Hufschlag. Ihr Herz klopfte wild gegen ihre Rippen, und wieder lief sie zum Fenster. Die Geräusche kamen von der Hauptstraße. Sie konnte deutlich mehrere Pferde unterscheiden. Wegen der Bäume konnte sie sie noch nicht sehen, aber es hörte sich so an, als wären die Reiter in die Zufahrt zum Bauernhof eingebogen.

Nicole griff die Pistole, die sie auf den Tisch gelegt hatte, dann stellte sie sich geduckt ans Fenster. Die Farbe wich ihr aus dem Gesicht, als sie die Leute sah.

Im schwindenden Licht sah sie die Soldaten, vier von ihnen auf erschöpften Pferden. Die roten Röcke leuchteten, als sie auf den Feldweg zum Hof bogen.

Vielleicht kamen sie, weil sie wussten, dass sie sich hier versteckt hatte. Vielleicht hatte die Bäuerin geplaudert. Nicole stieß einen frustrierten Schrei aus, als die Reiter auf dem Hof abstiegen. In der Dunkelheit konnte sie ihre Gesichter nicht sehen, aber sie wirkten bedrohlich. Nicole zitterte vor Angst. Sie näherten sich der Tür. Die Pistole in ihren Händen zuckte auf und ab.

Das ist das Ende, dachte sie. Sie wünschte, sie hätte daran gedacht, eine Kerze anzuzünden, damit sie den Feinden ins Gesicht blicken konnte. Sie hasste die Dunkelheit. Sie stieß einen tiefen Seufzer aus. Vielleicht war es besser, schnell zu sterben, als nach Paris zurückgeschleppt zu werden.

Die Hände mit der Pistole zitterten immer stärker, und sie konnte kaum schlucken, weil ihr Mund so trocken war. Im nächsten Moment wurde die Tür krachend aufgestoßen, und die Soldaten drängten herein.

Die Mündung der Pistole richtete sich auf den ersten Mann, der eintrat. Ihre Lippen waren fast taub vor Angst, als sie sagte: »Stehen bleiben, sonst schieße ich. Ich schwöre, der Erste, der sich mir nähert, bekommt eine Kugel.«

Der erste Soldat blieb stehen, und sie sah seine Zähne im Dunkeln leuchten. »Dann kann ich nur hoffen, meine liebe Nicole, dass deine Pistole auch diesmal nicht geladen ist.«

Ihr schwanden fast die Sinne. Ihr ganzer Körper bebte wie bei Schüttelfrost. Sie sah alles wie durch einen dicken grauen Schleier, auch die dunklen Augen, die sie in vertraut spöttischer Weise anschauten. Sie sah die dunklen Haare unter der dreckigen roten Kappe und das vertraute Gesicht.

»Jacques!« schrie sie. »Oh, Jacques!«

Dann lag sie in seinen Armen, weinend und lachend zugleich. Sie trommelte mit den kleinen Fäusten gegen seine Brust und keuchte: »Wie … Wie hast du es geschafft?«

Er hielt sie fest umarmt und strich ihre Haare aus dem Gesicht. »Du wirst es nicht glauben«, murmelte er, »aber der Oberaufseher war ein alter Freund von mir.«

»Nein! Das ist unmöglich!«

»Es stimmt, *ma chère*. Auch er war im Kerker von Toulon. Er heißt Julien. Weil er nicht lesen noch schreiben kann, habe ich die Briefe an seine Familie geschrieben. Er hat mich erkannt und mich und einen anderen Freund aus Paris geschmuggelt.«

»Noch einen Freund?«

»Ja, ich möchte ihn dir vorstellen.«

Einer der Soldaten, schmächtiger als die anderen, trat aus den Schatten, zog den Hut und ließ einen Schwall dunkler krauser Haare erkennen.

Nicole rief erfreut: »Marianne!«

Mariannes Wangen glühten vor Freude. Sie lief in Nicoles Arme, hielt sie fest und küsste sie. »Liebste Nicole! Sind das nicht wunderbare Kleider? Wir haben auch welche für dich, und auch noch ein Pferd, so dass wir gemeinsam fliehen können.«

Nicole warf Jacques einen verunsicherten Blick zu. »Wohin gehen wir? Nach Österreich? Nach England?«

»Nein.« Er hielt ihrem Blick Stand. »Wir gehen nach Lyons.«

»Lyons? Warum?«

»Meine Informanten haben mir gesagt, dass Louise dorthin unterwegs ist.« Nicole bemerkte, dass er über die eingebrannte Zahl an seinem Handgelenk rieb, als ob er immer noch das glühende Eisen spüren könnte. »Ich bereue es jetzt, dass ich sie habe davonkommen lassen. Ich habe einen weiteren Grund, sie noch einmal zu finden.«

Voller Unbehagen stellte Nicole fest, dass er sich verändert hatte. Seine Augen blickten kalt und dumpf und leer.

Nur einmal hatte sie diesen Ausdruck bei ihm gesehen, damals, als sie ihn gedrängt hatte, ihr von seiner Zeit im Kerker von Toulon zu erzählen. Was hatten sie diesmal im Gefängnis mit ihm an-gestellt?, fragte sie sich ängstlich.

Marianne brach das Schweigen, zupfte an Jacques' Arm und sagte: »Wir wollen auch Armand finden, haben Sie gesagt, Monsieur Jacques.«

»Natürlich.« Er lächelte Marianne zu. »Auch Armand. Kommst du mit uns, Nicole?«

Nicole zögerte, während ihr tausend Bilder durch den Kopf schossen. Sie schaute ihn an in seiner verschlissenen Soldatenuniform, sah seine Augen glitzern, die eben noch so dumpf geblickt hatten, und wurde von einer Woge der Sehnsucht erfasst. Es gab niemanden wie Jacques, es würde nie einen geben, der ihn ersetzen konnte. Sie atmete tief ein.

»Ja«, sagte Nicole mit fester Stimme, »ich komme mit dir.«

Jacques undurchdringliche Augen leuchteten. »Meine Nicolette. Wir werden eine Menge Spaß haben, wenn wir unsere Beute schnappen.«

Ende

Erotische Romane

Sophie Andresky
Band 13 845
DAS LÄCHELN DER PAULINE

Becky Bell
Band 14 257
TALENT DER NACHT

Peter Benson
Band 12 913
SPRINGFLUT

Roxanne Carr
Band 14 242
DIE RÄCHERIN

Lucinda Carrington
Band 14 155
DER REITLEHRER

Sara Charles
Band 14 225
DAS INTERNAT

Sarah Copeland
Band 14 195
EHLANAS ERWACHEN

Portia da Costa
Band 14 173
CLAUDIA UND DER FREMDE